新潮文庫

恋ぐるい

諸田玲子著

新潮社版

恋ぐるい

一日目

「ああ、人か鬼《き》か、よく名づくること無し」

ため息まじりにつぶやいたところで、源内は、はてと首をひねった。

なんに書いた一文だったか。『里のをだ巻《まき》評』か、『飛《とん》だ噂《うわさ》の評』か。自分で書いていながら忘れるとは思いのほか動転しているらしい。

「功ならず名ばかり遂《とげ》て年暮れぬ……か」

自ら引き起こした事件を書き留めただけでも立派な戯作《げさく》になる。ここが娑婆《しゃば》なら、版元の親父《おやじ》が揉《も》み手をして飛んで来るはずである。

奢《おご》り高ぶる天下人が一夜明けると流罪人《るざいにん》になっていた——その類《たぐい》の話なら『太平記』の例をあげつらうまでもなかった。古今東西いくらでも転がっている。だが今は泰平の世だ。安穏とした時代に、しかもだれあろう、風来《ふうらい》先生が似たような目にあおうとは……。

——大山師・風来山人《さんじん》こと平賀源内、乱心して人を斬《き》る。

今頃は辻々《つじつじ》で呼び子ががなりたて、墨の色も鮮やかな瓦版《かわらばん》が江戸市中くまなくばらまかれているはずだ。肘《ひじ》をつき合い、うなずき合って、あることないこと触れまわる阿呆《あほう》ども——。

「阿呆……だったらおれは、阿呆に輪をかけた〝ど阿呆〟だ」

逆上して人を殺傷した。その事実からは免れようもない。

なぜあんなにまで激怒したのか。

あれはまぎれもない殺意だった。理不尽な、とんでもなく身勝手な殺意だ。斬られた久五郎は、なにが相手をそんなに逆上させたのか、思いも及ばなかったろう。自分でさえあのときは筋道だてて考えることが出来なかったのだから。

森羅万象に陰と陽があるように、目に見えるものの背後には隠された真理がひそんでいる。エレキテルが火を放つのは人の体内に火があるからだ。久五郎への殺意は己の心のなかの……。

源内はうめいた。すると左の脇腹《わきばら》がじくじく痛んだ。生々しい現実がよみがえる。呼応するかのように腹の虫が鳴いた。

そういえばここ数日、ろくに物を食べていない。腹が空《す》いていることさえ忘れていた。

「腹の虫って奴《やっ》は手足があるのか。目は？　口は？　耳は？」

ヨンストンの『紅毛虫譜』にも『紅毛禽獣《きんじゅう》魚介虫譜』にも絵はなかった。変貌《へんぼう》自在、その上、闇《やみ》よりどす黒いから、描こうにも描きようがないのだ。鳴き声からすると蛙《かえる》の仲間かもしれない。

「おとなしくしやがれ」

なだめようと腹をなでる。手のひらが腹の傷に触れたとたんに屈辱がまざまざとよみがえった。

源内が門弟の久五郎に斬りつけたのは、おとついの未明である。異変を聞いて勘定奉行方から役人がやって来た。源内は放心しており、なにがあったか考える気力を失っていた。

それからはまさに悪夢だった。自邸の一室に押し込められ、家人や門弟との面会も外出も禁じられた。だがこの時点では、まださほどの大事になるとは思わなかったのである。

ところが今朝がた、久五郎が死んだ。源内は「喧嘩《けんか》騒ぎを引き起こした不届者」から一転して「人を殺《あや》めた下手人」に昇格してしまった。網駕籠《あみかご》に押し込められ、小伝《こでん》馬牢《まろう》へ護送された。

降ろされたのは改番所《あらためばんしょ》の庭先である。地べたに膝《ひざ》をついたまま延々と待たされ、牢屋同心に引き渡された。そこまではまあいいとしよう。が、そのあとの屈辱的な仕打ちときたら……。

牢役人の居並ぶ面前で素っ裸にされた。顔から火を吹く思いだった。

「その脇腹の傷はいかがいたした?」

「これはその……返り討ちにあったときの……」

嘘《うそ》をつくのは事実を口にするより数段骨が折れる。それ以上追及されなかったのは不幸中の幸いだった。醜く肥えた腹を見られるのは拷問《ごうもん》にも等しい。

源内は生まれてこのかた細身を保ってきた。それが五十の坂を越える頃から肥《ふと》りはじめた。顔や手足が長細いのでさほど肥えているようには見えないが、目方は増えつづけ、ことに胴まわりが圧巻だった。

肥ったのは酒のせいだ。若い頃は下戸で通っていた。ここ数年、やることなすことしくじりばかり、日々苛立《いらだ》ち、気力は萎《な》える一方、気がつくと酒でまぎらすようになっていた。その結果がこのていたらくである。
四、五年前なら自信満々で裸になれたものを。役人どもに引きしまった体を見せびらかし、ついでに立派な逸物《いちもつ》も——たとえ見かけ倒しと言われようと——拝ませてやれたのだが。

源内は自他ともに認める見栄《みえ》っぱりである。お縄になったことより、醜い腹を見られたことのほうがはるかに耐えがたかった。

吐息をもらし、左目の下のふたつ並んだ黒子《ほくろ》をつまむ。泣き黒子ならぬしくじり、、、、黒子だ。

「しくじり！　くそ……」

荒ぶる心を抑え、牢内を見まわした。

縦横が三間と四間の細長い部屋に、十余人の囚人が押し込められていた。年齢も背格好もまちまちだが表情は一様に昏《くら》い。だれもが目に見えない荷物をずしりと背負いこんでいるようだ。

それでも大牢でないだけましだった。ここは武士やそれと同格の僧侶《そうりょ》、医者を収容する揚屋《あがりや》である。うらぶれた者はうらぶれたなりに、貧相な者は貧相なりに、一応の体裁を保っている。

小伝馬牢には、一般庶民のための大牢の他に、揚座敷、揚屋、女牢、百姓牢があった。揚座敷はお目見え以上の武士を収容する場所だ。個室で従者つき。揚屋のほうは大部屋で、囚人のなかから選ばれた名主が牢内を仕切っている。ねぐらとなる畳の割り当てが囚人によって差があるのは大牢と同じだが、キメ板打ちや布団蒸《ふとんむ》しのような無慈悲な制裁はめったにないと聞く。

源内は一人また一人と順ぐりに視線を移した。

新参者か古参の者かは、髭《ひげ》の生え具合で見分けがついた。牢内では月代《さかやき》や髭を剃《そ》る日が定められている。銭のあるなしはねぐらの広さ、身分の高い低いは身なりの良し悪《あ》し、娑婆にいた頃の暮らしぶりは、着衣の汚れ具合で一目瞭然《りょうぜん》だった。

一枚の畳に五人いっしょくたに押し込められ、座ったままうたた寝をしているのは渡り徒士《かち》だろう。薄汚れた小袖《こそで》に野袴《のばかま》の着たきり雀《すずめ》だ。半畳のねぐらで体をまるめているのは貧乏御家人か。小ざっぱりしたなりをしているから、糟糠《そうこう》の妻か孝行娘がせっせと差し入れをしているのだ。坊主《ぼうず》、医者……身の上話を好き勝手にこしらえる。

最後にようやく、我が身にも目を向ける余裕が出来た。

畳一枚を占拠し、ふところ手にあぐらをかいて、猜疑《さいぎ》心《しん》の塊のような顔であたりを見まわしている五十がらみの男こそ、だれあろう、かの有名な平賀源内先生である。別名、風来山人。またの名、天竺《てんじく》浪人、福内鬼外《ふくちきがい》。浪人。讃岐《さぬき》生まれ。住居は神田橋本町。独身。本草《ほんぞう》学者、戯作者、浄瑠璃《じょうるり》作者、山師、その他もろもろの肩書あり。近年はエレキテルを作って持て囃《はや》され、源内櫛《げんないぐし》を売り出してひと儲《もう》けした。それでも銭なし功なし禄《ろく》もなし。癇癪《かんしやく》高じて人を斬り、志半ばにして囚獄につながれる。ああ、身のほど知らぬ痩《や》せ浪人、これぞ大たわけとはよくぞ言ったり……。

せめてもの慰めは、だれの配慮か、大牢ではなく揚屋へ入れられた上に畳一枚がそっくり与えられたことと、ここにいればまわりから煩《わずら》わされずに済むことだ。囚人たちは源内の出現に戸惑っているようだった。好奇のまなざしを向けてくるだけで、話しかけてはこない。

源内は生来人好きのする男だった。来る者は拒まず、遠方より友来たれば心を尽くしてもてなす。家はいつも居候《いそうろう》や来客であふれていた。

それがここ一、二年で自分でも不思議なほど人嫌いになった。しかも二六時中気持ちが不安定で、愛想よく応対しているときでも、突如、訳もなく怒鳴りちらしたくなる。

「出てゆけ。どいつもこいつも出てゆきやがれ」

手足がぶるぶるふるえ、脇の下に汗がにじんで肚《はら》のなかが煮えたぎると、もはや抑えがきかなかった。

「何事もなづめば害あり」

忘れもしない『風流志道軒伝《しどうけんでん》』に自ら書いた一文だ。なづむな、すなわち馴《な》れ親しむな。交わるな、心を許すな。さすれば他人を傷つけることも、己が傷つくこともない――。

牢内を見まわした。刺々《とげとげ》しいまなざしに気押されたのか、囚人は目を伏せる。

「へ、愚民どもより始末がわりいや。屁《へ》っぴり学者に腐れ医者、あんこう侍、うんつく坊主、あんぽんたんに唐変木《とうへんぼく》、果ては阿呆に大たわけ……」

腹のなかでありったけの悪態をつきまくった。

八つ当たりをしても憂《う》さは晴れない。

悪罵《あくば》の種が切れると、することがなくなった。痛む脇腹を押え、まぶたを閉じる。人いきれや鼻のひん曲がりそうな厠《かわや》の臭《にお》いと共に、もわーんという波のうねりにも似た音が押し寄せてきた。

波あれば海あり。海あれば空あり。空あれば雲あり。

「世界の雲もここより生ずる心地ぞせらる」

黒子をなでまわし、『根南志具佐《ねなしぐさ》』の一節をため息まじりにつぶやく。

それにしてもあの、意気に燃え、野心に満ち満ちていた若き日々は、どこへ消えてしまったのだろう？

世界は、薄青と空色が溶け合うかなたにあった。

それがいま入道雲のようにむくむくとふくらんで、はよ来んかいと手招いている。

「行くっちゃ。いま行くっちゃ」

源内は息をはずませた。

あれは、そう。二十五のときだから二十七年前、宝暦二年（一七五二）の初夏である。

この日、源内は讃岐国高松の城下から郷里の志度《しど》浦《うら》へ帰って来た。

我が家の門をくぐるより先に海岸へ出てみたのは、昂《たかぶ》る胸を鎮《しず》め、天から降ってきたような幸運を嚙《か》みしめるためだ。

瀬戸内の海は凪《な》いでいる。

草履を脱ぎ捨てて波打ち際《ぎわ》に仁王立ちになると、寄せる波がくるぶしに当たって柔らかくくずれた。返す波は砂をさらい、足の裏をくすぐって消えてゆく。

目の先、四、五間から向こうは鏡面のごとくなめらかで、銀粉をまぶしたようにきらめいていた。左手には八《や》栗《くり》半島が、右手には小《こ》串《ぐし》岬の突端が、陽炎《かげろう》にゆらいでいる。

半島の向こうの屋島のふもとの古高松《ふるたかまつ》には儒学の師である菊池黄山が住んでいるの

で、ひと頃は毎日のように往復していた。小串のほうは、子供の頃の遊び、遠泳の終着点である。

志度浦の子供たちは、十人が十人、泳ぎが上手だ。源内も得手だが、遠泳は嫌いだった。黙々と泳ぐのは退屈である。いくらもしないうちに飽きてしまう。海底にもぐって海草や貝を採るほうがはるかに性に合っていた。

海で遊んだのは十代の中頃までで、二十歳を過ぎてからは泳ぐ機会ももぐる機会もなくなった。海は今や戯《たわむ》れの対象ではなく、異郷の風を運んで来るもの——未知の国へ誘う縁《よすが》となっている。

「こいで大いばりじゃ。だれに遠慮せんでもええわい」

源内は海に向かって、誇らしげに言い放った。

平賀家は『太平記』にも登場する南朝の忠臣、平賀三郎国綱の末裔《まつえい》である。信濃《しなの》の一城主となった平賀入道源心の代に、武田信玄に滅ぼされた。源心の曾孫《ひまご》はその後、奥州の白石に移り住んで白石と姓を変え、伊達《だて》家に仕えた。伊達政宗の長子秀宗が宇和島藩主に封じられたのに従い、四国の宇和島に移ったが、同僚の讒言《ざんげん》により小田浦に流され、一土民となった。源内の曾祖父の代に高松藩の志度浦蔵番となったものの、これは一人扶持《ぶち》切米《きりまい》三石という、足軽と呼ぶのもおこがましいほどの低い身分だった。

三年前、源内の父の白石茂左衛門《もざえもん》が死去した。家督を継ぐ際、源内は奔走して、家名を白石から元の平賀姓に戻している。

「おらは源心の末裔じゃけん。おらん家《く》は武士の家《いえ》じゃけに」

『太平記』を愛読して育った若者は、畑作に頼る足軽ふぜいの暮らしにも、城下からやって来る藩士に顎《あご》で使われる蔵番の仕事にも不満を抱いていた。

いつかきっと世に出てやる——。

黄山先生の門を叩《たた》いて儒学を学んだのも、陶《すえ》村に住む本草学者、三好喜右衛門の弟分となったのも、いっぱしの身分になりたいという野心があったからだ。

幸運にも高松藩は目下、藩主のお声がかりで、薬園の整備に力を入れていた。喜右衛門の紹介で藩の蘭方医《らんぽうい》である久保桑閑《そうかん》と知り合い、ときおり薬園の手伝いに駆り出されている。

そればかりか、こたびは久保先生から思いがけない誘いを受けた。

「おおーい。源内さんだー」

海を眺めていると、背後で大声がした。

「帰って来たんか」

従兄弟《いとこ》の権太夫《ごんだゆう》が日に焼けた顔をほころばせて近づいて来た。権太夫は片手に釣り竿《ざお》、片手に魚籠《びく》をぶら下げている。

「いかなごか」

そばへ来るのを待って、源内は魚籠を覗《のぞ》き込んだ。

権太夫は源内と同い年である。背丈は源内に劣るが、横幅では勝る。

「こん夏はご城下じゃと思っとったけんのう」

権太夫はまぶしそうに源内を見上げた。村の若者とはどこかちがう才気ばしった従兄弟に、権太夫は畏敬《いけい》の念を抱いている。

「そんつもりじゃったけんど、お殿さまから特別の御用を仰《おお》せつこうたんじゃ」

源内は小鼻をふくらませた。

「なんや、特別な御用ちゅうのは？」

「へへへ」

「もったいつけんと教えてんか」

「聞きたいか。ほんだら……」

源内は突然、ばしゃばしゃと波を蹴《け》って駆け出した。

「あ、草履」

追いかけようとして、権太夫は、源内が蹴飛ばした草履を拾い上げた。

源内は野袴の裾《すそ》をひらめかせ、背中に担《かつ》いだ布包みをゆさゆさゆらしながら、見る間に遠ざかってゆく。力くらべなら負けない権太夫だが、敏捷《びんしょう》さでは敵《かな》わなかった。

「おおい。源内さぁん。待ってんかぁ」

魚籠と釣り竿を放り出し、草履を振りまわして走り出す。

源内は波打ち際を駆け、小舟のもやってある場所まで行くと、砂浜を引き返して来た。

膝を高く上げ、大きく手を振って駆ける姿が滑稽《こっけい》なのか、小舟の向こうで網を曳《ひ》いていた漁師たちが手を休めて眺めている。

権太夫と源内は砂浜の途中で鉢合わせをした。ちょうど稲荷社《いなりしゃ》からまっすぐに下りて来たところである。

源内は草履を受け取った。が、履こうとはせず、素足のまま、権太夫をうながして社《やしろ》へつづく道を登りはじめた。

「御用いうのはのう、長崎行きじゃ」

息づかいが静まるのを待って、もったいぶって言った。口にすると幸運が逃げてしまうとでもいうように、あわてて唇をすぼめる。

「長崎？　長崎いうたら、九州やないか」

権太夫は目を丸くした。

「そげな遠くへ、なにしに行くんかいの」

「久保先生のお供ぞな。長崎には異人がぎょうさんおるけん、紅毛の本やら絵やらを見に行くんじゃ。なかでも御薬園《おやくえん》の御用は大事じゃけに、わいが本草に長じておるのを見込んだお殿さまが、一緒に連れてゆくよう久保先生にお命じになられたんじゃ」

藩主の松平頼恭《よりたか》から直々に名指しされたかのような口ぶりである。むろん、足軽の末にかろうじて引っかかっている家来など、藩主の目に止まるはずがない。これはまったくの作り事で、本当のところは源内が久保桑閑に頼み込み、桑閑が重臣の木村季明を通して藩主の許可を得たのである。

それも簡単にはいかなかった。御蔵番の源内を長崎へ伴うについては、家臣、とりわけ薬園に従事する御薬坊主からの反発が強かった。源内の熱意と才覚にほだされた桑閑が自費で連れてゆくということで、ようやく許しが下りたのである。

「源内さんは偉いんじゃのう」

いきさつを知らない権太夫は素直にうなずいた。

「そげなことはないけんど……わいがおらんじゃったら、御薬園かてどないになるかわからへん。お殿さまはわいを御薬坊主にしてつかさろうと仰せなんじゃが、なんもなしに引き立てるわけにはいかんげな。そーじゃけん、箔《はく》をつけるためにも長崎へ行かんならんのじゃ」

源内は幼い頃から虚言癖があった。むきになってしゃべっていると、ついつい話が大きくなってしまう。

ただし、虚言を真実に変えるだけの意気込みと才覚も備わっていたから、釈迦力《しやかりき》にがんばって最後には辻褄《つじつま》を合わせてしまう。純朴な志度浦の人々——とりわけお人好《ひとよ》しの権太夫は、ひたすら感嘆するばかりである。

「ほんだら長崎から帰ったら、源内さんは御薬坊主になるげな」

「ほーじゃな」

「ご城下に住まうんかいの」

「ほーじゃろな」

「寂しなるわい」

「なんでや」

「どんどん偉うなって、遠くへ行ってもうみたいや」

「なんかっしょんや」

権太夫の懸念《けねん》を、源内は笑い飛ばした。権太夫の言う「遠くへ」がどういう意味か、わからなくはない。自分でも胸騒ぎを感じている。だからこそ笑ってごまかしたのである。

「それよか、わいが偉うなったら、おまいも引き立ててやるわい」

二人は稲荷社の前に来ていた。

源内は足の裏の砂を払って、草履を履いた。祠《ほこら》の前に進み出て、神妙な顔で両手を合わせる。

「引き立てんでもええわい」

権太夫はぼそっとつぶやいた。

源内は苦笑した。

「なんや、またか。欲のないこと言うとるのう」

「おらは今のまんまでええんじゃ。どこへも行きとうない。偉うもなりとうない。そげなわからんもん追っかけとる暇があったら、いかなご釣っとったほうがええわい」

「面白《おもっしょ》ないやっちゃ」

二人は祠に背を向けた。

「おらん家《く》に寄ってかんかい」

「うん」歩き出して、権太夫は「あっ」と足を止めた。

「魚籠と竿、置いてきてもうた」

踵《きびす》を返し、砂浜へ駆け下りる。

源内はひと足先に歩きはじめた。源内の家は御蔵《おくら》の手前、真覚寺の真ん前にある。海岸からも目と鼻の先だ。

志度浦は讃岐国の東北の海岸沿いの一帯をいう。瀬戸内の温暖な気候と穏やかな内海を臨み、鯛《たい》、鰆《さわら》、いかなごなどの漁が盛んだ。この地はまた四国八十八箇所の遍路道にあたり、源内の家から歩いていくらも行かないところに八十六番目の札所、志度寺があった。

権太夫ではないが、高くを望まず、安穏な暮らしをよしとするなら、これほど住みやすいところはない。が、京坂《けいはん》やその向こうの江戸、あるいは長崎につづく空を毎日のように眺め、往来する船や、御蔵へ運ばれては運び出されてゆく各地の品々、やって来ては去ってゆくお遍路の姿を目にしていると、源内は足元から突き上げてくるような焦燥を感じた。

「こうしてはおれんわい。なんぞせないかん」

なんぞ、というのがなにか、はっきりとはわからない。それを知るためにも、まずは御薬坊主《ぼうず》になることだ。長崎行きは願ってもない機会だった。

道々、母や妹たちに吉報を伝える場面を思い描く。誇らしさで胸がはちきれそうになる一方で、不安もあった。

源内は四男五女の三男である。二人の兄と弟が早世してしまったので、現在、平賀家ではたった一人きりの男子だ。嫁いだ姉妹を除けば、家には母と年若い妹が三人。母や妹たちは源内を唯一《ゆいいつ》の頼りとしていた。

長崎は地の果てに等しい。そんなところへなぜ行くのか、行かないでくれと泣きつかれるかもしれない。むろんそのときは藩主の命令だと言えばいい。なにがあっても長崎行きをあきらめる気はなかったが、母に泣かれるのは辛《つら》かった。

父の存命中から、家名を高めるのは自分しかいないと源内は気負っていた。出世をしたい、ひとかどの人物になりたい——そう思うようになったのも、母や妹たちから頼りにされ、大事にされ、期待を寄せられてきたからだ。

作物の出来がわるかろうが、不漁つづきだろうが、母は源内にだけは滋味豊かな食べ物を与え、村の小童《こわっぱ》とはちがう小ざっぱりとした身なりをさせた。

——うちん家《く》の兄《あん》にゃん、なんだって知っとるんやで。

——太平記っちゅうのも空で覚えとるんじゃ。

——今に偉いお侍さまになって、ご城下に住むんじゃと。

妹たちもことあるたびに自慢する。

源内はもともと賢《さか》しい子だった。それが他人より抜きん出ようと背伸びをする。見栄《みえ》を張る。虚言を弄《ろう》する。

ときおり息苦しくなることがあった。

遠くへ行きたい。好き勝手に暮らしたい。書物を読みあさって偉くなるんじゃ。ちらりと思い、次の瞬間にはそんなふうに思った自分が後ろめたくなる。

「みんな、おらを頼っとるけんのう」

海を眺めて胸はずませたばかりだというのに、我が家の戸口に立ったときは、誇らしさと後ろめたさ、自信と不安がごちゃまぜになって胸が塞《ふさ》がれていた。

「権太夫のやつ、なにぐずぐずしとるんや」

振り向いて舌打ちをする。

家のなかはひっそりしていた。畑に出ているのか。それとも御蔵へ手伝いに行っているのか。

源内は左目の下の黒子《ほくろ》をなでた。

「肚《はら》に力を入れんかい。おまいはそんじょそこらの人間とはちがうんじゃけん」

自らを励まし、深呼吸をする。

「おかん、為《ため》、伊路《いろ》、里与《りよ》、いま帰ったぞ」

勢いよく戸を開け、源内は薄暗い土間へ足を踏み入れた。

二日目

——こん腕白小僧《ごんたくれ》。出まかせばかし吐《ぬか》しよると、閻魔《えんま》さまに舌ぬかれっぞ。

耳元で父、茂左衛門の怒声が聞こえた。

——出まかせやないわい。先生から教えてもろたんや。

——ふん、柴胡《さいこ》やら万年青《おもと》やら訳のわからんことばかし吐しよって。そげな草いじくる暇があったら、御蔵番の手伝いでもせんかい。

追い立てられて家を飛び出す。御蔵は家の裏手にあるはずだが、行けども行けども行きつかない。そのうちに空がかき曇り、不穏な風が吹きはじめた。

——あ、雷さまや。

黒雲を切り裂き、光の剣が落ちてくる。と、空いっぱいに閻魔大王の赤ら顔が浮き上がった。地をゆるがす大音響は地獄の獄卒どもの哄笑《こうしょう》か。

舌ぬくぞ、舌ぬくぞ、舌ぬくぞ……。

——堪忍《かんにん》してつか、堪忍してつか……。

源内は逃げまわる。

息をあえがせ、汗だくになって目を覚ました。

板壁の向こうから、背筋を凍らせるようなうめき声が聞こえている。大牢《たいろう》では、またもや新参者の制裁が行われているらしい。

「血の池に剣の山、焦熱地獄に無間《むげん》地獄、磯《いそ》の砂のごとき罪人どもに閻魔・獄卒大わらわ……」

源内は放心した顔でつぶやいた。

貸本屋の岡本利兵衛にそそのかされて——というより、銭欲しさから『根南志具佐《ねなしぐさ》』を書き上げた。これは閻魔大王が当代きっての歌舞伎《かぶき》役者・瀬川菊之丞《せがわきくのじょう》に懸想《けそう》する話だから、舞台の半分は地獄である。あのときは茶化すだけ茶化し、面白おかしく書いたものだったが……。

牢獄は地獄より酷《むご》いと源内は思った。地獄では絶え間なく責め苛《さいな》まれるだけだが、ここでは、どのような沙汰《さた》が下るか、二六時中不安がつきまとう。それにも増して辛《つら》いのは、懸命に築き上げてきたものが無に帰してしまった虚《むな》しさを思い知らされることだろう。

いったいなんのために、あくせくがんばってきたのか。

我が身のため？　むろんそれもある。が、それだけでは断じてない。藩のために働いた。国のためにも働いた。なによりも世の人々のために働いた。その自分が、たった一度の過《あやま》ちで、なぜこれほどまでに手ひどい扱いを受けなければならぬのか。

力《りき》んだら傷痕《きずあと》がずきりとした。腹は空《す》きすぎてぐうとも音を立てない。腹の虫もとうに憤死してしまったのだろう。

後援者の千賀《せんが》道隆《どうりゅう》や無二の親友である杉田玄白、大田南畝《なんぽ》や宋紫石《そうしせき》、門弟たち、家僕の要助《ようすけ》や与四郎、その他、さまざまな人々から牢見舞いが届いているという。突き返してくれと牢役人に頼んだ。

皆は自分のことをなんと思っているのか。同情されるのは耐えがたい。それ以上にわかったような顔をされるのは許せなかった。わかってたまるか。なぜ、窮地に追い込まれたか。なにが自分を凶行に駆り立てたのか。

「ああ、悲しきかな、生者必滅《しょうじゃひつめつ》のことわり……」

息も絶え絶えにつぶやいたときだった。

「……人の命のはかなきことは露のごとく、また稲光のごとくなり」

聞き慣れぬ声がして、目の前にすっと半分に割ったにぎり飯が差し出された。牢見舞いのにぎり飯は、なかを調べるために必ずふたつに割ってから届けられる。

源内は驚いて目を上げた。

「餓死するおつもりかの」

男が膝《ひざ》を乗り出すような恰好《かっこう》で源内の顔を覗《のぞ》き込んでいた。総髪を頭の後ろでくくり、小柄な体に上物《じょうもの》の小袖《こそで》を着て十徳《じっとく》を羽織っている。いでたちは医師だ。昨日、囚人の品定めをした際もそこまでは推測できたが、そこから先には考えが及ばなかった。どう見ても罪人には見えない。

「お食いなされ、風来先生」

男は源内の手ににぎり飯を押しつけた。小ぶりの顔に細い目、ずんぐりした鼻、幅の広い唇、醜男《ぶおとこ》だがどこか泰然自若とした趣があり、人品骨柄卑《いや》しからざる老人である。

源内はうさんくさそうに男の顔を見返した。

「『根南志具佐』をお読みとあらば、おれの医者嫌いは存じておろう」

突き放すように言う。

「近年の医者どもは、病は見えず薬は覚えず、みだりに石膏《せきこう》・芒消《ぼうしょう》の類《たぐい》を用いて殺すゆえ……たしか、さように書いておられましたな。いやはや仰《おお》せの通り。言い得て妙とはこのことにございます」

男は破顔した。蛙《かえる》を挽《ひ》き臼《うす》で引きつぶしたような顔になる。

「手前は先生のご本を贔屓《ひいき》にしておりましての、欠かさず持っておりますよ。『神霊《しんれい》矢口渡《やぐちのわたし》』が外記座《げきざ》に掛かった際など三度も足を運びました」

『神霊矢口渡』は、源内が明和六年（一七六九）に書き下ろした初の浄瑠璃《じょうるり》本《ぼん》で、翌年の正月に外記座で上演され、大評判となった。

褒められてわるい気はしない。思わず頬をゆるめたものの……。

源内は心を閉ざしたまま、にぎり飯を押し返そうとした。なにが嫌いといって儒者や医者ほど腹立たしい人種はいない。

「この源内、落ちぶれたりといえども施しは受けぬ」

「さように気色ばむことはございません」

男は源内の眼前で両手を振った。脈をとるにふさわしい繊細な手指である。

「こうしてめぐり合うたもなにかの縁。おう、そういえばまだ名乗りを上げておりませなんだ。手前は芳玄《ほうげん》と申す藪医《やぶい》者《しゃ》にて、浅草花川戸町にて本道医の看板を掲げておりました」

以後お見知りおきを、と挨拶《あいさつ》をして、芳玄はねぐらへ帰ってゆく。ちんまりとした後ろ姿を目で追いながら、源内は芳玄の罪科について、あらためて思いをめぐらせた。畳一枚を独占しているところを見ると、銭はあるらしい。にぎり飯を持っていたということは、届け物も頻繁にあるということだ。本道医がいったいなんの罪を犯したというのか。博打《ばくち》の常習犯には見えないし、人さまのものを盗むようにも見えない。かといって癇癪《かんしゃく》にまかせて人を殺傷するなど想像もつかない。

「妙ちきりんな野郎だ」

源内は手のなかのにぎり飯に視線を移した。

突如、死に絶えたとばかり思っていた腹の虫が暴れ出した。見栄《みえ》も意地もかなぐり捨ててにぎり飯にかぶりつく。梅干しがひとつ入った菜飯のむすびがとてつもなく旨《うま》い。夢中になって食べ終え、指についた米粒をなめたとき、飯の塩味とはまた別の辛さが舌に残った。

「涙？　まさか……」

頰に指を這《は》わせる。ぬれていた。生ぬるい涙はあとからあとからあふれ出て、顎《あご》を伝い首筋を伝い、はだけた襟から流れ込んで胸元をぬらしていた。

源内はあっけにとられた。なぜ、にぎり飯ごときで涙が出るのだろう？

郷里を捨てて江戸へ上ってから、何度となく苦難にあった。もはやこれまでと頭を抱えたことも一度や二度ではない。だが泣かなかった。虚勢を張り、自嘲《じちよう》し、家人や門弟に八つ当たりする。それでもだめなら、著作のなかで世人を攻撃することで気持ちを切り換えてきた。

「おれとしたことが。はがいったらしい……」

思わず郷《くに》なまりが出たのは、己の不甲斐《ふがい》なさが癪にさわったからである。涙をぬぐいながら考えた。

こんなふうに悔しさ悲しさに身を揉《も》み、文字通り男泣きに泣いたのは、最初の長崎遊学から戻って、権太夫に家督を譲る決意をするまでの間である。いま思い返しても、あれほど傷つき、悩みぬいた日々はなかった。あのとき一生分の涙を流し尽くしたと思っていた。それなのに、まだ、流す涙が残っていたとは……。

なにげなく芳玄に目をやった。文でも認《したた》めているのか、畳に這いつくばって、ひろげた紙になにやら書き込んでいる。その姿は、高松城下の御薬園《おやくえん》詰所で毎日のように目にした御薬坊主《ぼうず》どもの執務風景を彷彿《ほうふつ》とさせた。

苦い思い出がよみがえる。

長崎から意気揚々と帰国した源内を待ち受けていたのは、御薬坊主の敵意と嫉妬《しつと》のこもったまなざしだった。鼻っ柱が強く虚言癖のある若者は、それからというもの、仲間外れにされ、笑い者にされ、執拗《しつよう》ないやがらせを受けた。忘れようにも忘れられない——。

「平賀どのはいらっしゃいますか」

久保桑閑《そうかん》の門弟の一人が詰所へ呼びに来たとき、源内は桑閑に命じられ、長崎から持ち帰った紅毛書の挿絵を和紙に模写していた。幼い頃より絵心があり、草花や貝、魚など写生するのが得意だったから、これはうってつけの仕事だった。

筆を止め、目を上げる。

部屋にいた五、六人の御薬坊主も同時に顔を上げた。

門弟はぐるりと部屋を見まわし、源内の上で目を止めた。

「木村さまがおみえにございます」

「ただいま参ります」

源内は筆を置き、一礼した。御薬坊主どもの視線が突き刺さる。

——蔵番の青二才ふぜいがでしゃばりおって。

——なんぞまた鼻高々に進言しおったんやろ。小賢《こざか》しいやっちゃのう。

口には出さなくても、声なき罵詈《ばり》雑言が毒矢のごとく飛び交う。

源内の長崎遊学に不満を抱く者は数知れない。桑閑の私費とはいえ、御蔵番という本来の仕事をそっちのけにしての遊学である。しかも好奇心の塊のような若者は、長崎で思いのほか成果をあげた。帰国するや、得々として見聞をあげつらい、それが藩主の耳にまで達して直々にお褒めに与《あず》かったとなれば、行きたくても許しが下りなかった御薬坊主や下級藩士がへそを曲げるのは当然である。

当時、幕府はもとより諸藩でも領内に薬園を設置、薬草の栽培に力を入れていた。薬草政策と関連して推進されたのが殖産興業政策である。高松藩主・松平頼恭《よりたか》も豪気闊達《かったつ》、進取の気性に富んでいた。ことに博物への関心はなみなみならぬものがある。本草学《ほんぞう》に秀《ひい》で、絵心もある若者が、長崎での見聞を絵入りの克明な報告書に認め、紅毛の品々がいかに藩に利益をもたらすか、といった私見まで添えて献上をしたことにいたく心を動かされた。

ところがこれは少々勇み足だった。

源内がもう少し世故《せこ》に長《た》けていたら、あるいは早くから城下に住み、藩内の事情に精通していたなら、周囲の反感を買わぬよう上手《うま》く立ちまわることが出来たかもしれない。だが志度浦の御蔵番の息子は、藩の煩雑《はんざつ》な上下関係には疎《うと》かった。政《まつりごと》の大本が、実際は根まわしと馴《な》れ合いで成り立っているとは思いもよらない。

長崎まで行ったのだ。他のやつらにはない知識を持っている。おれの才覚と新たな知識をもってすれば不可能などあるものか。御薬坊主として正式に雇われる好機、今こそ逃すまいぞ――。

功を焦《あせ》り、出世を逸《はや》るあまり、源内は判断を誤った。

「お呼びにございましょうか」

小座敷の敷居際《しきいぎわ》で声をかけると、

「平賀か。苦しゅうない。入れ」

木村季明が手招いた。木村は中肉中背の温厚な男で、歳《とし》は三十半ば。藩主の信頼厚く、高松藩きっての切れ者である。

「失礼つかまつります」

源内はなかへ入って一礼した。期待をこめて木村の顔をうかがう。

先日、藩主頼恭に拝謁《はいえつ》した際、木村も同席していた。木村は上機嫌だった。退出しようとした源内を呼び止め、「近々吉報があるやもしれぬ」と耳打ちをした。

だがこの日の木村は、前回と同じ人物とは思えなかった。

――なんぞあったんかいな。

不安にかられた。

「お話があるやにうかがいましたが……」

神妙な顔で水を向けると、木村は「うむ」とくぐもった声をもらした。

「そのほうに申し渡す。志度浦へ戻り、御蔵番のお役をつつがなく勤めるように」

源内は目を瞬《しばたた》いた。どういうことか、とっさには頭が働かない。

「と、仰せられますと……」

わからぬながらも不吉な予感が胸をしめつけた。問い返した声がふるえている。

「御林《おはやし》への出仕には及ばぬ、と言うておるのじゃ」

御薬園は通常「御林」と呼ばれている。

木村は口調を和らげた。

「おぬしほどの逸材、御蔵番に止めおくは不本意なれど、強引に御薬坊主に取り立てるは藩内に波風を立てる因《もと》となる。人には自《おの》ずから定まった身分があるのじゃ。それを一足飛びにくつがえすは、藩のためにも、おぬしのためにも好ましゅうない」

木村がなにを言おうとしているか、源内は悟った。御薬坊主となり、藩士の仲間入りをすることはまかりならぬ、というのだ。身分は越えられぬ、足軽は足軽らしく田舎に引っ込んでいろというのだ。爪先《つまさき》から小刻みなふるえがきた。

「それは、お殿さまの仰せにございまするか」

かろうじて声をしぼり出した。

「いや、殿は与《あずか》り知らぬこと」

「さすれば……」

「まあ、待て。焦らず時節を待て。そのうちに運は必ずや巡ってくる。そのほうのことはわしも心に留めおく。桑閑先生もなんぞ身の振り方を考えてくださるじゃろう。しばらくは本来のお役に専心するがよい」

源内は膝《ひざ》の上に束《つか》ねた手をにぎりしめた。

時節を待てというが、自分はもう二十半ばを過ぎている。待ってなどいられるか。第一、御蔵番では己の才を世に知らしめる機会がなかった。

せっかく御薬園への出仕も叶《かな》い、長崎遊学という幸運をつかんだのに、これでは元の木阿弥《もくあみ》である。それにしても、自分のように藩の将来に役立つ人間を田舎へ追いやるとは、なんと愚かな沙汰だろう。悔しい。歯がゆい。やりきれない。

源内が押し黙っているので、木村は身を乗り出した。

「おぬしが志度浦へ戻ったとわかれば殿も落胆されよう。よいか。これですべてが終わったわけではないのじゃ。おぬしは藩のお役に立ちたいと申した。なればなんぞ手柄を立てよ。ほれ、紅毛人が航海に欠かせぬというた……」

「磁針器にございますか」

「なんでもよい。作って見せよ。殿に取り次いでやる」

木村が自分を買ってくれているのはたしかだろう。だが自分の取り柄は本草学に長じていることと、長崎遊学で得た知識である。御蔵番のお役とは相いれない。今は耳に心地よいことを言っているが、半年も経《た》てば御用繁多にまぎれ、木村も藩主も一介の足軽ふぜいのことなど忘れているにちがいない。

――望みは断ち切れたも同然じゃ。

源内は落胆した。放心したまま席を立とうとすると、

「待て。今ひとつ、言い置くことがある」

木村はあわただしく引き止めた。

「勢以《せい》どのと申したか、飯田半左衛門どのの娘御のことだが……」

木村は言いにくそうに言葉を詰まらせた。

惚《ほ》れた娘の名を出されて、源内は面食らった。

「そのほうの嫁御にと話が出ておったそうじゃが、先日、飯田家からこの話なかったことにしてくれと断って参ったそうな。桑閑先生が頭を抱えておられたゆえ、わしか

ら申し伝えておく」

志度へ帰れとの命にも増して、源内は打ちのめされた。足元の砂がずるずるとくずれてゆくような心地である。

「……そのことは、勢以どのも、ご承知の上にございますか」

問い返した声は、自分の声とは思えなかった。

「むろんじゃ。酷な言い方ではあるがの、御薬坊主ならいざ知らず、志度浦の御蔵番では二の足を踏むもいたしかたあるまい。つり合いと申すはどうにもならぬものじゃ。勢以どのを恨むでないぞ」

勢以は御薬園方の役人の娘である。御薬園で知り合って以来、二人はひそかに恋を育《はぐく》んできた。長崎遊学が決まったのを機に桑閑に打ち明け、長崎から戻って城下に家を構えるようになったら勢以どのを嫁にもらいたい、ついては仲立ちをしてもらえないかと頼み込んだ。

いまは軽輩だが必ずや出世する男だと、桑閑は太鼓判を押したらしい。勝気な勢以も口裏を合わせ、源内さまでなければ嫁にはゆかぬと言い張ったという。桑閑先生の愛弟子《まなでし》ならばと、飯田家は思いの外すんなりとこの話を承諾した。

今になって断ってきたのは、源内を妬《ねた》む者たちがあることないこと言いふらしたからだろう。これだけ敵が多くては所詮《しょせん》、出世は望めない。見込みちがいにあわて、飯田家は態度を硬化させた。

その間の事情は容易に想像がついた。だが勢以が——あれほど心を通わせた勢以があっさり自分を見限ってしまうとは、どうあっても信じられなかった。

「家の格がちがう夫婦《めおと》は、長い目で見ればいさかいのもとともなりかねぬ。そなたも勢以どののことはあきらめ、郷里へ戻って己に合うた娘を嫁御に迎えるがよい」

木村はなだめるように言った。

源内は辞儀をした。青ざめた顔で退出する。

ふた言目には出自《しゅつじ》だ。しかしそれを言うなら、自分は平賀源心の末裔《まつえい》ではないか。

長崎の活気に満ちた町並みがまぶたに浮かび上がった。

長崎にも武家と町方の区別はあった。紅毛人は出島に押し込められ、異人相手の遊女は白い目で見られる。横柄《おうへい》な役人もいたし、鼻持ちならぬ郷士もいた。

だがそこには出自などものともしない人種がいた。出自を越えた付き合いがあった。大通詞《おおつうじ》・吉雄《よしお》幸左衛門は、足軽の源内を藩士と同等に扱ってくれた。知識を得たいと願う者なら、だれであれ仲間として受け入れてくれる学識人にもめぐり合った。門戸は海のかなたに向かって開け、人々の目は、他人のあらを探すことではなく、豊かな暮らしを得るための銭やそのための商い、己を高める学問に向けられていた。

——井の中の蛙《かわず》どもめ。

根性の腐った御薬坊主どものことは、この際、忘れよう。まだなにか、這い上がる手だてが見つかるかもしれない。だが、勢以のことは……。

なんとしても逢《あ》わねばならぬと源内は思った。

あれは、長崎に発《た》つ前の晩だ。御薬園の片隅で、人目をしのんで唇を吸い合った。はじめこそ拒む仕種《しぐさ》をしたものの、勢以は源内より大胆だった。ぴたりと体を寄せてきたとき、予想以上に豊かな乳房の感触に我を忘れた。御薬園のなかでなかったら、どうなっていたかわからない。

二度三度、唇を重ねた。ようやく体を離すと、勢以は乱れ髪を気遣いながら、蕩《とろ》けそうな眸《ひとみ》で源内を見つめた。

「お帰りを待っとりますけに、はよ帰ってつかあさい」

帰国後も何度か逢った。が、そのときは縁談が決まり、二人の仲は公《おおやけ》になっていたので常に家人が一緒だった。こんなときにあえて家人の心証を害してはまずい。そう思って自重した。

それになにより、源内は多忙だった。逢い引きに割く時間がなかったのである。

無理をしても二人きりで逢っておけばよかったと、今さらながら悔やんだ。

思い悩みつつ、詰所へ戻る。書きものをしたり書物を読んだりしていた御薬坊主《おやくぼうず》はもう一人もいなかった。詰所は閑散としている。

やれやれ、よかった、余計な詮索《せんさく》をされずにすむわいと胸をなで下ろした。こんなとき御薬坊主どもの顔を見たら、

「おまんらのせいや。おまんらが悪言《わやく》ったせいや。性悪《どくしょう》な野郎どもめが」

罵詈雑言を浴びせかけ、桑閑の顔をつぶしていたにちがいない。

仕事をつづける気力は失《う》せていた。長屋へ戻り、これからのことをじっくり考えよう。片づけてゆかねばと、模写をしかけた紙の前にゆく。

棒立ちになった。

描きかけの絵の上に墨が飛び散っていた。いや、描きかけの絵だけではない。描き上げた絵も墨で汚れている。

「なんちゅーこっちゃ」

源内は愕然《がくぜん》と膝をついた。動物なら毛の一本一本、植物なら手触りまで感じられるように、道具類なら道具類で寸分たがわぬようにと注意を凝らし、何日もかけて丁寧

に描いた絵がことごとく墨にまみれている。

御薬坊主のだれかが故意にしたことは明らかだった。

だれが？

答えを知るのはおそらく不可能だろう。敵は一人ではない。言ってみれば、この御薬園そのものが牙《きば》をむき、源内をはじき出そうとしているのである。

「あんまりじゃ。なんぼなんでもあんまりじゃ」

涙があふれた。

絵を次々に引き破る。

畳に突っ伏し、源内は堰《せき》を切ったように号泣した。

三日目

「良薬は口に苦く、出る杭《くい》は打たるる習い……にございましたか」

翌日、芳玄は盆を掲げて源内のねぐらへやって来た。

昨夜は昔の悲惨な出来事を思い出してふて寝をした。そのことがまだ頭にあったので、芳玄が口にした『放屁論《ほうひろん》後編』の一節は自分への揶揄《やゆ》かと思った。が、そうではなく、芳玄は物相飯《もっそうめし》を運んで来た自分のお節介を茶化したものらしい。

「小うるさい爺《じじい》だとお思いやもしれませんが、騙《だま》されたと思うて食うてごらんなされ」

源内は眉《まゆ》を寄せて芳玄を見た。

自分でも陰険な目つきだとわかっている。いつからこんな目をするようになったのか。たいがいの者は怖《お》じ気《け》をふるって後ずさりするはずだ。

芳玄は平然としていた。源内の前に盆を置くと、床の上にあぐらをかき、自分の分の物相飯をかき込む。

源内もつられたように箸《はし》を取り上げた。実のない汁と薄っぺらな香の物がついただけの粗末な食事だが、にぎり飯で食欲を呼び覚まされていたせいか、なんとか腹におさまった。

「まずい飯じゃが、まずいとわかる舌があるだけましにございます。舌をぬかれれば、それさえわかりません。首が飛べば飯も食えません」

芳玄はぺろりと飯をたいらげた。小指の爪《つめ》で歯をせせっている。

生来の好奇心が首をもたげた。

「医者と言うたが、なにゆえお手前はお縄になったのだ？」

「人を殺《あや》めました」

芳玄はあっさり答えた。

「殺めた？」

源内は目をみはった。

「さよう」

「まことか」

「まことなればこそ、今ここにこうして留め置かれておるのでございます」

他人事《ひとごと》のように涼しい顔をして言う。

一昨年、源内は『放屁論』の後編を書いた。

世上で山師とそしれども、鼠《ねずみ》捕る猫は爪を隠す。我よりおとなしく人物臭き面《つら》な奴《やつ》にかえって山師はいくらも有り。

自分を山師と嘲《あざけ》る世間に腹を立て、反論を書き連ねた戯文である。この頃はもう人嫌いが高じていた。自らは安穏な場所に居座り、他人のしくじりをあげつらう世の人々、ことに権勢者にこびへつらう役人や儒者、医者の類《たぐい》を言いたい放題、非難したものだ。

人物臭き面な奴に山師あり——腹黒い人間ほど澄ました顔をしているというその一文は、まさに五十年余り生きてきた源内の実感だった。

それでは芳玄も、柔和な顔の後ろに極悪人の顔を隠していたというのか。

あらためて老人の顔を観察する。

「なんぞ腹に据えかねることでもあったのか。それゆえやむなく手にかけたのか。つい逆上して後先もかえりみず……」

己の所業に重ね合わせて訊《たず》ねると、

「腹に据えかねたは、殺された男のほうにございましょう」

芳玄は顔色ひとつ変えずに言った。

「どういうことだ？」

「手前は患家の女房と過《あやま》ちを犯しましての……」

源内は我が耳を疑った。ひとかどの教養もあり、おそらく弟子も持っていたであろう歴《れっき》とした医者が、患家の人妻とねんごろになるとは……。しかも醜男《ぶおとこ》の芳玄は、どう見ても色恋沙汰《ざた》とは無縁に見える。

「運悪くご亭主にばれてしまいました」芳玄はつづけた。「表を歩けぬようにしてやるなんぞと脅され、銭まで寄越せと強請《ゆす》られましたゆえ」

「一服盛ったのか」

「いえ、めった斬《ぎ》りにございます」

医師が毒殺に及ぶなら納得がゆく。が、痩《や》せ蛙《がえる》のごとき老人が大の男をめった斬りにするとはますますもって不可解である。

源内は芳玄の華奢《きゃしゃ》な指を眺めた。

「さてと、盆を片づけて参りましょう」

芳玄は空になった碗《わん》を盆にのせ、飯の搬入口へ持って行った。格子戸《こうしど》の下に空いている人の頭ひとつ分ほどの空間から盆を押し出す。賄《まかな》い役の牢番《ろうばん》が表で盆を受け取った。

「今ひとつ訊ねてもよいか」

戻って来るのを待って、源内は声をかけた。

「どうぞ」

「お手前はさほどに惚《ほ》れておったのか、その女に……」

「ま、そういうことになりますかな。閻魔《えんま》が若衆《わかしゅ》に惚れたようなものにございますよ」

芳玄はさらりと応《こた》えた。源内の『根南志具佐《ねなしぐさ》』にひっかけたのである。

「ふむ……。さすればにぎり飯はその女からの牢見舞か」

「いえ。古女房の届け物にございます」

「古女房?」源内はいぶかしげな顔になる。「女房がおるのか」

「はい、おります。四十年も連れ添った女房でしての、なにやかやと案じて届け物をしてくれます。それゆえひとこと詫《わ》びを言おうと文を認《したた》めるのでございますが、結局は出さずじまい。さっきの文も厠《かわや》の紙になりました。そうじゃ、これこそ尻拭《しりぬぐ》いにございますよ」

芳玄はくすくす笑った。

法螺《ほら》か真《まこと》か、源内には判断がつきかねた。

「で、惚れた女はどうなったのだ？」

突っかかるように訊ねる。

「さあ……」芳玄は首をかしげた。「音沙汰のないところをみると、新しい男を見つけてどこぞへ行ってしもうたのやもしれません。男なしではいられぬ女子《おなご》にございましたゆえ」

源内は眉をひそめた。

「女は変わり身の早いものじゃ」

「そういえば、風来先生は女嫌いだとうかがいました。なんぞ女子に、手酷《てひど》い目におうたことがおありにございますのか」

「いや。さようなことはない」

平然と応えたつもりが、こめかみが痙攣《けいれん》している。痛いところを衝《つ》かれたせいだ。

芳玄は探るような目を向けてきた。

「まあ、そういうことにしておきましょう。なにもないにしては、ちと気になる箇所もございますが……」

よっこいしょと腰を上げる。

「天地自然の女色《にょしょく》さえ、淫《おぼ》るるときは身をしくじり、家を失い国を亡《ほろ》ぼす」

源内の著『根無草後編』の一節をもったいぶってつぶやき、芳玄は首を振り振りねぐらへ帰って行った。

月明かりが勢以《せい》の仄白《ほのじろ》い面《おもて》を照らしている。

息を呑《の》むほど美しいと、源内は思った。そのくせ反吐《へど》が出るほど醜い。女の顔のなかに正反対のふたつのものが混在していることに、源内はこのときはじめて気づいた。

「長崎へ発《た》つときじゃ。そなたは待っとりますと、そげに言うてつかさった」

感情を押し殺して言ったつもりでも、非難の響きは隠しようがない。

「勢以どのを想《おも》うて、わいはこれまで歯を食いしばって踏ん張ってきたんじゃ」

勢以は眉根を寄せた。当惑しているようにも苛立《いらだ》っているようにも見える。

「待ってたんはほんとじゃ。ほやけど、話が変わったんじゃもの。親の反対を押し切ってまで夫婦になるなんて、うち、でけしまへん」

二人の頭上を潮風が渡ってゆく。重く湿った風は源内の胸に忍び込んで、ぽっかり開いた傷口をなでまわした。

子供の頃、家の前の真覚寺の境内は恰好《かっこう》の遊び場だった。巨大な松の木があり、こっそり登っては松の実を採ったり髪切虫を捕まえたりした。あるとき足を踏み外して地面に墜落したことがある。寺男に背負われて家へ運ばれ、祖父や父にこっぴどく叱《しか》られた。

――子供の悪戯《いたずら》じゃけん、叱らんでつかあされ。

母は泣きながら傷口に生味噌《なまみそ》をすりこんだ。

ざらついた母の指、飛び上がるほどの痛み、もったりと湿った味噌の感触……。あのときの傷の痛みが、なぜか今、まざまざとよみがえる。

「足軽はいやや、そげん言いよるんじゃの」

源内は尖《とが》った声で問いただした。

なんとしても逢《あ》いたいと文をやり、勢以を呼び出した。御薬園《おやくえん》ではなく海岸のそばの林がいいと言ったのは勢以である。よほど人目が気にかかるのだろう。

「御蔵番とは夫婦になれん、そげん言うんやな」

「そうや」勢以はまっすぐに源内の目を見返した。皮肉にも、言い訳をしている顔より拒絶するときの顔のほうが数段なまめかしい。「源内はんはうちに言わはった。長崎から帰ったら御薬坊主《ぼうず》になるんやて。お殿さまも仰《おお》せじゃ。久保先生も約束しはった。御坊主にならはって、そんでもって、いつか御林《おはやし》のお奉行にもなるんやて」

言ったのは事実だ。ついいつもの調子で話が大きくなった。だが、まったくの砂上の楼閣ではなかった。自分でもそう信じていたのである。

「ご城下に家を構える、不自由はさせん。わいはお殿さまのお気に入りじゃけに。そうも言わはった」

勢以の言葉は鋭い針のように胸に突き刺さった。

「そん通りじゃ」源内は吐息をついた。「いっぺん志度へ帰らんならん。けど、じきに戻って来るがい。ずっと御蔵番でおるわけやない」

はじめて逢ったときから、源内は勢以をただ一人の女と決めていた。

志度浦の娘たちとちがって、ご城下で生まれ育った勢以は、着物や髪の結い方、物言いから立ち居振る舞いまで、すべてに垢《あか》抜けていた。勝気で聡明《そうめい》、自分の意見をきちんと口にするところも源内の好みにぴったりである。なにより勢以のような妻女を持てば、周囲の者たちに自慢が出来る。田舎者、足軽ふぜいという自分の泣き所も、勢以さえいてくれれば埋め合わせが出来そうな気がした。

「待っててくれんか。頼む。こん通りじゃ」

源内は見栄《みえ》を捨てて懇願した。

「ほんなら訊《き》くけんど、ご城下へ戻って、なにする気ぃや」

勢以は疑わしげに訊き返した。

月が陰ったせいか、勢以の顔から輝きが消えている。冷たく整った顔は、小意地が悪そうに見えた。

「今は考えておらん。しゃーけんど、桑閑《そうかん》先生に頼んで、医者《おしやはん》になったかてええし……」

「ほんだら身の振り方もわからんで、うちに待て言うんじゃね」

源内は返す言葉を失っている。

「うちのことは忘れて。うちも忘れる」

勢以はくるりと背を向けた。駆け出そうとする。

突然、抗《あらが》いがたい衝動がこみ上げた。源内は勢以の手首をつかんだ。勢以はよろめき、源内の胸のなかに倒れ込んだ。

「なにするんや。離して」

「あげに誓い合うたんじゃ。嘘《うそ》だとは言わせん」

はじめて逢ったときのことは今も鮮明に覚えている。目が合うと、勢以の頬がぽっと上気した。源内の胸も高鳴った。それからというもの、御薬園で出会うたびに、源内は勢以に植物の名前や特徴を教えた。勢以は熱心に耳をかたむけ、ときに的を射た質問をして源内を感心させた。心はずむひとときが燃えるような恋に変わるのに時はかからなかった。二人は人目を忍んで逢瀬《おうせ》を重ねた。手をにぎり合い、固く抱き合って、夫婦になろうと誓い合った。

「おまいが好きなんや」

源内は唇を探った。

勢以は抗う代わりに、口をぎゅっと引き結んで源内の顔を睨《にら》みつけた。その目に侮《ぶ》蔑《べつ》の色が浮かんでいる。主《あるじ》が下僕に向ける見下したまなざしだった。

源内はひるんだ。手をゆるめると、勢以は腕から逃れ、大きく息をあえがせた。

「嫌いじゃ。おまんなんか嫌いじゃ。うちにさわらんといて」

去ってゆく勢以の後ろ姿を、源内は呆然《ぼうぜん》と見送る。

急に風が強まったように感じた。木立がわささ、ざわざわ、ひゅうひゅうと、御蔵番の足軽ふぜいを嘲笑《あざわら》っている。

「笑うな。ほっこたれ」

源内は叫んだ。地べたにしゃがんで、手のひらで耳を覆《おお》う。足元の地面を睨みつけているると、砂の海をただよう芥子粒《けしつぶ》になったような気がした。寄る辺もなく行く宛《あて》もない、取るに足らぬ芥子粒。黒く淀《よど》んだ海にすっぽりはまり込んでしまった……。

なんで逃げんのや――ふっと思った。

なにもこんなところで身をちぢめていることはない。どこかにきっと、出自《しゅつじ》や家柄に束縛されない場所があるはずだ。そこで思う存分持てる力を発揮しよう。

そうじゃ。奴らをあっと言わせてやるんじゃ。

自分にはそれだけの才覚が備わっている。

「勢以、今に見よれ。坊主ども、借りは返してやるけんの」

両手いっぱい小石を拾い、腰を上げた。

仁王立ちになって、四方の闇《やみ》に手当たり次第、小石を投げつける。

爪先《つまさき》で地面を蹴《け》り立てながら、源内は御薬園内の長屋へ帰って行った。

四日目

名前を呼ばれたとき、源内はうたた寝をしていた。

することがないので、終日、夢と現《うつつ》の狭間《はざま》をさまよっている。

娑婆《しゃば》にいた頃は日々追いまくられていた。寝る間も削って駆けまわっていたので、一度でいい、心ゆくまで眠りを貪《むさぼ》りたいと思ったものだ。

ところが皮肉なもので、時間がたっぷりあると熟睡できない。うたた寝ばかりしている。お陰で体がだるく、頭が重い。

入牢《にゅうろう》して四日目にして、退屈ほど耐えがたいものはないと思い知った。地獄へ行ったら閻魔《えんま》大王に進言してやろう。血の海よりも剣の山よりも、なにもしないでいることこそが究極の責め苦であると……。

「平賀源内。出て参れ」

もう一度名を呼ばれ、はっと顔を上げた。

牢屋同心の巡回は原則として朝晩の二回、町奉行所の与力は日に一度、いずれもほぼ時刻が定まっている。御徒目付《おかちめつけ》の巡回も日に一度あるが、こちらは抜き打ちだった。それ以外に役人がやって来るのは新入りがあったときか、お仕置き者があった場合である。

ということは、早くも白洲《しらす》へ呼ばれる番がまわってきたのか。

格子《こうし》の外に数人の牢役人が待ち構えていた。芳玄に教えられていたので、真ん中にいるのが鍵役《かぎやく》の久山矢助《ひさやま》、両脇《りょうわき》につき従っているのが打役《うちやく》と数役《かぞえやく》で、三人の後ろに控えているのが介添役の張番だとわかった。

源内は腰を上げた。脇腹の傷痕《きずあと》がうずく。

好奇に満ちた視線をはねかえすように、ことさらゆっくり戸口へ向かった。芳玄の案じ顔が見えたが黙殺する。詮索《せんさく》も同情も願い下げだった。

「出ろ」

久山にうながされ、身をかがめて出入口の戸をくぐった。

役人に囲まれ、穿鑿所《せんさくじょ》へ向かう。

初日の受け渡しと同じ場所だった。白洲に膝《ひざ》をそろえ、上目遣いに見渡すと、一段高い座敷に牢役人が居並んでいるのが見えた。机の前に座しているのは書役《かきやく》か。

「こたびは正式な吟味ではない。内々の取り調べじゃ」

久山が耳元でささやいた。囚人の面前でしゃべるときと違って、物言いは柔らかい。

「御役は吟味方与力・倉橋金右衛門《きんえもん》さまである」

久山が退《さ》がるのを待って、中央に座している役人が咳払《せきばら》いをした。

「そのほうの儀については、千賀道隆《せんがどうりゅう》さまからくれぐれもよろしゅうと頼まれておる」

ねめつけるように源内を見据える。

千賀道隆は幕府方の医者で、老中《ろうじゅう》・田沼意次《おきつぐ》の愛妾《あいしょう》の仮親でもあった。源内との親交は深く、九年前、二度目の長崎遊学を果たしたとき、田沼に進言して道中手形をもらいうけてくれた。火事で家が焼けたときは自分の屋敷へ引き取り、その後の家の手配もしてくれた。自他共に認める源内の後援者である。

思いがけない事件の勃発《ぼっぱつ》に、千賀は動転し、源内の身を案じているにちがいない。恩人の困惑顔を思い浮かべるとちらりと胸がうずいたが、源内は表情を変えなかった。今さら千賀の力にすがって命乞《いのちご》いをする気にはなれない。

源内がむすっと押し黙っているので、倉橋は不機嫌な顔で書役に目配せをした。

「そのほう、神田久右衛門町一丁目代地半兵衛店《はんべえだな》の貸家に住む讃州《さんしゅう》浪人、平賀源内に相違ないの」

気ぜわしげに肩を左右にゆすりながら問いただす。傲慢《ごうまん》なくせに小心な男だと源内はひと目で見ぬいた。役人然とした男を見るとつい突っかかりたくなる性分は、齢《とし》をとっても変わらない。

「貸家ではなく、手前の家にございます」

ありったけの侮蔑《ぶべつ》を込めて言い返す。

倉橋は眉《まゆ》をつり上げた。

「ここには店子《たなこ》となっておる」

源内は肩をすくめた。これまでにもこの件では、役人と押し問答をしている。

「半兵衛は神山検校《けんぎょう》という金貸しに屋敷を貸しておりました。この者は悪事を働き、追放となりました。半兵衛は今年いっぱい店賃を預かっておるゆえ、大家であるのは間違いない。が、手前は空家になった屋敷を買《こ》うた。それゆえ、我が家とも申せます」

内心うんざりしながら説明した。人の出入りはその場で人別帳に記載されるが、家の所有者については店賃や租税を払う際にはじめて名を書き変える。それで、こんなふうにややっこしいずれが生じたのである。

「されば年内は、そのほうも半兵衛の店子だ」

勝手にしやがれ――。

源内は舌打ちをした。役人は杓子《しゃくし》定規に線を引き、大雑把《おおざっぱ》に仕分けをする。だが本《ほん》草《ぞう》学者はちがう。めしべ一本おろそかには出来ないし、日々の微細な変化にも目を凝らしていなければならない。黒でなければ白、などという安易な決めつけはもっての外である。

源内は曖昧《あいまい》な物言いが大嫌いだった。ますます不愉快になる。

「そのほうは高松藩志度浦御蔵番のお役を宝暦四年に返上したとあるが……」

「さようにございます」

それが事件になんの関わりがあるのだ？　足軽ふぜいだった昔を、あらためて思い出させようというのだろうか。

「家督を妹婿《いもうとむこ》に譲って隠居し、江戸へ参った。湯島の御聖堂に寄宿、昌平黌《しょうへいこう》にて儒学を学ぶ一方、本草学者・田村元雄《げんゆう》の弟子となり、物産会なるものを開催した」

「二十年余りも昔のことにございます」

源内は仏頂面《ぶっちょうづら》で応《こた》えた。

宝暦六年（一七五六）二十九歳の春、権太夫《ごんだゆう》を末妹・里与の婿に迎え、家督を譲って郷里をあとにした。別れを惜んで、大坂までは親友の渡辺桃源《とうげん》と句会仲間の安芸《あき》文江が同行してくれた。

江戸へ出た当初のまばゆい日々は今も鮮明に覚えている。勉学に励み、同好の士と意見を戦わせ、希望に燃え、自由を満喫し、寝る間も惜しんで駆けまわった日々——。

ここは息苦しい高松ではない、天下のお江戸だ！

その事実がどれほどうれしかったか。見るもの聞くもの胸はずむ。

最初の一年で、源内は完璧《かんぺき》な江戸弁を話すようになった。田舎者だと馬鹿《ばか》にされるのを恐れ、全身を耳にして覚えたのである。持参した銭で真先に買いそろえたのは、当時流行《はや》っていた派手な渦巻模様、亀蔵《かめぞう》小紋《こもん》の小袖《こそで》と十番仕立の帯だった。色も流行りの紺茶色。細身で姿のよい源内は一足飛びに〝粋《いき》で通な江戸っ子〟になった。

人は見てくれどおりの人物になる——。

虚言が先で、それに追いつこうと努力することで自分を高めてきた源内である。はじめの数年は自分でも驚くほどの成功をおさめた。

田村門下で頭角をあらわし、物産会を開いて世の注目を浴びた。源内の評判は、参勤交代で江戸へ来ていた高松藩主・松平頼恭《よりたか》の耳にも届いた。

「宝暦九年、そのほうは江戸詰藩士として高松藩に召し抱えられ、翌年には薬坊主《やくぼうず》格に抜擢《ばってき》された。相違はないの」

倉橋の声が、源内を現実に引き戻した。

「ございません」

自分をないがしろにした高松藩が、今度は向こうから声をかけてきた。それも美味《おい》しい餌《えさ》をぶら下げて。一人扶持《ぶち》切米《きりまい》三石の足軽が、四人扶持銀十枚の歴《れっき》とした武士になったのである。

――ほれみー。敵《かたき》とったで。

源内は小躍りした。鼻高々だった。郷里の家族や友人に文を書きまくり、順風満帆な江戸暮らしを自慢した。本当なら真先に勢以に知らせ、「どーな、言うた通りやろ」と言ってやりたかったが……。

勢以は源内が志度浦へ帰ってほどなく、細工頭の家へ嫁いでいた。

「されどそのほうは、せっかく仕官が叶《かの》うたに、わずか二年足らずで再び藩籍を返上して浪人となった。なにゆえじゃ」

「宮仕えは窮屈にございます。思うさま学問に専心いたしたく、禄《ろく》をお返しいたしました」

「江戸には仕官を求める浪人者がごまんとおる。学問のために藩籍を捨てる者などおるものか」

話にならぬと、源内は嘆息した。倉橋の頭のなかでは、浪人者はひと色に塗りつぶされているらしい。桜は染井吉野で、八重桜もしだれ桜もないのと同じである。

「今一度訊《たず》ねる。なにゆえ離藩いたした？」

「忘れました。大昔のことゆえ」

倉橋の眼が三角になった。かろうじて怒りを抑えたのは、源内の後援者が千賀家だということを思い出したからだろう。

高松藩との関わりについてはそれ以上追及されなかった。今度は源内の暮らしぶりについて問いただされた。山師、戯作者《げさくしゃ》、発明家、事業家……源内は多数の顔を持っている。交遊関係も多岐にわたるから、これには膨大な時間がかかった。

倉橋が訊ね、源内が答え、書役が筆を走らせる。咳払いやしわぶきの音が聞こえるだけで、席を立つ者はいない。拷問蔵《ごうもんぐら》で拷問がはじまったのか、ときおり獣のような叫びがもれてきた。

ようやく事件に話が及ぶ頃には、源内は疲労困憊《こんぱい》していた。足はしびれ、脇腹の傷はうずき、体が冷えきっている。

「そのほうが凶行に及んだは、去る十一月二十一日の未明に相違ないの」

「ございません」

「場所は神田橋本町の、半兵衛から借り受けた屋敷の……」

「我が家にございます」

倉橋は憎々しげに鼻を鳴らしただけで、先を急いだ。

「凶器は脇差。そのほうは口論のあげく富松町の米屋、秋田屋の倅《せがれ》の久五郎に斬《き》りつけ、久五郎が庭へ逃げると、あとを追いかけてなおも斬りかかった。同席しておったは勘定奉行・伊豆守《いずのかみ》さまの中間《ちゅうげん》、丈右衛門《じょうえもん》なる者にて、この者は喧嘩《けんか》を諫《いさ》めようとして親指を斬られ、裏口より逃れ出た。さようじゃの」

「いかにも」

「その晩はそのほう、久五郎、丈右衛門を招いて酒を飲んでおったそうな。屋敷内には他にだれもおらなんだのか」

「家僕の要助と、要助の娘がおりました。この女は賄《まかな》いをいたしております」

「名はなんと申す?」

源内は目を上げた。双眸《そうぼう》に挑みかかるような色がよぎる。

「野乃」

「のの？」妙な名だと思ったのか、倉橋は首をかしげた。が、すぐに話を戻す。

「二人はどこにおった？」

「離れ家へ引き取り、休んでおりました」

嘘《うそ》がすらすらと口をついて出た。

事実はちがう。要助は離れで寝ていたが、野乃はその場にいた。

「久五郎は門弟だったそうだの」

「さようにございます」

「口論の原因はなんじゃ」

「酒の上のつまらぬ口論にて、よう覚えておりません」

言い方が気に触ったのか、倉橋は扇子でぱしりと膝を叩《たた》き、面を朱に染めた。

「人を殺傷したのだ。覚えておらぬでは済まぬわ」

源内は思案した。獣のような叫びはまだ断続的に聞こえている。

知らぬ存ぜぬと言いつづければどうなるか。拷問蔵へ引き立てられ、海老《えび》吊《づ》りにされて笞《むち》打たれるか、それとも石を抱かされるか。

拷問となれば汗にまみれ、涎《よだれ》や涙や鼻水をたらし、無様な恰好《かっこう》でのたうちまわるおぞましい姿を人前にさらさなければならない。それだけは耐えがたかった。

といって、真実を話したところで、おそらく一笑に付されるにちがいない。ある者には何でもないことが、ある者には殺意をかきたてる因《もと》ともなる――そういう自明の理を知る者は少ない。恥の上塗りをして、物笑いの種になるだけではないか。

郷里には年老いた母がいる。権太夫の文によれば、腰は曲がっているが、小作人任せには出来ぬとまだ畑仕事に出ているらしい。

江戸へ行くと告げたとき、母は何日も泣きつづけた。決意がにぶり、源内はなおも一年余、郷里に止まった。結局は家を出てしまったが、そんなことがあったため、いまだに母を思うと胸が痛む。

志度浦には妹の里与もいた。江戸へ出たいばかりに、十三の里与を強引に権太夫とめあわせた。幸い権太夫との仲は円満で、つつがなく暮らしているというが、兄が人を殺《あや》めたと聞いたら、母も妹も肩身の狭い思いをするにちがいない。

母、里与、権太夫、桃源や文江ら友人たち、黄山先生、桑閑先生、三好喜右衛門……なつかしい顔が次々に浮かぶ。郷里の人々にとって源内は良くも悪くも特別な人間だった。その自分が人を殺めた。それだけでも天地をゆるがす大事件である。

「なにゆえ口論になったか、正直に申してみよ」

倉橋はなおも食い下がった。

源内は唇を舌で湿らせた。

「久五郎は手前の留守に上がり込んで、草稿をひそかに引き写しておりました。手柄を他人に奪われるはがまんがなりません。それゆえ真偽を問いただそうと、この夜、久五郎を呼び出したのでございます」

「久五郎がそのほうの草稿を盗んだという証拠があるのか」

「不審な素振りが見えました。いや、それだけではございません。森島中良《なから》めの新作にはそれがしの草稿の文節が多用されております。久五郎は中良の家にも頻繁に出入りしておりました」

森島中良も源内の弟子である。半年ほど前、森羅万象《しんらまんぞう》という筆名で『驪山比翼塚《めぐろひよくづか》』を書き、これが肥前座で上演されて大評判となった。不評つづきで腐っていた源内は楽屋まで乗り込み、盗作だとなじって喧嘩を売った。

「さすれば久五郎は、そのほうの草稿の写しを中良に渡しておったと申すか」

「さようにございます」

中良との悶着《もんちゃく》は実際にあったことだが、久五郎については作り話だ。源内は持ち前の機転で、とっさにふたつの事件をくっつけたのである。

「久五郎は事実を認めたのか」

「いえ、認めません。あれこれ言い訳をした上に、手前を侮辱しました。それゆえ、ついかっとなったのでございます」

「丈右衛門はそうは申さなんだぞ」

「丈右衛門はいねむりをしておりましたゆえ……」

倉橋は疑わしげな顔だった。が、たとえ出任せだと思ったにせよ、死人に口なし、一概に嘘だと決めつけるわけにはいかない。

「今日のところはこれまでじゃ」

倉橋は鍵役《かぎやく》の久山と書役《かきやく》に目配せをした。

源内は肩の力をぬいた。役人などなめてかかっていたつもりが、思いのほか緊張していたらしい。体の節々が痛む。

倉橋は油断のならぬ男だった。鼻の頭に汗を浮かべ、せわしなく肩をゆらしながら、頭のなかでは源内の嘘を見抜こうと虎視眈々《こしたんたん》としていた。

倉橋を出し抜いてやったのは痛快だった。が、その反面、嘘をついたことが胸にひっかかっていた。虚言と嘘はちがう。源内の得意とする虚言は野心の裏返しだ。全部が全部、成功したとは言わないが、虚は限りなく実に近づいた。

嘘は実には変わらない。それどころか新たな嘘を呼び、雪だるまのようにふくらんでゆく。一旦《いったん》嘘をつけば、死ぬまでつき通さなければならない。

冷えきった体を引きずって揚屋《あがりや》へ戻った。

格子戸《こうしど》をくぐろうとすると、久山が呼び止めた。

「なんぞ欲しいものがあれば遠慮なく申せ」

口調は厳しいが、まなざしは温かい。

久山は二十七か八か。源内にもし息子がいたら、ちょうど久山くらいの歳《とし》だろう。

そう思うとわずかながら心が和らいだ。

「欲しいものはないが、千賀さまに騒ぎを起こしてすまぬと伝えてもらいたい」

「逢《あ》いたければ逢わせてやるぞ」

「やめておこう。みじめな姿は見られとうない」

源内は揚屋へ戻って、ねぐらの畳に腰を落とした。

牢内《ろうない》はしんとしている。囚人たちは息をひそめ、見ないふりをしながら源内の様子をうかがっていた。吟味の結果はどうだったのか、拷問にあったかあわないか、そもそもどんな罪科を負っているのか、探り出そうとしているのだ。

錠の閉まる音がやけに大きく聞こえた。牢役人の足音が遠ざかってゆく。

源内は横になった。芳玄が話しかけたそうな顔で自分を眺めているのが目に入ったが、わざと背を向け、目を閉じた。

疲れきっていた。長時間、泥の海につかっていたかのように体が重い。ともかく眠ろうと思った。肝心なところで嘘をついたことも、生涯消えない罪を負ってしまったことも今は忘れて。

――生涯消えない？

安易に浮かんだ言葉を口のなかでくり返し、源内は苦笑した。このおれにこの先の人生などあるのか。ありはしない。千賀道隆が奔走し、たとえ老中の田沼さまに泣きついたとしても、人一人殺めた男を救い出すのは至難の業だ。下手人は死罪。打ち首は免れない。

打ち首の場面を想像すると背筋が凍りついた。

首を打たれる瞬間、どの程度、痛みを感じるのか。下手な奴《やつ》が当番で、万が一打ち損ねたら一大事である。それにそう、死んだあと骸《むくろ》はどうなるのか。

戯作のなかで、源内は平然と人を殺してきた。数日前には実際に久五郎を斬り殺した。それなのに我が身となると怖い。死にたくない。

気がつくとふるえていた。体を丸め、歯を食いしばる。悪寒《おかん》が絶え間なく背筋を這《は》い上がってきた。冷たい指がうなじを、喉元《のどもと》を、唇をなでる。

氷の洞《ほら》へ真っ逆さまに落ちてゆくような——。
悲鳴をあげようとしたとき、温かな指が源内の手をにぎりしめた。

五日目

「なんじゃ、おまいか。どないしょった？」

源内は妹の手をにぎり返した。

「兄《あん》にゃんの手、冷《ちめ》たい」

「泳いどったけんの。それよりようここがわかったのう」

「あっこまで伊路姉《ねえ》と来たんじゃ」

里与は振り向いて、路地の入口を指さした。

片側は民家の板塀、片側は畑で、麦の穂が風にそよいでいる。

二人が立っているところは幅二間・奥行き十間ほどの路地で、行き止まりには四国遍路八十八箇所の最後から三番目、志度寺の門が見えた。

「伊路は甚蔵《じんぞう》さん家《く》へ行ったんか」

「うん。お春姉《ねえ》が来とるんやて」

山下甚蔵は母の弟で、路地へ入らずに畑の先を東へ行ったところに家がある。里与がお春姉と言ったのは甚蔵の長女、春のことだ。春は二年前、古高松の遠縁の家に嫁いだ。伊路はよく遊んでもらっていたから、里帰りしていると聞いて逢《あ》いに行ったのだろう。

「おまいは行かんのか」

「兄《あん》にゃんのそばがええもん」

里与は人なつこい笑みを浮かべた。

源内は十四歳離れた末妹を、だれにもまして可愛《かわい》がっていた。

里与も、博学で気性の明るい兄を慕っている。普段はいるかいないかわからないほどおとなしいが酒を飲むと怒鳴り散らす父や、四男五女を次々に産み――そのうち男児三人は早世している――畑仕事、舅《しゆうと》姑《しゆうとめ》の世話、家事、育児と休む間もない母に代わって、源内は海岸で貝を拾ってやったり、草花の絵を描いてやったり、物語を聞かせてやった。源内の姿を見つけると、里与はどこにいても犬の子のようにあとをついて来る。

二人は志度寺の門をくぐった。境内は広い。正面に本堂があり、大師堂や五重塔が並んでいる。左手の木立の奥には閻魔《えんま》堂があった。

本堂の縁に、白い旅装束に身を包んだ遍路が三人、腰をかけていた。二人を見て軽く会釈《えしやく》をする。四十代から五十代の女たちで、疲れた様子もなく、日に焼けた顔に笑みを浮かべていた。

源内も会釈を返した。里与の手を引いて閻魔堂へ向かう。

子供の頃は閻魔が怖かった。悪戯《いたずら》をするたびに、両親や祖父母から「閻魔がさらいに来よるぞ」と言われた。

いつの頃からか閻魔が好きになった。

人は死ぬと七日目に三途《さんず》の川を渡る。川の向こうには閻魔大王が待ちかまえていて、死者の生前の罪悪を審判して地獄か極楽か行き先を決める。

志度寺の境内に閻魔堂があるのは、志度《しど》が死渡《しと》の意であり、冥土《めいど》へ渡る手前の寺だからだろう。

子供の頃、死は身近にあった。兄二人、弟、祖父、祖母が次々に死んだ。死産した名もない妹もいる。遍路姿の行き倒れに出会うこともあった。

行き倒れに出くわすと、村人は「おや、また死にころびじゃ」と両手を合わせる。

「志度は三途の川のほとりじゃけんのう。珍しないわい」

祖母はよく言っていたものだ。

「ほーやけん、後生がええように、おまいを四方吉《よもきち》と名付けたんじゃ」

四方吉とは源内の幼名である。四方《よも》は「しほう」とも読む。死方——。がんぜない幼子にさえ死後の平安を願う心は、平賀家の人々が死を身近なものとして見ていた証《あかし》でもあった。

「兄《あん》にゃん、怖《おとち》」

ふいに、里与が身を寄せた。

閻魔堂が怖いのか、それとも、堂の前にたたずんで、閉じた扉をじっと見据えている兄の姿に異様なものを感じたのか。

「閻魔なんか怖《おとろ》しないわ」源内は我に返って強がりを言った。「山下の爺《じい》ちゃんみたいにの、酒飲むと真っ赤になって歌い出すんじゃ。ほんだら閻魔の家来どもも踊り出すんじゃ」

「嘘《うそ》じゃ」

「ほんまや」

里与をうながして本堂の前まで戻る。

さっきまでにぎり飯をほおばったり竹筒の水を飲んだり、笑いさざめいていた遍路姿の女たちは、どこへ行ってしまったのか、忽然《こつぜん》と消えていた。女たちが腰掛けていた縁に晩夏の陽射《ひざ》しがあふれ、光のなかを艶《つや》つやした黒蟻《くろあり》がせわしげに動きまわっている。

源内は里与を抱き上げ、縁に座らせた。せがまれるままに、閻魔大王の物語を面白おかしく聞かせてやる。里与は足をぶらぶらさせながら兄の話に聞きほれた。

お遍路さんは残暑の厳しいこの季節は数が減る。境内は森閑としていた。陽射しは底無しに明るく、源内の法螺話《ほらばなし》で里与が笑うたびに光の粒がはじけ散って、本堂のまわりが白く輝く。

しばらくして、源内は腰を上げた。

「帰るで」

抱き下ろそうとすると里与は身をすくませ、木立の暗がりを指さした。

「おじゃもん」

ちょうど閻魔堂があるあたりだ。

おじゃもんとはおばけのことである。

「え？」

「あっこ」

木立の陰でがさっと音がした。

「待っちょれ。兄《あん》にゃんが見て来るけん」

源内は木立のなかを覗《のぞ》いた。閻魔堂の周囲をぐるりとまわってみたが人影はなかった。野良犬《のらいぬ》もいないし、おばけもいない。

本堂へ戻ると、里与が寺門を眺めていた。

「だれぞおったんか」

「お遍路《へんど》さん。小《こま》い子をぱっぱしとった」

源内も寺門に目をやった。仁王門にも人影はない。第一、子供をおぶったお遍路さん、というのが妙である。このあたりは捨て子が多い。が、子連れの遍路はめったに見かけない。

「行こ」

里与の手を取って寺門をくぐる。

両側から木々の枝葉が張り出しているので、路地は薄暗かった。

途中まで戻ったところで、源内ははっと足を止めた。ふたつみっつの子供をおぶった白装束の女が、民家の角を曲がって消えるのが見えた。

ありえないとわかっているのに、幻とも思えない。遍路にしては白い女の横顔や手《て》っ甲《こう》をはめた手、妙な形に曲げて杖《つえ》をにぎりしめていた指の恰好《かっこう》までくっきりとまぶたに焼きついている。

角を曲がるとき、子供はぐいと身をそらせ、路地の方へ顔を向けた。里与によく似た女の子だった。

「なんや？」

「なんでもないっちゃ」

源内は幻影を振り払った。

二人は山下家へ寄って、春姉《ねえ》の土産だという餡《あん》ころ餅《もち》を食べた。なぜかそこには志度寺で出会った遍路の女たちもいて、にぎやかに餅を食べていた。餡ころ餅は食べても食べてもなくならない。日暮れ前に伊路と三人、遍路の白装束に錫杖《しやくじよう》をつき、はちきれそうな腹をかかえて家へ帰った。

三つになる女の捨て子が志度寺の境内で見つかったという噂《うわさ》が聞こえてきたのは、翌日の午後である。為や伊路は見に出かけたが、源内はなんとなく胸がざわついて、

「捨て子なんぞ、面白《おもつしよ》ないわい」

わざと知らん顔をした。

六日目

……生死《しょうじ》の岸に煩悩《ぼんのう》の。流れを渡る三ツ瀬川。
可愛《かわい》や先立つ稚子《おさなご》は。無常の風の桜川。
塵《ちり》にまじわる芥川《あくたがわ》。かかる浮世に隅田川……

源内は外記座《げきざ》の舞台に立っていた。桟敷《さじき》からもれるざわめき。柝《き》の音。三味線の音《おん》曲《ぎょく》。今をときめく豊竹住太夫の艶《つや》と張《はり》のある義太夫節。
頭のなかで『神霊矢口渡《しんれいやぐちのわたし》』の一節がぐるぐるまわっている。なぜかいつまで経《た》っても、三段目切の由良兵庫館《ゆらひょうごやかた》の段、川尽くしの場のくり返しである。

……深き忠義の胸の中。磨きたてたる玉川や淵《ふち》は瀬となる飛鳥《あすか》川……

飛沫《しぶき》を上げ、渦巻き、きらめき、めまぐるしく表情を変えながら川が押し寄せてくる。川は塵芥《ちりあくた》や木っ葉ともども源内を呑《の》み込もうとしていた。

溺《おぼ》れそうになって両手を泳がせる。と、その手をだれかの手がつかんだ。

はじめは里与の手だ、と思った。だが、つきたての餅《もち》のように柔らかく、源内の手のひらにすっぽりくるまってしまうほど小さい童女の手ではなく、それは細いがかさついて節くれの際立《きわだ》つ大人の手だった。

「おまいは……」

「おう、気づかれましたかの。やれやれ、これでひと安心じゃ」

芳玄の糸のような目が、真上から源内の顔を見下ろしていた。

「おれはいったい……」

「高熱にうなされておりました。一昨日お取り調べがあったのは覚えておられますかな。戻って参られるや、そのまま倒れ込んでしまわれました。二晩と丸一日、眠っておられた勘定になりますか」

「二晩と丸一日……」

「お白洲《しらす》に引き出されれば、だれでも精根使い果たすものにございます。長時間のお調べゆえ体が冷えきってしまわれたのでしょう」

たしかに疲れ果てていた。背筋もぞくぞくしていた。恐怖のせいかと思ったが、では、あれは熱のせいだったのだ。

「されどそれだけではございませんぞ」芳玄は口調を変えた。「傷が痛むなら痛むと、なにゆえ牢役人《ろうやくにん》に訴えなさりませなんだ？」

眉《まゆ》を動かしただけで、源内は応《こた》えなかった。

傷の痛みを牢役人に訴えようとは、考えもしなかった。なぜだろうと、あらためて心に問いかけてみる。

「先生の言葉を借りるなら、獄医は〝薬も病も知らぬ唐変木〟にございます。おざなりに診たてを述べるだけで、囚人の体には触れようともいたしません。されど名にし負う風来先生なら、ちょっと張番に鼻薬をきかせるだけで高価な薬が手に入るのではございませんか。早めに手当てをいたせば、ひどうならずに済んだはずじゃ」

脇腹《わきばら》の傷は、事件当夜、自らつけたものだ。たいしたことはないと思ったので、血止めをしただけで打ち捨てておいた。そもそもがあまりに無様な話で、門弟や知人には知られたくなかったのである。

むろん、役人は知っている。改番所で裸にされたとき、傷の具合を訊《たず》ねられた。そのときは痛くもなんともないと嘘《うそ》をついた。つまらぬ見栄である。

ところが痛みはひどくなる一方だった。傷口はじくじく膿《う》んで、熱を持ちはじめた。源内も医学をかじっていたから、放っておけば大事になるとわかっていた。創傷の薬を差し入れてくれ——そう言ってやりさえすれば、たしかに使いきれないほどの薬がたちどころに届いたはずである。自著のなかでは医者を悪《あ》しざまにこき下ろしているが、源内の知人には医者が多い。後援者の千賀道隆《せんがどうりゅう》も親友の杉田玄白も医者である。

だが、そのひと言が言えなかった。

杉田玄白、大田南畝《なんぽ》、司馬江漢《しばこうかん》……源内を取り巻く者たちは表街道を闊歩《かっぽ》している。自分だけがうらぶれた路地へ迷い込み、出口を見つけられずに立ち往生してしまった。それだけでも恥さらしなのに、この上、恥の上塗りはしたくない。哀れみや蔑《さげす》みを受けるくらいなら死んだほうがましだった。

それとは別にもうひとつ、理由があった。知らせをやれば、野乃の耳にも入る。野乃がどんな態度をとるか、想像がつかなかった。そもそも野乃はいま、自分をどう思っているのだろう？　知るのが怖いので、事件の後は心からしめ出した。考え出せば平静を失い、またもや己を見失ってしまいそうな気がしたからだ。

「どうせ生きては出られぬ。傷が悪化して死ぬるなら、それもよいではないか」

源内は投げやりに応えた。

「ふむ。さようにお思いなら、それもようございます。なれど先夜は苦しい、助けてくれと、あえいでおられましたぞ」

源内は芳玄の目を見返した。

「さような寝言を申したとは……」

「ここにおる者はみな、いつお呼びがかかるかと怯《おび》えております。遠からず首と胴が離れると覚悟しておりますのじゃ。それでも腹が空《す》けば食い、眠とうなれば眠る。だれも舌を嚙《か》んで死のうとはいたしません」

源内は大枚をはたいて購入したヨンストンの『動物図譜』のなかの絵を思い浮かべた。自然界には数多《あまた》の生物がいる。彼らはみな、生きるための営みを連綿とつづけていた。明日のことなど思い悩まず、本能にのみ従って。

「手を貸してくれ」

芳玄は手を添え、源内を床の上に座らせた。

源内は脇腹に手をやり、傷口が晒布《さらしぬの》でおおわれているのに気づいた。

「おぬしのお陰で痛みが和《や》らいだ。芳玄と言うたの。礼を申す」

「堅苦しい挨拶《あいさつ》はお止めくだされ。贔屓《ひいき》の風来先生にこうしてお目にかかれただけで、お縄になった甲斐《かい》があるというものです」

芳玄は柔和な笑みを浮かべた。

「それにしても寒うございますな。火鉢のひとつも欲しいものじゃ」

両手をすり合わせながら、源内の足元にあぐらをかく。

「おぬし、どこぞの女房とねんごろになり、亭主を殺《あや》めたと言うておったが……」

「さよう。『根南志具佐《ねなしぐさ》』ではございませんが、醜き閻魔《えんま》が当代一の歌舞伎《かぶき》役者、瀬《せ》川菊之丞《がわきくのじょう》に懸想《けそう》をして、己の立場を忘れてしまうたような次第で……」

「その話を聞かせてくれ」

「話すほどのことではありません。この歳《とし》になって若い女子《おなご》に魂をうばわれるとは、いやはや、お恥ずかしき限りにございます」

芳玄は苦笑を浮かべ、顎《あご》をなでた。剃《そ》ってないので髭《ひげ》が伸びている。白髪まじりのごわついた髭だ。つられて顎に手をやると、源内の顎もざらついていた。

「女房とやらは、そなたが亭主に斬《き》りかかったとき、その場におったのか」

「お調べの際は、いなかった、と申し開きをしたそうにございます」

芳玄の言い方に、源内は好奇心をかきたてられた。

「つまり、まことはおったのだな。もしや女も承知の上だったのではないか」

芳玄は両手のひらに息を吐きかけた。

「女子の気持ちはわからぬものにございます」答えをはぐらかしておいて、部屋隅に寝ころんでいる男を指さす。「あのお方は安田勝太郎さまというて、御家人のご子息ですが、言い交わした女子が心変わりしたため、腹を立てて斬り捨てたそうにございます」

源内は目をみはった。

郷里にいた頃、源内も言い交わした女に袖《そで》にされたことがある。純朴な田舎出の若者は女の突然の心変わりにあって癒《い》えない傷を負った。

勢以……名を口にするだけでいまだに胸がうずくのは、あれ以来、歪《ゆが》みのない目で女を見られなくなったためである。

「風来先生はたしか、独り身でおられましたの」

「おぬしも言うたではないか。世間では女嫌いで通っておる」

芳玄はくつくつ笑った。

「さようでした。されど先生が『愈《いよいよ》思えば愈《いよいよ》思われ、可愛がれば又がられ、連れあれば行き、一人も行く』ほど遊里に通いつめたお方だということをうっかり忘れておりました。先生が女嫌いとはよもや信じられません」

「『根無草後編』か。よう覚えておるのう」

源内は目をみはった。

「それはもう、何度となく読み返しましたゆえ。ここぞと思うところは諳《そら》んじてしまいました」

「『女色に淫《おぼ》るる輩《やから》は、我が男色の貴《たっと》きことを知らず』とも書いたがの。『雌《めとり》は雄《おとり》の見事なるにしかず。女は男娼《わかしゅ》の美なるに及ばず』とも」

「そうそう、さようなところもございました。風来先生は二丁町《まち》にも足しげく通われたようで」

二丁町は男娼《だんしょう》の町である。

「先生は男娼や役者を賛美しておられます。が、その理由として、男色は〝淡き味〟にて〝末を契《ちぎ》る欲もない〟からだと書いておられます。ということは、女色の甘きこと、男女の契りの深きことを、身をもって知り尽くしておられたのではないかと、さように思うたのでございます」

源内は絶句した。

字面《じづら》通り、世間では女嫌い、男色好みだと決めつけていた。妻帯したこともない。浮いた噂《うわさ》すらない。一時期、二丁町へ入り浸っていた。現にさる若者との噂もあった。

それだけそろえば、世人が源内を男色だと思い込むのは無理もない。源内自身、そう思われることをよしとしてきた。ところが芳玄はちがった。源内の著書をすりきれるまで、何度も何度も読み返したしかもただ読み流すだけでなく、書き手のふところに飛び込み、行間にひそむ真意を読み取ろうとした。

「もしやまことの男色なら、わざわざ書きたてはいたしますまい。むしろ隠そうとされるのではございませんか」

「…………」

「風来先生は、わざと女嫌いだと思わせようとしていたのではございませんか。先生には女子に溺るるを恐れる訳がおありと見ましたが、いかがにございましょうや。もしや手前と似たような目に遭《お》うたことがおありなのでは？」

口調は柔らかい。が、眼光は鋭い。源内は動転した。これ以上、胸の内に入り込まれたくない。はねつけようとして、ふと思い止まった。

自分の命運はもはや尽きたも同然である。揚屋《あがりや》へ送られ、死罪を待つ段になって、自分の本を精読している男とめぐり合った。これこそ仏縁ではないか。明日をも知れぬ者同士なら、見栄や意地を張る必要はない。

これまでの源内は、親しい友にも師にも門弟にも見栄の衣をまとったまま接してきた。故郷の家族や友人にも、見栄で固めた文を書きつづけた。一度くらい裸になって、醜い腹をさらしてみてもよいのではあるまいか。

源内は左目の下の黒子《ほくろ》をなでた。

「おぬしとちごうて溺れはせなんだ。むしろそいつが問題なのだ。二十年近くの長きにわたって共にありながら……」

「ひとりの女子と、にございますか」

「ひとりの女子と、だ」

芳玄は顎鬚《あごひげ》をひっぱって考えていたが、やがてきっぱりと言った。

「さすればやはり溺れておられたのでしょう、その女子に」

「もしそうなら、酷《ひど》い仕打ちなどせなんだわ」

「朝晩、喧嘩《けんか》をしながら、死ぬまで連れ添う夫婦もおります。手前の女房も愚痴の多い女でして、朝から晩まで不平不満を並べ立てておりました。手前がお縄になったので、愛想を尽かして逃げ出すかと思いましたがあにはからんや、ひと言も責めるどころか、せっせと牢見舞いを届けて参ります。男女の仲ばかりは、端からはわからぬものにて……」

源内は首を横に振る。

「おれたちはちがう」

「さすればうかがいますが、どういった女子にございますか」

「下女だ」

「下女相手なら、酷い仕打ちも、ある程度はいたしかたないでしょう」

「いや」と源内は言いなおした。

「はじめは下女として雇い入れたが、時を経るうちにただの下女ではのうなった」

「ほほう。して、その女子は二十年も先生のおそばにおったのでございますな」

「他に行くところがなかったのだ。そもそもは捨て子での、養い親ともども仕えておった」

「酷い仕打ちに耐えかねていたら、二十年もお仕えはしなかったはず。嫌ならどこへなりと出て行きましょう」

源内は押し黙った。

芳玄の言う通りだった。見限ろうと思えば、野乃はいつでも自分を見限ることが出来たはずだ。が、それをしなかったからといって、野乃が自分を許し、変わらぬ思いを抱きつづけていたとは思えない。

「風来先生は、嫁御をもらおうと思うたことはございませんのか」

「ない」

「なんぞ訳がおありか」

「郷里を捨てる際、妹に婿《むこ》を迎えて家督を継がせた。母は泣き、縁者一同は猛反対した。そのとき誓ったのだ。家督を譲るからには、生涯、妻はめとらぬ。子も生《な》さぬ。その覚悟で江戸へ出る。それゆえ平賀家の行く末は必ずや守ってくれと……」

江戸へ出るまでの日々——思い悩み、苦悶《くもん》した日々は今も記憶に焼きついている。妻子を持たぬと宣言したのは、たしかに若さゆえの気負いだったかもしれない。だが離藩して郷里を捨てるということは、そこまでの覚悟がなければ出来ない一大事だった。生涯、家庭は持たぬ。夫婦になろうと誓い合った女を失い、藩士としての将来に夢を失った若者の頭は、学問を究め、本草《ほんぞう》学者として身を立てることでいっぱいだった。

「そういえば、どのご本でしたか、先生は『太平記』を愛読しておられたと書いてありました。家督のごたごたは家の乱れ、国の乱れ。先生のお子が郷里へ戻り、我こそは平賀家の嫡子《ちゃくし》だと名乗りを上げれば、それこそ争いの元となります」

「我が家は取るに足らぬ足軽だ。家督争いなど起こりようもないが……」

苦笑いをしたものの、芳玄の言うこともたしかに頭にあった。

どんなにささやかでも、家屋敷や畑がある以上、相続の順を定めておくのは当主としての義務である。まして十四も歳の離れた妹に強引に家の面倒を押しつけたのだ。そのくらいの約束は当たり前だった。

「その覚悟がおありじゃったゆえ、風来先生は惚《ほ》れた女子を妻に出来なんだ。日陰の身のまま辛《つら》い思いをさせてしもうた、さようなわけにございますな」

「ひと言で言うてしまえばそうだが……」源内はため息をついた。「二十年ともなると、口では言えぬことがいろいろあっての……」

「口で言えぬ？　さすれば書いてみたらいかがにございますか」

芳玄はあっさり言う。

源内は喉仏《のどぼとけ》を上下させた。

「書く？　牢《ろう》のなかで？」

「さよう。紙と硯《すずり》さえあれば書けますぞ」

「されど紙も硯もご法度《はっと》……」

言いかけて思い出した。芳玄は女房に文を書いていた。

源内の心を読んだのか、芳玄は顔をほころばせた。

「人の住むところ、いずこにも建前はございます。が、建前はあくまで建前、抜け道も必ずあるものでして……」

では、牢獄の沙汰《さた》も金次第、というわけか。

とはいえここは揚屋である。自分は仕置きを待つ身である。そんな自分が、いったいなにを書くというのか。

「銭にならぬものでは書く気になれませんか」

芳玄はにやにや笑っている。

「書いてみなされ。その女子の心がわかるやもしれません」

その夜は眠れなかった。

芳玄の言葉が耳にこびりついている。

源内は学者として名を上げるために江戸へやって来た。なぜ本草学者を目指したか。子供の頃から草木に親しんでいたからだ。が、それ以上に、自分を蔑《さげす》んだ御薬園《おやくえん》の御薬坊主《ぼうず》どもを見返してやりたいという思いがあった。田村門下で学び、物産会を開くために奔走し、高価な書物を買い漁《あさ》り、藩士の身分を捨ててまで突っ走った。

それに比べて、戯作《げさく》は夢を実現するための銭儲《ぜにもう》けの手だてに過ぎない。『根南志具佐』の序文に「聖人、物を食《しょく》せざりしや」だの「貧しく正直なりがたし」だのと言い訳を書き連ねたのは、銭のためにものを書くことが後ろめたかったからだ。

いやいやではないが、自ら進んで書いたわけではない。銭に追い立てられ、版元にせがまれてしかたなく書いた。実生活で何かしくじりをするたびに、怒りを吐き出す場として戯作や狂文を利用してきた。

今、源内の胸のなかには、これまで感じたことのない昂《たかぶ》りがあった。

書きたい――。

銭にならなくてもいい。読み手がいなくてもいい。見栄《みえ》で塗り固めた衣をはぎとり、腹の突き出た醜い姿をさらし、いびつな己の心を紙の上に叩《たた》きつけたい。

思いもかけない渇望《かつぼう》だった。

鍵役《かぎやく》の久山は、欲しい物があったら遠慮なく申し出ろと言った。芳玄に許されるなら、千賀という後ろ楯《だて》のある源内が紙や筆、硯を手に入れるのはわけもない。

書いてみようか――。

退屈しのぎになるだけでも御《おん》の字である。

天井を見据え、源内は思案した。

「なにを迷うておられます？　書いてごらんなさいまし」

岡本利兵衛は赤ら顔をぐいと突き出した。

「先生なら、世間をあっと言わせる大傑作が書けますよ」

源内は思わず首をひいた。目だけは毛穴から汗の粒が浮き出た大きな鼻に貼《は》りついている。

利兵衛は同じ白壁町に店を構える貸本屋の主人である。歳は四十半ば。大柄の上に顎の張った赤ら顔、金壺眼《かなつぼまなこ》をぎらつかせ、年がら年中、鼻の頭に汗を浮かべている。このところ二日と空けずにやって来ては、戯作を書け書けとうるさくせっついていた。

「おれは物産学者ゆえ、戯作者となるは意に反する」

――この親父《おやじ》、さっきからなにかに似てると思うたが、そうだ、こいつの鼻はダリヨウの鱗《うろこ》そっくりだ。

あれこれ言い逃れをしながら、源内は頭のなかで、長崎で見た標本の鰐《わに》の子供を思い出していた。ぬるぬるてらてらしているところが油に浸した鱗に似ている。

利兵衛は、だが、おとなしく標本になるような輩《やから》ではなかった。

「さように堅苦しいことを申すは、時代遅れにございますよ。学者だろうが儒者だろうが暇に任せて戯文を書きちらすが当世の流行《はや》り。うまいこと評判になれば、小遣い銭と言わず、まとまった銭が手に入ります」

貸本屋では実入りが少ないので、利兵衛は版元の真似事《まねごと》をして銭儲けをしようと企《たくら》んでいる。源内の知友のなかにもくどかれた者が何人かいたが、いまだ本になった話も、大儲けをした話も聞かない。

利兵衛は近所でも業突張り《ごうつくば》で通っていた。

「漏れ聞くところでは、先生はその……手元不如意《ふにょい》だそうで……」

源内がまだ鼻の考察をしているうちに、利兵衛は一気に源内の台所事情に踏み込んできた。

宝暦十三年（一七六三）のこの年、源内は銭に困っていた。前々年に浪人となり、大規模な物産会を主催したものの、予想ちがいで入る銭より出てゆく銭のほうがはるかに多かった。夏に刊行を予定している『物類品隲《ひんしつ》』の費用をかき集めるさえ四苦八苦しているというのに、来客や居候《いそうろう》の出費も馬鹿《ばか》にならない。おまけに生来が見栄っぱりだから、派手な暮らしはやめられない。

銭は、喉から手が出るほど欲しかった。

「ここでひとつ、先生、二人で大儲けをしようではありませんか」

利兵衛は金壺眼を瞬《しばた》いた。

「とは言うてものう……銭のためにものを書く、というのはどうもな。聖人は目先の利には走らぬものゆえ」

源内はなおも抵抗を試みる。

利兵衛は動じなかった。

「聖人、ものを食せざりしや」

「正直の頭に神宿る、とも申す。嘘《うそ》っぱちを書き連ねるは……」

「貧しく正直なりがたし、とも申します」

「あの世で成仏《じょうぶつ》できぬとあらばいかがする？」

「はん。仏法では、未来より現在なり、と申します。貧すれば貪《どん》するは世の倣《なら》い。大いに書き、大いに儲け、大いに善行を施せばよろしゅうございます」

源内は言葉を失って、目の前のよく動く唇を眺めた。

なるほど。銭があっての学問である。書物ひとつ買い求めることが出来ずに、いったいなにが出来るというのか。

「親父には負けた。その戯作とやら、ひとつ書いてみるか」

ようやく同意すると、利兵衛は満面に笑みを浮かべた。

「して、どのようなものを書いたらよいのだ？」

「十年ほど前にございますが、静観坊好阿《せいかんぼうこうあ》と申すお方がお書きになられた『当世下手《へた》談義《だんぎ》』というご本がたいそう評判になりました。それなんぞをご覧いただき、先生にはひとつ当世風のとびきり面白いやつを……」

「さすれば、だれもが知っている話がよいかもしれぬの」

「さようにございます。評判の話題を先生ならではのひねりをきかせて」

「となると、役者でも登場させるか」

「なんと申しましても、世人に受けるのは色恋の話にございますよ」

「色恋？　ふむ、どんな色の恋がよいかのう」

いつのまにか、すっかりその気になっている。

利兵衛がほくほく顔で帰ってゆくと、源内は早速、文机《ふづくえ》に向かった。

七日目

目の前にまっさらな紙が積まれている。

久山を通して千賀道隆《せんがどうりゅう》が届けてくれた上質な美濃紙《みのがみ》だ。

筆は鹿毛《しかげ》、墨は奈良の墨。残念ながら文机の持ち込みだけは叶《かな》わなかった。

ふるえる指で、源内は硯《すずり》を引き寄せた。体がだるい。微熱がぬけない。傷痕《きずあと》の痛みもつづいているが、体の不調とは裏腹に心は晴れやかだった。

はじめて物産会を開いた日、ヨンストンの著書を手に入れた日、『物類品隲《ひんしつ》』を出版した日、エレキテルの復原が完成した日……しくじりつづきの人生のなかの、数少ない光かがやく日々に味わったと同等の興奮が胸を満たしている。

深呼吸をして、硯池《けんち》に水滴を落とした。背筋をしゃんと伸ばし、墨をする。筆の毛先を軽く噛《か》んで柔らかくした上で墨を含ませた。

芳玄が自分のねぐらからこちらを眺めている。

なにを書くかは、とうに決まっていた。二十年にわたる狂おしい恋の物語だ。気負いもない、見栄《みえ》もない、作為もない。事実をありのままにつづろう。欺瞞《ぎまん》を捨て去るために、野乃の目で見、野乃の言葉で書くことにした。かの風来先生が、女になりすまして戯作《げさく》をものするのだ。貸本屋の岡本利兵衛がこの場にいたら小躍りするだろう。

――ぜひともうちからお願いしますよ。

版元の須原市兵衛も小判を積み上げるにちがいない。大評判になるはずだ、世に出た暁には。

だが、その日は永遠に来ないだろう。わかってはいたが意欲は衰えない。生まれてはじめて銭や名声のためではない、自分だけのために書くのだと思うと心が勇み立っている。

最後の一文を書き終えるまでは、なんとしても生き延びねばならぬ――。

紙を手のひらにのせ、昨日丸一日かけて考えた題名を大書した。

『妬痴《とち》面坊《めんぼう》野暮《やぼ》天伝《てんでん》』

〝とちめんぼう〟とは麵《めん》を打ち延ばすときに使う棒のことで、転じてあわてたりうろたえたり、腰の定まらない者を意味する当世の流行《はや》り言葉である。

二枚目の紙を取り上げ、本文を書き出そうとして、源内はちらりと芳玄を見た。目が合う。

芳玄は鬚《ひげ》をしごいた。源内は筆の尻《しり》で目の下の黒子《ほくろ》をちょんとつつく。

江戸神田に風来山人といえるとちめんぼうあり。世の人、風来先生と親しみ、放屁男《へっぴりおとこ》と持てはやし、また大山師とぞけなしける。我もまた、大たわけとも似非《えせ》者《もの》とも思いいぶかりけるに、彼の者、この胸に忍び入りたるはいかなる術を用いたるや。

一気に書いて、しばし感慨にふける。

野乃にはじめて逢《あ》ったのは、宝暦十年（一七六〇）八月、高松藩主・松平頼恭《よりたか》の参勤交代に随従して帰郷した折である。かつて御薬園《おやくえん》の手伝いに駆り出されたときは東方の手狭な長屋に押し込められたが、今回は同じ御薬園内でも、切手御門を入ったところにある長屋に一軒を賜った。

源内は、元代官で、今は隠退して南滝宮村に引きこもっている田村清助に使いをやり、「心きいたる家僕を世話してくれ」と頼んだ。田村は源内が家を出たのち、ときおり平賀家を見舞って、残された家族を気づかってくれている。田村の口ききで、城下で武家奉公をしていたという男がやって来た。名は与四郎である。

高松へ戻った源内は多忙だった。志度浦の実家へ顔を出す間もないまま、「領内の山野をめぐって採薬せよ」との御下知を受けた。

これは毎年、春夏秋に行われる藩の行事で、御薬園方や草木方の役人、小姓、目付を引き連れ、六、七日で領内をまわって薬草を集めるものだ。源内は頭取役を仰《おお》せつかった。

野乃が父親と共に長屋を訪ねて来たのは、源内が旅に出かける前日の、まさに取り込みの真っ最中である。

歳恰好《としかっこう》は三十を二つ三つ過ぎたるほどにて、顔は面長、少しく日に焼け、姿人品優れたりしも、気難しげなる様子は道半ばにて動ぜざる牡馬《ぼば》のごとく、せわしげなるは鵲《かささぎ》のあわただしく餌《えさ》をついばみたる姿と覚えたり。

書きかけたところで筆を止め、源内は眉間《みけん》にしわを寄せた。

帰郷の途上、紀州で貝を拾い集めるよう藩主より命じられた。そのあと大坂へ立ち寄り、これも藩主の命である写本を完成させてようやく城下へ辿《たど》り着いた。ところが自分を待っていたのは、予想に違《たが》わず、御薬坊主どもの冷たい視線だった。

——口先三寸で殿の機嫌を取り結びおって。でしゃばりの出戻りめが。

——口先だけやないいうもっぱらの噂《うわさ》ぞな。

——ふん。もとを正しゃあ、足軽ふぜいじゃけんのう。

体《てい》よく追い払ったつもりが出世して戻って来たのだから、憎さは百倍。源内にしてみれば、故郷へ錦《にしき》を飾った喜びより、不安や苛立《いらだ》ちのほうが大きかった。野乃の目には、さぞやとっつきの悪い、不機嫌な男に見えたにちがいない。見栄を張り、精一杯気取った江戸風のいでたちも、田舎娘の目にはただ珍妙でしかなかったろう。「姿人品優れたりしも」のくだりは削除したほうがよさそうである。

墨で線を引き、なおも記憶をたどる。

野乃はこのとき十五だった。十五といえば、源内が郷里を捨てて江戸へ出たときの末妹の里与の歳だ。思い出のなかの里与の面影はいつまで経《た》っても年若い娘のままである。

そのせいだろうか、はじめて野乃を見たとき、源内は里与と見間違えた。身なりは粗末だが、顔かたちが驚くほど似ている。

色のさめた木綿物を着た体は折れそうに細い。が、裄《ゆき》足らずの袖《そで》から覗《のぞ》く腕は土地娘の力強い腕だ。膝《ひざ》をそろえて座ると、太股《ふともも》が思いの外たくましかった。色黒だが目鼻だちは明るい。瓜《うり》の種のような形をした切れ長の目は、瀬戸内の凪《な》いだ海を連想させる。無造作に結い上げた髪は潮風のせいでかさついているが、頬や額、顎《あご》や首はなめらかで、水底から引き上げたばかりの貝殻のように艶《つや》めいている。わずかに上向いた鼻とふっくらした唇がとりわけ里与に似ていた。

「ようもまあ、覚えとるもんじゃ」

源内はひとりごちた。こうして筆を取ってみるまでは、これほどはっきり覚えているとは思わなかった。自分でさえそうなのだから、野乃の胸には、もっと細かなことまでしまい込まれているはずだ。

紙面をじいっと見つめる。

すると、野乃の声が聞こえてきた。

——ほーや。覚えとる。先生《せんせ》に逢《お》うた日のことは、なんもかんも覚えとる。迷うことはない。思案することもない。野乃は自ら語り出そうとしている。

積み上げた紙の前に腹這《はらば》いになると、源内は憑《つ》かれたように筆を動かした。

――ひゃあ。剽軽《ひょんげ》なお人やのう。

はじめて先生《せんせ》に逢ったとき、うちはびっくりしました。残暑のきびしい季節だというのに、烏《からす》みたいに真っ黒な木綿の袷《あわせ》を着て、下から目の覚めるような黄色と浅黄色の襟をのぞかせ、ふところには大きな紅《あか》い紙入れを差し込んでいます。髪がまた剽軽《ひょんげ》ていました。あとで聞いたら、文金風《ぶんきんふう》といって、江戸では流行りの髪形だそうですが、鼠《ねずみ》の尻尾《しっぽ》みたいに細い髷《まげ》が頭のてっぺんにひょいとのっています。ご城下ではそんなおかしな頭をしているお人はいません。

先生は志度浦で生まれ育ったといいますが、どう見てもそうは見えませんでした。

まるで人形芝居の木偶《でく》みたいです。

口を開けてみとれていると、お父《とう》がうちの脇腹《わきばら》を肘《ひじ》でつつきました。お父は要助という名で、小串《こぐし》岬の東の長浜で漁師をしています。この日は甥《おい》っ子の与四郎さんの勧めで、漁師を止《や》め、先生の家僕にしてもらおうとご城下へ挨拶《あいさつ》にやって来たのです。近頃は大規模な漁が盛んになって、昔ながらの漁師は太刀打ちできないとお父はしょっちゅうこぼしていますし、志度浦の御蔵人足に駆り出されたことのあるお父は、「天狗《てんぐ》小僧」と呼ばれた先生の子供の頃を知っているそうで、このお人ならぜひお仕えしたいと思い立ったのだそうです。

お父はうちの本当の父親ではありません。うちは捨て子です。志度寺のお住職《じゅっ》さんに拾われて、それからしばらくしてお父にもらわれました。

野乃というおかしな名は、お住職《じゅっ》さんがつけてくれました。閻魔《えんま》堂の後ろの藪《やぶ》でうちを見つけたとき、本堂の方を指さして「ののさん」と言ったからだとか。「ののさん」は仏さんのことですが、なぜ二つ三つの子がそんなことを言ったのでしょう。

お父につつかれて、うちは真っ赤になりました。行儀作法など教わったことはないし、江戸の偉い先生というだけですっかり頭に血が上ってしまってろくに口もきけません。

先生はうちなど見てはいませんでした。気がかりなことでもあったのでしょうか。怖い顔、というのではないけれど、つんつんとんがった鵲みたいな顔をして、なにを言っても上《うわ》の空です。

「すんまへん。こいつは躾《しつけ》がなっとらんもんやから」

お父が頭を下げると、お父の脇に控えていた与四郎さんが、

「しゃーけんど野乃は働きもんじゃけん、よーけお役に立ちますぞな」

と、口をはさみました。

与四郎さんはお父の一番上の兄さんの子で、お父とはちょうど十、歳が離れています。このときはええと、三十六。ご城下で武家奉公をしていたこともあって風采《ふうさい》もいいし、物言いにもよどみがありません。

先生はちらりとうちのほうを見ました。

「野乃、か……」

「へえ」

「けったいな名じゃの」

「……へえ」

「江戸はおもくれえ。度肝ぬかれんようにの」

キンキンした声で言いました。早口のつんのめるような喋《しゃべ》り方はあとから先生の癖だとわかりましたが、このときは固くなっていて、なんと言われたか聞き取れませんでした。「おもしろい」と言うのを、江戸ではふざけて「おもくれえ」と言うなんて、わかるはずがありません。

先生は突拍子もない流行り言葉を使うのがお好きで、気に入ると何度も何度も同じことばかり言います。ほんに剽軽《ひょんげ》なお人じゃ。

そのときはそれしか言わなかったけれど、それでもう、うちもお父や与四郎さんと一緒に先生のところで働くことが決まったみたいです。

与四郎さんの話では、先生は四年前から江戸に住んでいるそうで、はじめは学問に専念していて、お侍さまではなかったそうです。お城勤めが決まり、扶持《ふち》をいただく身分になったのは昨年だとか。参勤交代でお殿さまに従って帰国し、御林《おはやし》内にお長屋を賜ったのでお身のまわりのお世話をする者が必要になり、まず与四郎さんにお声がかかった。それからもう一人欲しいと言われたので与四郎さんがお父のことを話したら、顔も見ないうちに決めてしまったというわけです。

先生は俠気《おとこぎ》があって、頼まれれば嫌と言えないお人です。それにこれもあとからわかったことですが、せっかちで、思い立ったらすぐにやらないと気がすみません。うちのような女子《おなご》がお父にくっついて来たので、内心びっくりしたのでしょうが、そんなことはおくびにも出しませんでした。

話はあっという間に終わってしまいました。

「明日よりしばらく留守にする。与四郎を伴に連れて参るゆえ、あとは頼む」

言いながらもう腰を浮かせています。

「すんまへん」お父が遠慮がちに呼び止めました。「お江戸へはいつ頃、お戻りになられますんやろうか」

先生は顔をしかめました。

「一日も早う帰りたいのだが、こう忙しゅうてはの。お許しが出るかどうか……」

先生はご自分の国がお嫌いなのでしょうか。それで不機嫌なお顔をしているのかもしれません。

「お江戸へ戻らはるときは、うちらもお伴するんじゃねえ」

うちは思わず訊《たず》ねました。度肝を抜かれんように、と言うなら、たぶんそうなのだろうと思いましたが、きちんとたしかめておきたかったのです。

お父と与四郎さんは横目で睨《にら》みました。不作法な口のきき方だと思ったのかもしれません。

先生もうちに目を向けました。これまでに見たどの人の目より目玉の色が薄く、茶色っぽいので、うっかり目を合わせているとすいっと引き込まれてしまいそうです。

「江戸へ行きたいか」

「へえっ」

「じゃったら来い」

先生は白い歯を見せて笑いました。

笑うと目尻が下がり、唇の脇がきゅっとくぼんで、可愛《かわい》らしいお顔になります。十八も齢《とし》の離れたお人を、それも今日から主となるお人を可愛らしいなんて言うのはおかしいけれど、つんけんして気取ったところが消えると、子供のように無邪気なお顔です。

「田舎におってははじまらぬ」

よほど江戸がお好きなのでしょう。さっき「おもくれえ」と言ったのと同じくらい熱っぽい調子で言うと、先生は足早に出て行ってしまいました。これからお城へ行って、お殿さまに出立《しゅったつ》の挨拶をするのだそうです。

「ほんならわしも」

あとにつづこうとして、与四郎さんは足を止めました。

「ようけ意地《きざ》悪《から》する者《もん》がおるけんのう、あいしろーてや」

「十分に気をつけろ」と言われても、どう気をつければよいかわかりません。聞き返す間もなく与四郎さんは出て行き、うちとお父は小座敷に取り残されてしまいました。

「そんじゃあ、ひと渡り見ておこうかいの」

お父にうながされて、うちは家のなかを見てまわりました。小座敷の他には奥座敷、茶の間、厨《くりや》、あとは納戸《なんど》と下男部屋があります。

お父と与四郎さんは下男部屋で寝るとして、

「どこに寝たらええんやろ」

いざとなれば厨の隅に寝るしかないと目で算段していたところ、

「荷物もようけないやろ。納戸で寝かしてもろたらどうじゃ」

と、お父が言いました。先生さえよければ、むろんうちに異存はありません。

うちの村では、水呑百姓《みずのみ》は土間をふたつに分けて片方に藁《わら》や筵《むしろ》を敷き、厨と寝間に使っています。本百姓でもせいぜい田の字型に部屋のある平屋住まい。ご城下の町人はもう少しましかといえば、そんなことはありません。「ぶちょう造り」と呼ばれる、これも二間きりの家に住んでいる者が大半を占めています。

うちの家は水呑百姓よりちょっとはましで、板間と土間がありました。けど網やら魚籠《びく》やら水瓶《みずがめ》やらが置いてあるので土間は足の踏み場もないし、板間もひとつきりなので、うちは長持ちで仕切った部屋の隅っこに筵を敷き、紙布の夜具をかけて寝ていました。どんなに狭かろうが汚かろうが、慣れっこだからへいちゃらです。

「今晩はここに泊めてもろうて、明朝、先生をお見送りしてから荷物をとって来ようかいの。ゆくゆくはお江戸までお伴するんじゃけん、余分なもんは処分してもうたほうがええじゃろう」

お父は志度寺の仁王門の不動明王を思わせる赤銅色《しゃくどういろ》の顔をほころばせ、小柄な体つきに似合わず頑丈な手を握ったり開いたりしています。先生のおそばに仕えるのがよほど嬉《うれ》しいのでしょう。

「お父のこと、先生は覚えとらんようじゃったの」

「そらそーや、人足の顔なんかいちいち覚えとるかい。ほんじゃけんど、わしはよう覚えとるで。村の子らとは違う、こりゃ偉人《えらもん》になると、ひと目で思うたんや」

「天狗のお子じゃけん、当たり前や。ほんで天から舞い降りたような恰好《なり》しとるんやな」

うちは忍び笑いをもらしました。けったいな着物、それにあの奇妙な髷《まげ》。先生の長い顔と高い鼻は、そう思って見れば天狗の親戚《しんせき》くらいには見えるかもしれません。

「てんごう言うとらんで、飯の支度でもせんかい」

お父に叱《しか》られ、うちは首をすくめました。

言われるままに厨へ下りてみましたが米櫃《こめびつ》は空、水桶《みずおけ》も空、味噌《みそ》もなし、醬油《しょうゆ》もなし。しなびかけた菜っぱさえありません。

「天狗じゃけに、霞《かすみ》食うとるんかいな」

先生はなにを召し上がるのでしょう。水はどこから汲《く》んで来たらいいのか、米や味噌はどこで手に入れたらいいのか、田舎から出てきたばかりではわかりません。といって、与四郎さんが戻るのを漫然と待っているのも手持ち無沙汰《ぶさた》です。

「訊《き》いてくるっちゃ」

水桶を抱えて飛び出しました。

このときはまだ、与四郎さんが「意地悪《きざ》する者《もん》がおる」と言った意味がわかりませんでした。ましてや、初日早々その言葉の意味を思い知ることになろうとは……。

薄暗い長屋から一歩表へ出るや、すっぽり眩《まばゆ》い陽射《ひざ》しに包まれます。目を瞬《また》き、堪《こら》えきれずに大きなくしゃみをしたら、どこからか癇《かん》にさわる哄笑《こうしょう》が聞こえてきました。

源内は筆を置いた。

野乃が御薬園《おやくえん》の隣人にどんな扱いを受けたか、主の悪口をどの程度吹き込まれたか、本人の口から聞いたことはない。が、快く迎えられたのではないことはたしかだ。源内はこのときまだ知らなかったが、切手御門内の長屋に住んでいるのは独り者ばかりで、雇い人といえば下男か小者、下女を置いている者は一人もいなかった。

採薬の旅から帰るや、困惑顔の父娘《おやこ》に迎えられた。

「あのう……うちがおってもええんじゃろうか」

野乃は思い詰めた顔で訊ねた。隣近所から白い目で見られているという。

「じきに江戸へ戻るんじゃ。気にかけるな」

源内はこともなげに応《こた》えた。

こくりとうなずき、にこっと笑った野乃の顔は、今でも脳裏に焼きついている。

野乃にとっても源内にとっても、高松城下で過ごした数カ月はあまり愉快な日々とは言えなかった。が、わるいことばかりではなかった。薬草採取の旅は予想以上の成果を上げた。南藤《フドウカズラ》や木黄耆《キオウギ》、巴戟天《ジュズネノキ》など、このとき採取した薬草は数年後に出版した『物類品隲』に収められ、源内の本草《ほんぞう》学者としての評判を高める一助となったのである。

小旅行から帰った源内は、ようやくひと息ついた。郷里の友人で、庇護《ひご》者《しゃ》でもある渡辺桃源《とうげん》に文を書く余裕が出来た。

四馬の車に乗らずんば故郷に帰らじとは、英雄の魂、大丈夫たるものあにこれを学《まな》ばざらんや。しかはあれども、大忍止《たいにんや》むにことを得ざるがゆえに、しばらく下《へ》手《た》医者の下にかがみ、針たて坊主《ぼうず》と伍《ご》をなして、郷に帰りたるは、是か否か。

英雄は四頭の馬が引く車で故郷へ凱旋《がいせん》すべきものを、志に反して下手医者や鍼師《はりし》らにまじってこうして帰国してしまった。それは是か否かと、自嘲《じちょう》と自慢を半々にこめた文面である。最後に二句を添えた。

古郷《こきょう》へもいまだ木綿《もめん》の袷《あわせ》かな

我袖《わがそで》を耻《はず》べき野路の錦《にしき》かな

「木綿の袷、か……」源内は苦笑した。「若かったのう」

若かったし、自信過剰だった。己の力を過信していた。

平賀源内は計り知れないほど大きな人物である。こんなところでくすぶってなどいられるか。見てくれ、桃源。お母《かあ》も里与も権太夫《ごんだゆう》も、今にあっと驚かせてやるぞ——。

気が逸《はや》って今にもつんのめりそうになっている源内に、十三歳上の、なにごとにも石橋を叩《たた》いて渡らなければ気が済まない友は、次のような返事をよこした。

龍門の滝に登る鯉《こい》も、はじめは泥鰌《どじょう》に交わりて、折を得て青天をしのぐ、時至らざるに登らんとすれば、かならず亢龍《こうりょう》の悔《くい》あり。年を暦《へ》ずして、君寵《くんちょう》を得て故郷に帰るは絶倫《ぜつりん》の人というべし。

おぬしは十二分に力を示した。焦《あせ》るな。逸るな。いななく馬の手綱を取って、「どうどう」と鼻面《はなづら》を叩いたのである。

桃源の返書には、「おのが身の錦はしらぬ紅葉鮒《もみじぶな》」という句が添えられていた。故郷の人々の目には、源内は紅葉の錦をまとっているように見えたのだった。

友の気遣いを、源内は鼻で笑い飛ばした。紅葉など時節が過ぎればただの枯れ葉、水中で身をよじれば流れに巻かれて消えてしまう仮初《かりそ》めの衣だ。川岸の木々からめぐんでもらったものに用はない。泥鰌なんぞに交わるものか。自分は青天まで登りつめ、光を浴びて、錦の鱗《うろこ》をきらめかせる鯉になるのだ――。

思い出をたどるのを止め、源内は吐息をもらした。

「天へ登るはずが地獄へ落ちてしもうた。錦鯉の成れの果てがこのていたらくとはな」

牢内《ろうない》を見まわす。あきらめきってふて寝をしている囚人たちのなかで、芳玄だけが床に這《は》いつくばって、真剣な顔で書き物をしていた。

長い歳月を連れ添い、結局は踏みつけにしてしまった老妻に詫《わ》びの文を認《したた》めているのか。あの文もまた女房の手には渡ることなく、厠《かわや》の紙になってしまうのだろうか。

膝元《ひざもと》の紙に視線を戻した。

野乃は獄舎に繋《つな》がれた自分のことをどう思っているのかと、源内は考えた。それを知るには、思い出を一粒ずつ数珠《じゅず》のようにつないでゆかなければならない。

まずはあの頃だ。あの頃、野乃は自分をどう見ていたのか。まちがいなく「偉い先生」だと思い込んでいた。ひたすら畏敬《いけい》の目で見ていたように思う。

秋晴れの日の瀬戸内の海のような、明るく輝くまなざしが、しみひとつない紙面に浮かび上がる。

源内は筆を取り上げた。


あれはそう、九月の終わりでした。

先生が志度浦へお里帰りすると言うので、うちはお伴をさせてほしいと頼みました。

「お江戸へ行ってもうたら、二度と帰れまへん。ほんじゃから、お住職《じゅっ》さんに逢《お》うてお別れを言いたいんや」

下女の分際で厚かましいのはわかっていました。けど、なんとしても行きたいと思ったのです。

先生は細い眉《まゆ》を片方、ひょいと持ち上げました。

「お住職《じゅっ》さん？」

「へえ。うちは捨て子じゃけん。志度寺のお住職《じゅっ》さんがうちを拾うてくれたんや」

先生はまじまじとうちの顔を眺めました。まるではじめて見るとでもいうように。

「そうか。それなら行かんならんの」

そんなわけで、与四郎さんとうちが志度浦までお伴をすることになりました。お父は留守番です。

与四郎さんは江戸土産の詰まった箱を担《かつ》ぎ、うちは城下で買い求めた菓子折を抱えて、三人は朝のうちに出立しました。菓子は実家と志度寺のお住職《じゅっ》さんへの土産。先生に言われ、与四郎さんが城下の丸亀町で買って来た羊羹《ようかん》です。わざわざうちのためにも土産を用意してくれるとは、先生は細かなところによく気のまわるお人です。

志度までは志度街道を下ることおよそ二里。志度街道は高松城の南の外堀にかかる常磐橋を起点に、海岸に沿って東浜村、木太村、古高松村を通って志度浦まで出る道で、城下の人々は「東下道《とうげどう》」と呼んでいます。

秋晴れの雲ひとつない天気でした。瀬戸内の海は凪《な》いで、耳を済ませば海面からお遍路《へんど》さんの鈴の音がちりちりと聞こえてきそうな気がします。

そんなふうに感じるのは、うちの心がはずんでいるせいでしょうか。

なんでかて？　そりゃ先生と歩いとるんや。嬉しいに決まっとる。

先生はしゃべるのも早口だけれど、歩くのも早足です。すらりとしている上に一張《いっちょう》羅《ら》の烏《からす》のような着物を着ているので、影法師がゆらゆらゆらいでいるように見えます。

江戸のお人はみな先生のようにせっかちなんやろうかと思いながら、息を切らしてあとをついてゆくと、古高松のあたりで先生はふいに足を止めました。

「この村には菊池黄山先生が住んでおられる。毎日のように通うて、教えをこうたものじゃ」

ひとり言のようでしたが、

「なにを習うてはりましたんかいな」

うちは訊《たず》ねました。のどかな野道で、急に先生と話してみたくなったのです。

「儒学だ。四書だの五経だの……わかるか」

「わかりまへん」

すると先生は眼前の屋島を指さしました。

「そこで戦《いくさ》があった話は知っとるか」

「へえ。都のお人が戦をしはって、ようけ死なはりましたんやろ」

「源義経《よしつね》が平氏を打ち負かしたんじゃ。平氏は長門《ながと》へ落ち延び、壇ノ浦の戦で滅びてもうた」

「なんで戦なんかしはったんやろな」

うちが首をかしげると、先生は唇をゆがめました。笑おうとしたけどやっぱし止めた、そんなお顔です。

「戦ならわしもしとるわい」

「へ？　先生も」

「ほーじゃ。斬《き》り結んどるんじゃ」

先生は向きを変え、歩き出しました。相変わらずの早足です。白ずくめのお遍路《へんど》さんの合間を縫って、鼠《ねずみ》の尻尾《しっぽ》みたいな髷《まげ》をのせた鳥が遠ざかってゆくのを見ていたら、うちはなんだか胸が痛くなりました。こんなにいい天気なのに、海はきらきら輝いているのに、どうして哀《かな》しくなるのでしょう。

「はよ来んかい」

与四郎さんに怒鳴られ、あわててあとを追いかけます。

「なんでやろ。なんで先生、戦しとるなんて言わはったんかいな」

先生に聞こえないように、与四郎さんに訊ねました。

「先生のまわりにはほれ、ぎょうさん敵がおるやないか」

与四郎さんはしたり顔で応えました。

陰口を言ったり、先生の足を引っ張ろうとするお人はたしかにうようよいます。けど、先生はその人たちのことを言ったのではないような気がします。うちにはよくはわからないけれど、もっとなにか別の――。

影法師の背中がひゅらひゅらとゆれています。


源内は母の顔を思い出していた。郷里を訪ねたときの、めっきり白髪の増えた六十九になる女の顔、今生《こんじょう》では二度と逢えぬとあきらめていた息子に再会して、涙でぐしゃぐしゃになった顔だ。

母は父より背が低いのに大柄に見えた。毎日畑へ出るので日に焼けている。近隣の女たちの例にもれず、紅も白粉《おしろい》もつけたことがなかった。顔は朝晩井戸水でじゃぶじゃぶ洗うだけ。近所の若女房に勧められてへちま水をつけたこともあったが、そのうち面倒になって止めてしまった。

そんなふうに書くとがさつな女のようだが、内証の豊かな本百姓の女房であり、足軽とはいえ、かつては御蔵番の妻女だったから、きちんとした応対の出来る女だった。その母が野乃を見たとき、一瞬、身構えるような仕種《しぐさ》をしたのを、源内は今もはっきりと覚えている。

「だれぞね、あん女子は？」

「家僕の娘じゃ。飯炊《た》いたり掃除したりしてくれとるんじゃ」

志度寺の住職に別れの挨拶《あいさつ》に来たのだという源内の説明にうなずいたものの、翌日、帰路につくまで、母は野乃に警戒の素振りを怠らなかった。

その訳は、野乃が志度寺へ出かけた留守にわかった。

母は権太夫・里与夫婦の目を盗んで、源内を薄暗い物置小屋へ引っ張って行った。

「おまいは家を捨てたんじゃけんのう。なんもかんも妹に押しつけて、好き勝手なことしとるんじゃけんのう」

「わかっとるて。お母にも里与にも頭が上がらんわい」

「おまいが離藩してもうて、御蔵番のお役ものうなって、えろう肩身のせまい思いをしたんやで。ほんじゃけんど、権太夫さんが踏ん張ってくれたんじゃ。二人には稚児《ややこ》もおるし、今さらここを返せ言うちゃあいけんよ。けじめだけはつけんと……」

母は野乃を見て、もしや源内が妻帯して郷里へ戻って来るつもりではないかと不安になったのである。一人息子を愛《いと》しみ、嬉《うれ》し泣きをして再会を喜ぶ母も、この地にしがみついて生きていかねばならぬという意味では、頑固で厳しい家刀自《いえとじ》だった。村人の目がある。親戚《しんせき》の者たちの口がある。はじき飛ばされるわけにはいかないのだ。自分を捨てた息子より、いま現在頼りとする娘夫婦の顔色を気づかうのは無理もなかった。

なあんだ、そんなことかと、源内は苦笑した。

「江戸へ発《た》つとき誓うた通りじゃ。勝手をするんやから、妻子は持たん。ここへも戻らん。心配いらんわい」

二十年近く経《た》った今にして思えば、馬鹿《ばか》げた約束をしたものだと思う。もっとも、隠居の身のまま江戸で所帯を持てばよいわけで、このときの約束に縛られて独り身を通したわけではない。

だが、母との約束が全く足かせにならなかったかと言えば、そうとも言いきれなかった。心のどこかに引っかかっていたのもたしかだ。

いずれにせよ、当の権太夫・里与夫婦は母の杞憂《きゆう》とは無縁だった。

「やっぱり兄《あん》にゃんや。偉うなると思うとった」

里与がはしゃいで言えば、権太夫も人のいい笑顔でうなずいた。

「しゃーから言うたやないか、源内さんはただのお人やないて。もっともっと偉うなる。今にわしら、足元にも近寄れんようになるわ」

家の戸口に立って、いつまでも手を振っていた里与。見送るのは辛《つら》いからと、早朝から畑へ出て行ってしまった母。古高松のあたりまで送ってくれた権太夫。

「なんも心配せんで、偉い学者になってくれまい」

別れ際《ぎわ》に権太夫が言った言葉がよみがえる。

源内はうめいた。

期待に応《こた》え、偉い学者になるはずだった。ところが自分のせいで、郷里の家族までが汚名にまみれてしまった。

「すまん、権太夫。許してくれ、おかん、里与」

源内はうずくまり、紙面に額を押しつけた。涙がこぼれ、紙をぬらして、語り出そうとした野乃の言葉を押し止めた。

いつからこんなに涙もろくなったのだろう？　歳《とし》のせいか。病のせいか。それとも死期が近づいているせいか。

引きつるような嗚咽《おえつ》をもらしていると、温かい手が肩に置かれた。

「今日のところはもうお止《や》めなされ。根を詰めるとお体に障《さわ》りますぞ」

芳玄が案じ顔で見下ろしている。

「まだほんの序の口なのだ」

「焦らずともようございます」

「しかし……」

「語り手にも休むときがのうては、声が嗄《か》れてしまいましょう」

源内ははっと身を起こした。

――先生はほんまにせっかちなお人じゃのう。

野乃の声が聞こえた。そういえば、気のせいかちょっと掠《かす》れている。

「ならば休むとするか」

源内は書き終えた分をきれいに重ね、その上に一枚白紙を置いて、硯箱《すずりばこ》と筆をのせた。気を張っていたせいか、体中が凝っている。残りの紙をひとまとめにして脇《わき》へ寄せようとすると、脇腹に鋭い痛みが走った。

大きく息をつく。

「さあ、休む前に腹ごしらえじゃ」

芳玄が物相飯《もっそうめし》の盆を運んで来てくれた。

源内はこみ上げた唾《つば》を呑《の》み込み、餓鬼のごとく盆を引き寄せた。

八日目

なにかに追い立てられているような焦燥を感じて目を覚ました。

なぜこんなにも胸が高鳴り、気が逸《はや》るのか。

源内はねぐらの脇《わき》に積み上げた紙に目を止めた。

格子《こうし》の外の土間を外鞘《そとざや》という。明かり取りの窓は外鞘にあった。燭台もその隅に置かれている。白みかけた朝の光と燭台からもれる火影《ほかげ》だけでは揚屋《あがりや》の内部は薄暗い。

薄闇《うすやみ》のなかで、人肌色の紙面が淡い光を発していた。

「野乃！」

源内は紙束に飛びついた。ざらついた紙の表面を指でなで、鼻を近づけて匂《にお》いを嗅《か》ぐ。

一人二人と起き出した囚人たちが奇人を見るような目で自分を眺めているのに気づいたが、

——なんとでも思いやがれ。

胸の内でうそぶいた。

事件の数カ月前から広まっていた物狂いの噂《うわさ》を耳にしたとき、源内は腹を立てた。が、今なら一笑に付し、聞き流すだけの余裕がある。ここではもう、他人の顔色をうかがう必要はないのだ。

「よう、待たせたな」

硯《すずり》を引き寄せようとして手を引っ込めた。まずは腹ごしらえである。逸る気持ちを抑えて、おきまりの物相飯《もっそうめし》を腹におさめた。

「今朝は顔色がよろしゅうございます」

盆を搬入口まで戻すときに顔を合わせると、芳玄は意味ありげに目配せをした。

機嫌よくうなずき、ねぐらへ戻る。

「さてと。どこからはじめるか」

墨をすり、筆に含ませた。

野乃はしきりに口を開きたがっている。聞き役を決め込んで黙って野乃の話に耳をかたむけたい気もしたが、「しばし待て」と押し止めた。

その前にひとつだけ、決着をつけておかねばならないことがある。野乃との恋を語るには避けて通れないものだ。

勢以――。

昔の男が藩主に気に入られ、重用されていると聞き、好奇心をかき立てられたのか。それとも異例の出世をしたので、手放すのが惜しくなったのか。勢以は細工頭の妻女となった身でありながら、いたずらに源内の胸にくすぶる埋《うず》み火をかき立てようとした。

野乃は自分と勢以とのかかわりに気づいたのだろうか。どちらとも言える。いや。気づいたはずだ。十五の無垢《むく》な娘は、それを知ってなんと思ったろう。

――遠慮はいらん。見たまま聞いたままを語ってくれ。

源内は一歩退き、野乃に出番をうながした。

うちはひとつことをしねしね思いつづける質《たち》ではありません。

お父《とう》にもらわれてすぐの頃、顔を合わせるたびに「捨て子や、捨て子や」とはやし立てる米吉《よねきち》という子がいたけれど、根に持ったりはしませんでした。うちの宝物の貝殻を盗んだフキちゃんとも、なにごともなかったような顔で一緒に遊びました。執念深い女ではないと思います。

だったらなぜ、忘れてしまったはずの出来事を、十年も十五年も経《た》ってからひょっこり思い出したりするのでしょう。

先生にかかわる事でなければとうに忘れていたはずです。

あれは先生に雇われた年の、冬の初めのことです。その頃はまだ高松城下に滞在していて、先生は相変わらず多忙な日々を過ごしていました。

薬坊主《やくぼうず》格というお役は御林《おはやし》を見まわり、薬草の生育状況を調べるのが主な役目です。けど先生の場合は毎日のようにお城か、でなければ御林内にある柏《かしわ》御殿へ呼ばれ、お殿さまの話し相手を務めていました。ときにはひと晩、帰らないこともあって、

「ほれみー。閨《ねや》のお相手を務めとるんじゃ」

目引き袖《そで》引《ひ》きして噂をし合う御林の人々もいましたが、うちは気にもかけませんでした。

「閨のお相手いうんはどういうことかいな」

与四郎さんに訊《たず》ねたら、

「阿呆《あほう》。なにを訊《き》きよるんじゃ」

と、頭ごなしに叱《しか》られ、以来、よけいなことに首を突っ込むのはやめることにした

のです。

当時、先生とお殿さまがどういう関係にあったのか、うちにはわかりません。けれど先生が閨のお相手をしていたとは断じて思えません。

そういえば、先生はよく手を墨だらけにして帰って来ることがありました。玄関先で足を濯《すす》ぐとき、手を拭《ふ》いてさしあげたことが何度となくありました。

「おやまあ、どないしはったんじゃね」

うちが目を丸くすると、

「写生しておったんじゃ。気がついたら朝になってもうた」

先生は寝不足の赤い目に疲れをにじませて答えたものです。

与四郎さんの話によると、お殿さまの目下の関心は、貝やら鳥やら獣やらの図鑑を作ることと、藩の特産である砂糖の生産量を増やすことで、先生はどちらにもかかわっているのだそうです。

「こんとこ苛《いら》ついておられるけん、おそばへ近づかんほうがええ」

先生が不機嫌なのは、江戸へ帰って学問がしたいのにお許しが出ないからで、それに加えて、これだけ夜も昼もなく働いているのに御林の人々がよそよそしく、「寵童《ちょうどう》」だの「男妾《おとこめかけ》」だのと侮蔑《ぶべつ》の目で見ていることにすっかり嫌気がさしていたのでしょう。

その日は、与四郎さんが久々に休みをとっていました。母方の縁者が亡《な》くなって、その葬式があるのだそうです。

お父は阿野郡の陶村《すえ》まで、先生の御用で出かけていました。陶村には先生の先輩で、本草《ほんぞう》学者の三好喜右衛門さまというお人が住んでいます。採薬の旅で見つけた薬草のことで教えを請《こ》いたいことがあるのだとか。本当なら先生は自分で行きたいところなのに、御林とお殿さまにがんじがらめになっていて動きが取れないので、お父が代わりにゆくことになったのです。

先生はお城から戻って遅い夕餉《ゆうげ》を取るや、いつものように自室に引きこもってしまいました。家にいるときの先生は、書きものをしているか書物を読んでいるか、でなければ真剣なお顔で草やら石やらをいじっています。なにもしないでぼんやりしているお姿など見たことがありません。剽軽《ひょんげ》たお人やと思ったけれど、とんでもない、ほんとは真面目《まじめ》で勤勉なお人です。

うちは台所で夕餉の片づけをしていました。

この長屋には十人近くのお役人が住んでいるはずなのに、物音も人声も、しわぶきの音さえ聞こえません。その代わり、広大な御林の一画なので、ひっきりなしに虫の声が聞こえています。

——綿入れ持たせてよかった、お父は寒がりじゃけん。

火の始末を終え、かじかんだ手をこすり合わせながら、竈《かまど》から腰を上げたときでした。

「ごめんなさんせ」

玄関で女の人の声がしました。

女の人が訪ねて来たことなどこれまで一度もありません。うちはびっくりして、火かき棒を手にしたまま玄関へ飛び出しました。

納戸《なんど》色《いろ》の縞《しま》木《も》綿《めん》に柿色《かきいろ》の帯をしめ、お高祖《こそ》頭《ず》巾《きん》で顔を隠した女人《にょにん》が玄関の暗がりにひっそりと立っていました。さりげないいでたちなのに、そんじょそこらの女にはない華やいだ気配がただよっています。これはあとで知ったことですが、このお方は勢以さまといって、細工頭のご妻女で、娘の頃は美貌《びぼう》と男勝《はちかん》りで評判のお人だったそうです。

このときはまだそんなことは知るよしもありません。うちは降ってわいたようなお客に動転し、一方、その女人は女人で、うちが握りしめた火かき棒を目にして後ずさり、二人は目をみはってしばし棒立ちになっていました。

「源内先生おられるじゃろか」

ようやく女人が口を開きました。

うちは火かき棒を背中へ隠しました。

「へえ。おられるけんど……」

「ほんなら、取り次いでつかあされ」

「あのう……」

「勢以が訪ねて来たと言えばわかります」

切り口上な物言いが癇《かん》に触ったけれど、うちは下女です。身分はわきまえています。

「待っとってつかあさい」

台所に駆け戻り、火かき棒を放り出して、先生の部屋へ急ぎました。廊下に膝《ひざ》をつき、「すんまへん」と障子越しに声をかけます。

「先生。勢以さまというお人がおみえにならはりました」

部屋のなかからは、うんともすんとも返事がありません。

「あのう……どないしたらええんじゃろ、勢以さまというお人が……」

おろおろしていると、

「通しなさい」

ひと呼吸おいて先生の声がしました。いつものつんのめるような言い方とはちがって、低くかすれた声です。

お二人はどのようなかかわりなのでしょう。先生の部屋へ案内する間、うちはそのことばかり考えていました。

先生は三十三です。それなのにうちはこれまで、先生がなぜ独り身でいるのか、考えたことはありませんでした。木偶《でく》や天狗《てんぐ》とはさすがにもう思わないにしても、このあたりの男衆とはあまりに違うので、妻子がいてはかえっておかしいような気がしていたのです。

考えてみれば、先生に惚《ほ》れたお人がいても不思議はありません。

――ほーじゃけんど、うちは好かん。

先生は主、うちは下女。それなのになぜ、はじめて逢《あ》った勢以さまに敵意を燃やしたりしたのでしょうか。むろんそんなことはおくびにも出さず、

「お連れいたしました」

神妙に声をかけ、そっと障子を開けました。

先生は上座に膝をそろえ、ふところ手をしていました。平静なふりをしているけれど、ひどく緊張しているのが手に取るようにわかります。先生は緊張すると、左目のまぶたがときおりひくひくとふるえるのです。

勢以さまは部屋のなかへ入り、お高祖頭巾を取りました。先生が声をかける前に両手をつき、

「お久しゅうございます」

と、挨拶《あいさつ》をしました。

うちはびっくりしました。切れ長の目と艶《つや》めいた肌に圧倒されたからではありません。勢以さまは青く眉《まゆ》を剃《そ》り上げ、お歯黒を塗っていました。つまり人妻です。挨拶の様子からすると旧知の仲なのでしょうが、それにしても夜分に人妻が伴も連れずに訪ねて来るとは、いったいどういうことでしょう。

先生がちらりとうちを見たので、あわててお辞儀をして障子を閉めました。台所へ戻りかけて、ふと足を止めたのは、

「今頃どういうおつもりじゃ」

という先生の上ずった声が聞こえたからです。つづいて勢以さまの声が聞こえましたが、低く小さな声なのでなんと言っているかわかりません。うちはどきどきしながら台所へ戻りました。

——ほーやったんじゃ。

あのお人と先生は昔、惚れ合っていたのでしょう。なぜ別れてしまったのか、その

訳は知るよしもありませんが、先生は江戸へ行き、勢以さまは他のお人のご妻女になった……。

けどそれなら今になって、なぜ訪ねて来たりしたのでしょう。よりを戻そうというのでしょうか。人妻の身で夜分に男を訪ねたと知れたらどのような騒ぎになるか、勢以さまとて知らぬはずはありますまい。それ以上に、今でさえ周囲の人々から白い目で見られている先生のお立場はどうなるのでしょう。

いてもたってもいられませんでした。邪魔をしてはいけないと承知していましたが、お茶を持ってゆくなら言い訳が立ちます。一度消した火をおこし、湯をわかしてあわただしくお茶の用意をしました。盆を捧《ささ》げて廊下へ出ます。

部屋の手前で足を止めました。おぼこのうちは男女の事について詳しくは知りません。けど村の女衆の痴話なら聞いたことがあります。安普請《やすぶしん》の破れ戸の隙間《すきま》からうっかり閨事《ねやごと》を覗《のぞ》いてしまったこともあります。部屋のなかのただならぬ様子は手に取るようにわかりました。

「江戸へ連れてっとおせ」

「妻は持たぬ」

「ほんならせめて……」

「てんごう言うたらあかん」

衣《きぬ》ずれや身じろぎの音、不自然な沈黙や切迫した息づかいや……とたんに夜気がねっとりと重く感じられ、うちの体は金縛りにあったように動かなくなってしまいました。脇《わき》の下に汗がにじんできます。

立ち聞きしたなどと知られたら、お父にも与四郎さんにもこっぴどく叱られます。先生にはお暇を出されるかもしれません。それでもうちはその場を動くことが出来ませんでした。

気配が一転したのは、どのくらい経ってからでしょう。

突然――。

「うちが嫌いなんじゃね」甲高い声がしました。つづいて勢以さまの引きつったような笑い声が聞こえました。「やっぱりや。噂の通りやったわ」

冬の朝の井戸水のように冷たい声です。

重苦しい沈黙が流れました。

と、障子の開く音がしたではありませんか。うちは仰天して台所へ駆け込みました。胸がどきどきして、心の臓が飛び出しそうです。

取り乱していたので、うちは勢以さまがいつ帰ったのか気づきませんでした。竈の前にしゃがんで膝を抱え、ひたすら動悸《どうき》が鎮《しず》まるのを待っていました。なぜ動悸がするのか、そんなことさえわからぬままに……。

聞いてはならぬことを聞いてしまった、このときはただ立ち聞きをしたせいだと思い込もうとしていたのです。

先生は部屋にこもったきりで、物音さえ聞こえません。うちはその晩、何度となく先生の部屋の前まで行きましたが、なぜか声をかけることが出来ませんでした。

顔を合わせたのは翌朝です。

いつものように朝餉《あさげ》を食べ、箸《はし》を置くと、先生はうちに目を向けました。

「正月早々、大坂へ発《た》つことにした」

「へえ」

「その足で江戸へ帰る」

うちは目をみはりました。

「与四郎は大坂から一旦《いったん》ここへ戻るゆえ、指図にしたがって、おまえたちも江戸へ参れ」

固い口調で言うと、ふっと表情を和らげ、

「鯉《こい》が滝を登るんじゃ。天はでっかいけんのう」

と、郷《くに》なまりに戻って言い足しました。

なんのことやらさっぱりわかりませんでしたが、先生が少し元気になったように見えたので、うちはほっとしました。昨夜なにがあったにせよ、先生の目は昨日ではなく明日を見ている――そのことが嬉《うれ》しかったのです。

盆をさげて厨《くりや》へ戻り、後かたづけをはじめるときにはもう、勢以さまのことは忘れていました。だれもいないのをいいことに、先生の食べ残しの飯粒を口に入れ、わざとゆっくり嚙《か》み下します。

夕方には与四郎さんが帰宅、翌日にはお父も帰って来ました。それから年の瀬まではいつも通り、先生は忙しげにお城や御林を往復していました。けれどそうしながらも、与四郎さんやお父は先生の文をあちこちへ届け、人の出入りも増えて、うちにも大坂行きの準備が着々と進んでいるのがわかりました。

先生が出立《しゅったつ》したのは正月の二日です。

いくらお殿さまお気に入りの先生でも、正月くらいは休みがもらえます。元旦に登城して賀詞を済ませ、翌日には与四郎さんを伴なって大坂へ向かったのです。大坂での滞在先は鰻谷箒屋《うなぎたにほうきや》町の戸田斎《いつき》先生のお宅だそうです。戸田さまは旭山《きょくざん》の号を持つ高名なお医者さまで、先生ははじめて江戸を目指したときも大坂へ立ち寄り、戸田さまのお世話になったのだとか。江戸のお医者さまで本草学者でもある田村元雄《げんゆう》先生へ紹介の労をとってくださったのもこのお方だそうです。

お殿さまにどんな言い訳をしたのか、先生はそのまま大坂に滞在したきりで、二月になると与四郎さんだけが一人でご城下へ帰って来ました。

「たった今、ご家老さまに先生の退職願いを届けて来たんじゃ」

与四郎さんの話にお父は目をみはりました。

「そりゃあ離藩いうことぞな」

「ほうじゃ。浪人になる、ちゅうこっちゃ」

「で、お許しは出たんかいな」

「そげに簡単にゆくもんか。ご家老さまは苦い顔や」

先生が江戸へ帰るという話はうちも聞いていましたが、まさか離藩の覚悟を固めているとは思いもよりませんでした。

「ほんで、先生はどないしてはるんや」

うちも膝を乗り出しました。

「江戸へ向こうたわ。おっつけ着く頃じゃろう」

先生はとうとう我慢が出来なくなったのです。なにもかも放り出して、好きな学問に専心することにしたのです。けどお殿さまは、ご家老さまや藩のご重役方はお許しになるのでしょうか。お咎《とが》めがありませんようにと祈るばかりです。

お父《とう》とうちが江戸へ出立したのは、三月のはじめでした。与四郎さんはご家老さまの返事をいただいてから出立することになっているそうで、あとに残りました。

先生は気前よく路銀を用意してくれたのですが、与四郎さんがいないので心細く、勝手のわからないお父は少しでも銭を減らさないようにと安宿とにぎり飯で歩き詰め。高松から大坂までの船旅はともかく、東海道をろくに休みもとらずに下るのは、田舎暮らしで足腰を鍛えたうちでさえきつい旅でした。

江戸へ着いたのは三月二十二日です。日本橋界隈《かいわい》のにぎわいには度肝をぬかれました。大通りにも橋の上にも、路地裏にまで人があふれています。だれもがせわしなく行き交っていて、うっかりしていると突き飛ばされそうです。

「まるで縁日みたいやねえ」

感嘆したものの、まずは先生の顔を見なければ不安で、江戸見物どころではありませんでした。お父とうちは与四郎さんの伝言通り、神田紺屋町にある田村家を訪ねて先生の住まいを教えてもらい、まっすぐに神田鍛冶《かじ》町二丁目の不動新道《しんみち》にあるという先生の家へ向かいました。

帰郷するまでの先生は、湯島の御聖堂に寄宿していたそうです。藩士となってお殿さまからしばしばお声がかかるようになり、御薬園《おやくえん》の仕事が増えてからは、目黒の下屋敷に泊り込むことも多かったと聞いています。

ですから不動新道の家は、先生の江戸でのはじめての借家です。道行く人に訊《たず》ね、ようやくたどり着いたその家は、路地裏にある二階家でした。江戸という場所柄、御《お》林《はやし》の長屋よりは狭いものの、この界隈では人目をひく立派な住まいで、入口がちょっと凝った格子《こうし》になっている、いかにも先生好みのしゃれた家です。

「とうとうお江戸へ来てもうたんやなあ」

うちは胸いっぱい、江戸の風を吸い込みました。子供たちの騒ぐ声や赤子の泣き声、「刻み煙草《たばこ》はようよう」だの「え塩えしおー」だの「お油よろしく油でござい」だのという触れ売りの声がひっきりなしに流れて来ます。春の盛りなのに、御林の長屋とはちがって花や草木の香はしません。魚を焼く匂《にお》いやら煮物の匂いやら、なんでもかでも大鍋《おおなべ》に放り込んで煮込んだような雑多な雰囲気にはただただ圧倒されるばかりです。

「お父。うち、胸がわくわくしてきたで」

息をはずませました。

先生がなぜ江戸へ帰りたがったのか、その訳がわかったような気がします。喧騒《けんそう》のなかに身を置いていると不思議に心が和むのです。面倒なことを考えたり、他人に気を使ったり、そんなことをしている間もなく流されてゆくのは心地のよいものです。先生の家からもにぎやかな話し声がもれていました。耳慣れた甲高い声を聞き分けたときの嬉しさといったら！ ご城下にいるうちに少しずつ艶《つや》が失せ、勢いがなくなっていた先生の声が、今はもう元に戻って、かしましい鶏のようです。

勝手口が見当たらないので、お父は遠慮がちに玄関の戸を開けました。

「えぇーお頼み申します」

二度三度声をかけても応答がありません。

「ごめんなさんせ」

うちも声を張り上げました。

すると、小袖《こそで》の上から縫腋《ほうえき》を羽織り頭を束髪にした、一見、御薬坊主《おやくぼうず》かと見まごう男があらわれ、

「なんぞ用事か」

と、訊ねました。二十歳前後の若者です。

お父がへどもどと要領を得ない説明をしていると、先生が顔を覗かせました。

「おう、おまえらか。よう参った。ご苦労じゃったの」

着流しに文金風《ぶんきんふう》の髷《まげ》の、なつかしい先生が笑みを浮かべて立っています。顔の色艶がよいのは、江戸の空気を吸って生気がよみがえったからでしょう。派手好みの先生らしく、着物は地色こそ薄鼠色《うすねずいろ》ですが全体に段違いの筋と大小の玉が散らしてあります。あとから聞いたところによると筋と玉と見えたのは「太申《たいしん》」というつなぎ文字だそうで、二代目中村伝九郎が舞台で着たことから伝九郎染というのだとか。けったいな模様がまた、先生の心のはずみをあらわしているようで、うちは心底、楽しくなりました。

上がれ上がれと言うので、お父とうちは手拭《てぬぐ》いで足を拭《ふ》いて玄関から上がり、急《せ》かされるままに奥座敷の前まで行って、廊下に膝《ひざ》をそろえました。

庭に面した小座敷は障子が開け放たれ、三人のお人が座っていました。床の間を背にしているのは四十そこそこの総髪の大柄なお人、その前に左右向き合う形で席が四つあって、最初に玄関へ出て来た歳若《としわか》いお人がこちらから見て右手奥に、先生が手前の左手に座って全員がそろうと、

「この者たちは郷里から呼び寄せた家僕での、要助と娘の野乃じゃ」

先生はお客人方にお父とうちを紹介しました。

「こちらは前野良沢《りようたく》さん、蘭方医《らんぽうい》だ」と年長の大柄な男に目を向け、その視線を隣席に移して、「杉田玄白さん。杉田さんも外科医だ。日本橋の堀留町で医者の看板を掲げておる。というてもわからんか……」と機嫌よく笑います。

ここに集まっているのは、みな田村門下のお医者さまや本草《ほんぞう》学を学ぶお方だそうで、さっきの若いお人は中川淳庵《じゅんあん》さま。歳は先生より十一も若いけれど、田村門下では先生の先輩に当たるそうです。お住まいは麴町《こうじまち》というところで、お城をぐるりとまわった向こう側だといいますが、遠いのか近いのか、うちには見当もつきません。

前野さま、杉田さま、中川さまと奥の三人が屈託のない穏やかな笑みを浮かべているのに比べ、手前に座った、二十代半ばと見えるお人は一人だけすねたように唇をゆがめ、険のある目つきで他の人を見据えています。でも慣れっこになってるのか、だれも不満げな顔を気にかける者はおりません。このお方は川名林助さまで、自ら離藩して浪人となり、目下、田村先生の家に居候《いそうろう》中だそうです。

ひと通り挨拶《あいさつ》が済むと、先生は笑顔で、

「これからはしょっちゅう顔を合わせることになるゆえ、名前と顔を覚えておくように」

と、言い添えました。そう言われても、うちの頭はすっかり混乱しています。

「そっちが台所だ。ひっちらかっておるが、なんぞ取りつくろって持って来てくれ」

先生に言われて、お父とうちは台所へ下がりました。

まあ、驚いたのなんの。器や箸が散乱して、食いちらかした食べ物が置きっぱなしになっています。先生が自分でなにか作るとは思えませんから、だれかがどこからか調達してきたものを手当たり次第に皿へ並べ、汚れればまた次の皿、というように、その場しのぎの暮らしをしていたのでしょう。

流行《はや》りものに敏感で、着るもの食べ物にも一家言《いっかげん》があり、たとえば写生をするときなど一本の線の乱れも許さない、植物でも生き物でも、理路整然と分類しなければ気の済まない先生が、こんなふうにちらかっていても平然としているとは……。先生の素顔を見たようで、うちはおかしくなりました。

「先生にお仕えしてよかった。なあ、お父。ずっと先生のおそばにおって、お役に立たんといけんねえ」

片づけに取りかかりながら、うちがはずんだ声で言うと、

「決まっとろうが」

竈《かまど》の前にしゃがんで火吹きを使いはじめたお父も、深くうなずきます。

「とんとん唐がらし、ひりりと辛いは山椒《さんしょ》の子、すわすわ辛いは胡椒《こしょう》の子、芥子《けし》の子、

胡麻《ごま》の子、こちんひのこ、とんとん唐がらし……」触れ売りの声が流れ、野良犬《のらいぬ》の鳴き声が長く尾を引いて、江戸の春は雑駁《ざっぱく》なにぎわいとともに暮れてゆきました。

「湯上がりや世界の夏の先走り」

口ずさむだけで喜びに胸がはちきれそうになる。この句を詠《よ》んだのは、たしか江戸へ向かう旅の途中だった。あのときは憧《あこが》れのお江戸で名を上げようと勇み立っていた。

その後、一旦藩籍に戻ったお陰で、藩主に従って帰郷するという思わぬ出来事があったものの、再び江戸へ舞い戻り、気ままな暮らしに身を投じた。

まさに我が世の春だった——。

源内は筆を置き、吐息をもらした。

藩主の機嫌をうかがい、同僚の冷やかな視線に耐え、焦燥に悶々《もんもん》としていた郷里での日々から一転しての晴々した江戸暮らしである。田村門下の仲間たちは、帰って来た友を諸手《もろて》をあげて迎えてくれた。

純真無垢《むく》に学問を志す者たちの、なんと清々《すがすが》しいことよ！

要助・野乃父娘《おやこ》が江戸へやって来た当時は、自分でも不自然なほど浮かれていた。だが心の奥にまったく不安がなかったわけではない。

源内は与四郎に届けさせた退職願いに「我がままに一出精《いちしゆつせい》つかまつりたく存じ奉《たてまつ》り候」と記した。「一出精」という言葉に、勉学に励みたいとの意志をこめたのである。つづけて「ご慈悲をもってお暇頂戴《いとまちようだい》つかまつり候よう仰《おお》せつけなされ下され候わば、千万ありがたきしあわせと存じ奉り候」と記し、平身低頭して許しを請《こ》うた。

学問好きの藩主頼恭《よりたか》や旧知の木村家老ならきっとわかってくれると高《たか》をくくっていたのだが、その一方で、許可なく江戸へ舞い戻ってしまった身勝手さにうしろめたさを感じていた。藩主の逆鱗《げきりん》にふれ、一大事にならぬとも限らない。その不安を振り払うためにことさら陽気に振る舞っていたのである。

ひと月ほどして与四郎が江戸へやって来た。藩主の許可ではなく、木村家老の文を携えていた。

それによると、源内の申し出は勝手きわまりなく、重臣たちの怒りを買う恐れがある。藩主の機嫌を損ねる心配もあるから書き改めよという。大坂在住の恩師、戸田斎が高齢で体調も思わしくないため帰るに帰れないと藩主には取り繕っているので、江戸にいることは伏せて、そのあたりを理由にもう一度書き直せと、親切にも入れ知恵までしてくれていた。戸田斎はこのとき六十六歳だった。病がちのせいか、ここ数年、一段と気難しくなっている。下手に巻き込みたくはなかったが、このまま許可が下りぬとあれば頭を下げて頼み込むより他なかった。

ここは方便じゃ——。

医術を心掛けたいが、師匠老齢につき、昼夜おそばについて学びたい。となると御奉公に支障が及ぶやもしれず、はなはだ恐れ多いゆえ、「永のお暇頂戴つかまつり候よう」と文を書き改め、戸田斎には、出来るだけ早く大坂へ戻って教えを請うつもりでいるから、先生からも高松藩のご家老宛《あて》に書状を認《したた》めてもらいたいと文を書いた。

与四郎は再び、主の文をふところにおさめて大坂へ発《た》った。大坂から高松へまわり、江戸へ帰って来たのは六月の暑い最中である。

年初からこっち休む間もなく江戸、大坂、高松を飛びまわっていたため、赤銅色《しゃくどういろ》に日に焼け、きりりと身のひきしまった与四郎が、路地を流す水売りから買い求めた水を一気に飲み干すのを待って、

「どうじゃった？　ご家老さまはなんと仰せられた？」

源内は急《せ》き込むように訊ねた。

「これなら問題はなかろうと申されました」

「おう。そうか。ようやった！」

「お殿さまはじきに参勤交代でお江戸へおいでになられるゆえ、その際、ご命辞が下されるそうにございます」

そうなれば晴れて自由の身である。大喜びの主を見て、与四郎はにわかに不安につかれたように首をかしげた。

「けんど戸田さまは、先生が近々大坂へおいでて、正式に弟子入りなさるものと待ちかねておられますけん」

「放っとけ放っとけ。お暇さえもらえばこっちのものだ」

笑い飛ばした源内だったが、のちのち戸田の怒りを買い、あたふたと詫《わ》びを入れるはめになる。

これだから「とちめんぼう」と言われるのだと、源内は苦笑した。自分の半生は、気が逸《はや》るあまり後先見ずに突っ走ってしまうことがしょっちゅうだった。それもこれも、地道な努力を怠り、虚言と見栄《みえ》で己を飾りたてようとしたためだ。そういえば、野乃にもなじられたことがある。

「先生はなんもかんもいいかげんや。そんときだけよかったらええんじゃ。実《じつ》ちゅうもんがあらへん」

あれはなんのときだったか。もっと控えめな、柔らかな言い方だったかもしれないが、たしかそんなふうに言われた。

後年のことである。江戸へ出て来た当初の野乃は、源内をひたすら敬愛していた。

夏のある夜、源内は野乃を両国広小路へ連れて行った。

神田と両国橋は目と鼻の先である。主と二人、しかも日暮れてから歩くのははじめてなので、野乃は緊張して、遅れまいと小走りについてくる。

広小路に入ると、人群れは入道雲のようにふくらみ、先へ進むのさえ押し合いへし合いになった。人寄せ太鼓の音が響き、触れ売りの声が飛び交い、錫杖《しゃくじょう》を振りながら「懺悔《さんげ》懺悔《さんげ》、六根清浄《ろっこんしょうじょう》」と唱える袈裟《けさ》姿の願人《がんにん》坊主や、割れ竹に銅銭を通したものを鳴らしながら芝居咄《しばいばなし》をして歩くちょぼくれ坊主の姿が人波の向こうに見え隠れしている。道端には種々雑多な屋台が軒を並べ、餅《もち》や飴《あめ》の匂い、こはだの鮨《すし》の匂い、鰻《うなぎ》のかば焼きの匂いなどが人いきれと混じり合って、甘酸《あまず》っぱく香ばしいが腹のもたれそうな匂いがたちこめていた。

「迷子にならんようにの」

「へえ」

源内はときおり振り返って、野乃の姿を目で探した。野乃は顔を赤らめ、鼻の頭に汗を浮かべている。真剣なその顔がおかしくて、源内は頬をゆるめた。

「どうや。これがお江戸だ」

自分の庭のような顔で言うと、野乃は目を瞬《しばた》いた。

「よーけ人がおるのう。目ぇがまわりそうや」

そのとき、大川の方角から「そりゃ花火だ花火だ」と声が上がった。群衆は両国橋へ殺到した。橋は黒山の人、人、人。川面《かわも》にも大小様々な舟が、夜空の星を散らしたように浮かんでいる。

人波に押されて橋の手前まで来たところで、源内は野乃の体を引き寄せた。そのまま川岸へ退く。川岸にも人が鈴なりになっていたが、強引に隙間《すきま》を見つけて入り込んだ。

花火が空を燃やす。

源内は、野乃の背にまわした腕を離さなかった。野乃もそっと身を寄せてくる。

花火が上がるたびに、野乃の顔がぱっと華やいだ。それを見て、源内は「美しい」と思った。胸がざわめいたのは、このときがはじめてである。

だが次の瞬間、月光を浴びた勢以の横顔を思い出した。あれはまだ江戸へ出る前、別れ話をしたときだ。冷たく冴《さ》えた勢以の顔と、うっとりと夜空を見上げている野乃の顔は似ても似つかない。それでも、どちらも若い女の顔だった。そう思うと胸が冷えた。

「帰るぞ」

唐突に腕を離し、踵《きびす》を返した。花火はまだつづいている。野乃は一瞬、未練の残る顔をしたものの、源内はとんじゃくなく歩きはじめた。

歩いているうちに気分が鎮《しず》まった。すると、野乃がかわいそうになった。自分が傷ついたのは勢以のせいで、野乃とはかかわりない。

「西瓜《すいか》でも食うか」

振り向くと、野乃はにこりと笑った。別に機嫌を損ねているふうはない。

「どうだ、江戸は？」

ほっとして訊《たず》ねる。

「おもくれえ」

「おもくれえか。そいつぁいいや」

源内ははじけるように笑った。

こだわりは消えていたが、西瓜を食べるのは止《や》めにした。野乃の唇が赤い汁でぬれるのを見るのは、なんとなく嫌だった。

西瓜の代わりに飴を買ってやった。

野乃には女になってほしくない。いつまでも妹のままにしておきたい。

自分でも理不尽だとわかっていた。が、模写したり分類したり解読したり出来ないもの——手に余るものから巧みに逃れようとするのは、源内のもって生まれた性分だった。

九日目

「それで、藩のほうはいかが相なりましたのでございますか」

芳玄が訊《たず》ねた。源内の脇腹《わきばら》の傷に新しい薬を塗り終えたところだ。

医師なら源内の知人にいくらでもいる。傷が化膿《かのう》したと言えば、そのなかのだれかが牢役人《ろうやくにん》に袖《そで》の下を使って、薬を届けて寄越すだろう。だが傷を負った状況があまりに滑稽《こっけい》なので、自分の口から婆婆《しゃば》の仲間に助けを求める気にはならなかった。

芳玄は見るにみかねて、古女房に塗り薬の調達を頼んだのである。

その代わり、というわけでもないが、芳玄に書きかけの紙束を見せた。

婆婆にいた頃、弟子が仕事場を覗《のぞ》こうものなら、源内は烈火のごとく怒り狂った。あの頃は疑心暗鬼になっていた。人からけちをつけられるのではないか、弟子に盗作されるのではないかと不安だった。ろくなものも書けないくせに、なんと思い上がった、それでいてなんと尻《けつ》の穴の小さい男だったのだろう。

ここ数日は心が平穏である。そういえば眠りも深い。

「九月半ばに江戸藩邸からお呼びがかかった。目黒の下屋敷《しもやしき》ではのうて九段の上屋敷《かみやしき》だ。下手をすれば勝手に江戸へ戻ったことを咎《とが》められ、『腹を斬《き》れ』と言われかねない。さすがに動転しておったのだろう、袴《はかま》を穿《は》こうとして片方の裾《すそ》に両足突っ込み、無様にすっ転んだ」

源内は屈託のない笑い声を上げた。芳玄の前だと不思議に気負いが消え、己を取り繕う気がしなくなる。

「されど浪々の身となり、こうしてたくさんのご本を書かれたのでございます。お咎めもなく、円満に落着いたしましたのでございましょう」

「うむ。頼恭《よりたか》さまは、おれより役者が上じゃった」

源内はこちこちになって藩主の御前に伺候《しこう》した。さぞや腹を立てておられるだろうと思ったが、案に相違して、頼恭はいっこうに変わらず磊落《らいらく》だった。

「大坂で医業に励んでおると聞いたが、なにゆえ江戸におるのじゃ」

いたずらっ子のように眸《ひとみ》を躍らせて訊ねる。

そう来るだろうと予想していたから、はじめから答えは用意していた。

「物産会の準備があり、打ち合わせのためにちょうど参りましたところにございます」

頼恭は唇を丸くすぼめた。

「さすれば、またすぐに大坂へ戻るのか」

「はあ。いや、すぐに、というわけでは……」

しどろもどろに答えるとからからと笑う。

「源内。藩邸にも顔を出せ。遠慮はいらぬ」

源内は顔を上げた。五十男の明るい目が、冷や汗の吹き出た顔を見下ろしている。生物への尽きない興味と博物への夢……同じ志にあふれたふたつの視線ががっちりと絡《から》み合った。

その頃合いを待っていたように、木村家老が咳払《せきばら》いをした。命辞を読み上げる。

「格別の思《おぼ》し召しをもって御扶持《ふち》切米《きりまい》召し上げられ、永く御暇下し置かれ候《そうろう》」

そこで木村は思わせぶりに間を置いて、

「もっとも御屋敷へ立ち入り候儀は、ただ今通り相心得らるべく候。但《ただ》し、他へ仕官の儀は御構《おかまい》遊ばされ候」

最後の一文は、他藩への仕官はならぬとの意である。学問のために離藩しておきながら舌の根も乾かぬうちに他藩へ鞍替《くらが》えしようものなら、あからさまに高松藩を愚弄《ぐろう》することになる。藩主の顔に泥を塗るなと釘《くぎ》を刺したのである。

もとより窮屈な仕官などまっぴらだったから、源内にも異存はなかった。

木村は命辞をたたみ、源内の膝元《ひざもと》へ押しやった。

源内は押しいただいてふところへ収めた。安堵《あんど》と感激に目頭が熱くなった。

そもそも源内はなぜ、一旦《いったん》離藩した高松藩とかかわることになったのか。

江戸へ出奔した源内が頼恭と再会したのは、宝暦九年（一七五九）のことだった。このとき学問料として三人扶持を下賜《かし》されている。正確にいえば「医術修業候に付き」という名目だった。頼恭は新進の本草《ほんぞう》学者、源内の評判を聞き及び、逸材を手放したことを悔やんであわてて呼び戻そうとしたのである。

源内はこれを、文字通り、学問を修めるための奨励金だと勘違いした。自分の価値がそんなものであろうはずがない。つまりこれをもって仕官せよというのではなく、これまで同様、好きなだけ勉学に励み、ときおり藩邸へ機嫌伺いに出向けばよいだろうと気軽に考えたのである。

ところがそう甘くはなかった。もはや気儘《きまま》な暮らしは許されない。二日と空けずに呼び立てられ、博学好きの藩主の話し相手を務めることになった。

「おう、待ちかねておったぞ。長崎屋の話を聞かせよ」

源内が伺候するたびに、讃岐《さぬき》十二万石の藩主が筋骨隆々たる体をぐいと乗り出し、鼻の頭に汗を浮かべて、精力みなぎる面をほころばせる。

「先日、長崎屋へ参り、紅毛人の医者よりスランガステーンと申す石を見せられましたが、これは小豆島に竜骨として伝わる石と同じにございます。幸い手元にございましたゆえ、持参いたしましたところ、ご一同こぞって手を打ち、お喜びになられました」

源内は鼻高々に答える。

オランダ商館の一行は、年に一度、将軍家に拝謁《はいえつ》するためにはるばる長崎からやって来て、日本橋の長崎屋へ滞在する。一行の他にも常時、通詞《つうじ》や学者、蘭医《らんい》、商人が出入りしているので、源内は田村門下の仲間、杉田玄白や中川淳庵《じゅんあん》らと共に足しげく通って見聞を広めていた。

「これより薬園《やくえん》に参る。伴をせい」

高松藩下屋敷には広壮な薬園がある。藩主に随行して薬園をまわり、問われるままに本草の知識を披露する日もあった。

「そちも食え。旨《うま》いぞ」

藩主は狩が得意だ。猪肉《ししにく》には目がない。相伴に与《あず》かることもある。

活動的で意欲満々な藩主が、源内は嫌いではなかった。頼恭は五十。父子《おやこ》ほどの歳《とし》の差があるから甘えやすい。真面目《まじめ》一方で小心者の実の父親には感じなかった畏敬《いけい》の念も抱いている。とはいえ……。

「どうじゃ。次の物産会の準備は進んでおるか」

屈託のない顔で訊《き》かれるたびに焦燥にかられる。体はひとつしかないのだ。こう毎日のように呼び出されていたのでは、いったいいつ準備を進めればよいのか。このところ本来の勉学もとどこおっている。

翌年の三月、源内は藩主の伴をして京へ上った。もとより軽輩者である。ただの話し相手だった。そのため、口さがない者たちからは、〝男妾《おとこめかけ》〟〝お殿さまの閨《ねや》御用人〟と陰口をたたかれた。

源内は聞き流した。

――ふん。てめえらになにがわかる？

帰府の途中、「珍しい貝を収拾せよ」との藩命を受けて相模《さがみ》へ立ち寄る。負けず嫌いの源内である。命じられれば意地でも成果をあげようとがんばる。ますます藩主の覚えがめでたくなる。五月には四人扶持銀十枚の薬坊主《やくぼうず》格に抜擢《ばってき》された。一人扶持が増えるには通常十年かかる。それがたった半年で昇進したのだ。薬坊主格となれば歴《れっき》とした藩士の仲間入りである。嬉《うれ》しい。誇らしい。「やったぞ」と叫びたいところだが……代償も大きかった。周囲の者たちからのやっかみや僻《ひが》みもさることながら、下屋敷内の御薬園へ日参するよう命じられたのである。

銭の心配はなくなった。自尊心も満たされた。が、今度こそ完全に自由を奪われてしまった。これでは本草学者・田村元雄《げんゆう》の一番弟子として名を上げ、医学や儒学を学んで、いっぱしの学者になりたいという野心が水泡に帰してしまう。大規模な物産会を開いて世間をあっと言わせる夢を実現させるため、参勤交代に随従したものの、結局は江戸へ逃げ帰ってしまった。だが頼恭はそれをも苦笑しつつ許してくれた。

今にして思えば、放蕩《ほうとう》息子を見守る父親の心境ではなかったか。

「して、その後も藩邸へは顔を出しておられたのでございますか」

芳玄は訊ねた。

「翌年、閏《うるう》四月に大規模な物産会を開くまでは、しばしば報告に参った。殿が参勤交代で国元へ戻られる際、物産会の成果を書物にまとめたいと相談を持ちかけたところ、藩のうるさ方には内緒で援助金を下された。それゆえ物産会の翌年七月、殿の江戸御出府に間に合うように『物類品隲《ひんしつ》』を刊行したのだ」

「おう、それであのご本には〝松頼館蔵板《しょうらいかんぞうはん》〟と書かれてありましたのじゃな」

源内はうなずいた。

『物類品隲』は三百六十種に及ぶ各地の珍しい物産を取り上げ、詳細な説明を付加した大判の木版刷である。松頼館としたのは出資者である松平頼恭にちなんだもので、版木ともども頼恭に寄贈した。

同じ年の十一月には、世話になった木村家老にも、平線儀（世界地図）を贈っている。これは長崎屋に滞在していた通詞から模写させてもらったものだ。

「だが去る者日々に疎《うと》しと言うての、いくらもせぬうちに疎遠《そえん》になってしもうた」

源内はため息まじりにつぶやいた。

物産会を開催するまでは意気軒昂《けんこう》、気持ちが浮き立っていた。物産会は予想以上の大成功をおさめた。源内の名前は広く知れ渡り、鼻高々だった。

――見てみー。やったで。辞職して大正解や。

とんとん拍子にいっているときは、藩邸にも大手を振って出入りが出来る。

ところが物産会が終了するや、急激に家計が逼迫《ひっぱく》した。それでも『物類品隲』を刊行する頃まではなんとか持ちこたえた。が、問題はそれからである。本の出版に思わぬ銭がかかったばかりか、気が大きくなっていたので取り巻き連中に大盤振る舞いをする。伊達《だて》な身なりに銭を費やし、自慢したい一心で、郷里の家族や知人に江戸の珍品、逸品を送りまくる。考えなしに高価な書物も買いあさった。そんなこんなで有り金を使い果たしてしまったのである。

名ばかり上がっても銭は入らない。ちやほやされるだけでは腹はふくれない。銭にあくせくするようになってからは、藩邸の敷居が高くなった。顔を出したいが出せない。そのうちに僻み根性が出てきた。

先方からお呼びがないのは、もはや自分を見放しているのではないか。医学も本草学も究めず、いたずらに銭儲《ぜにもう》けの算段ばかりしている自分を侮《あなど》っているのではないか。

一旦そう思い込むと、目黒や九段の方角へ足を向けるのさえ苦痛になった。

「『狡兎《こうと》死して良狗《りようく》烹《に》られ、高鳥《こうちよう》尽《つき》て良弓《りようきゆう》蔵《かく》る』と書かれたは、はて、なんでしたかの。必要がのうなれば、犬も弓も無用の長物にございます」

「いかにも。『細工貧乏人宝《ひとだから》、ああ薄いかな、我が耳たぶ……』」

源内は自らの著『放屁《ほうひ》論《ろん》後編』の一節を詠じた。

「されどお殿さまからは、なにかと目をかけられていたのでございましょう？」

「ご存命であられれば、初心はいかがしたと厳しく叱咤《しった》されたやもしれぬが……」

「ご逝去なされたのでございますか」

「うむ。殿がお亡《な》くなりになられたは明和八年ゆえ、今から八年前だ。ちょうど二度目の長崎遊学に出向いておったときだ。知らせを聞いて、なぜもっと早く挨拶《あいさつ》に出向かなんだか、あれほど世話になったのに恩知らずなことをしたものよ、と歯ぎしりをした」

藩には不愉快な思い出があった。だが藩主の頼恭には感謝こそすれ、恨む気持ちは毛頭なかった。自分の方こそ、甘えるだけ甘えて身勝手に飛び出してしまったのである。

頼恭の豪気にあふれた顔を思い浮かべると、いまだにその死がしっくりこない。

「惜しいことをいたしました。お殿さまが生きておられたら、今度のことも、なんとか上手《うま》く取り計らって下されたやもしれません」

「おれはの、無様な姿を見せずに済んでよかったと思うておるのじゃ」

気持ちが荒れ、なにをやっても上手くいかなくなったのは、二度目の長崎遊学からだ。つまり、頼恭の死と相前後して自分の人生も暗転したことになる。それを思うと、浅からぬ因縁を思わずにはいられない。

「うかがいたきことがひとつございます」

芳玄が言いかけたとき、牢の外でざわざわと人の気配がした。囚人たちの間に緊張が走る。この時刻に牢役人が連れ立ってあらわれるということは、新参者の入牢か、でなければこのなかのだれかに〝お呼び〟がかかったということである。

呼ばれた者は白洲《しらす》へ引き出される。拷問《ごうもん》にかけられ、もしくはいつぞやの源内のように無傷のまま揚屋《あがりや》へ戻される者もまれにはいたが、大半はその場で判決が言い渡される。所払いならいいほうで、遠島か死罪か、いずれにせよそうなったが最後、二度と戻っては来ない。

鍵役《かぎやく》の久山矢助が牢内を見渡していた。数人の牢役人が久山の背後に居並んでいる。

「お仕置物がある。勘定奉行の山村信濃守《しなののかみ》さまおかかりで、牛込《うしごめ》矢来下《やらいした》、御家人安田勝太郎。歳二十八歳。九月二日入牢」

久山の冷厳な声が響いた。

安田勝太郎は女を殺したという侍である。牢内は水を打ったように静まり返った。だれもが目を伏せてうずくまっているのは、明日は我が身と思い定めているからだろう。

「おりました。他に同所同名はございません」

名主がキメ板を柱に打ちつけるのを合図に、安田はよろよろと立ち上がった。人を殺した以上、死罪は免れない。真っ青な顔で、瘧《おこり》のように身をふるわせている。介添え役の囚人に左右から支えられ、戸をくぐって外鞘《そとざや》へ出た。数人の牢役人に囲まれ去ってゆく。

緊迫した空気が解け、そこここから重苦しい吐息がもれた。源内も思わず太い息を吐き出す。と、そのときだった。久山が一人で戻って来た。

「平賀源内。こちらへ参れ」

いかめしい口調で言う。

くぐり戸のところまで進み出ると、久山は目元を和らげた。

「進んでおるか」

紙束の方に顎《あご》をしゃくる。

「へい」

「千賀さまの家僕が紙と墨を届けて参った」

「かたじけのうございます」

「面会を求める者が二、三押しかけておるぞ」

「その儀ばかりは……」

「まあよい。会う気になったら申せ」

それだけ言うと、久山はあわただしく歩み去った。

もしやその二、三のなかに、野乃も入っているのではないか。動悸《どうき》が速まる。思わず呼び止めようとして思い止まった。

野乃は自分に愛想を尽かしているはずだ。あえて訊《たず》ねて落胆するなら、訊かないほうがいい。

ねぐらへ戻ると、芳玄が柔和なまなざしを向けてきた。

「肝が冷えましたぞ。今、先生にお呼びが参らば一大事。ぜひとも大作を書き上げていただかねばなりません」

書き上げたあとはどうなるのか。それより、書き上げるだけの気力体力が残っていようか。死罪になる前に命の火が消えてしまうのではないかと不安だったが、思い煩《わずら》ったところでどうなるものでもなかった。

「まだまだほんの序の口だ。せっせと書かねば追いつかぬ」

「次はいかような場面にございますか」

「はじめて戯作《げさく》に取りかかる場面だ」

「おう、それは楽しみにございますな」

芳玄が膝を打つのを見て、源内は「いや、待て」と言いなおした。

「その前に今ひとつ。野乃を抱いた場面を」

「なんとそれは……」

芳玄は目をみはった。

「事実ゆえ飛ばすわけにはゆかぬ」

「いかにも。されど……」芳玄はしばしためらった上で、「先ほどうかがおうとしたことがございます。お訊ねしてもよろしゅうございましょうか」と、上目づかいに源内の顔色をうかがった。

「今さら遠慮はいらぬ。なんなりと訊いてくれ」

「さすればうかがいます。風来先生は、高松藩のお殿さまと衆道《しゅどう》の契《ちぎ》りを……」

「いや。それはない」

源内は即座に答えた。

「二丁町へ通うたことはある。が、ほんの一時期のことだ。そうでもしなければやりきれなかった。ずっと後年のことになるが、某藩から参った絵師とはさようなかかわりもあった。が、これも成り行きでの。殿とは、御薬坊主どもが言いふらしたような関係は、断じてない」

たしかに頼恭には惚《ほ》れ込んでいた。だがそれは頼恭に理想の父親像を見たからで、色恋とはほど遠かった。頼恭に稚児好みの性癖があったかどうか、それは知らない。が、源内は稚児ではなかった。しかも二人のまわりには常に小姓や側近、家老が目を光らせていた。

後年、源内が実際に経験し、人にも吹聴《ふいちょう》した男色は単なる肉欲である。女に溺《おぼ》れそうになる衝動のはけ口として自ら課したものだ。女に溺れるのは怖かった。勢以から受けたような手ひどいしっぺ返しを受けるのは二度とごめんだった。

それならなぜ、野乃を抱いたのか。

何度となく己の心に問うてみた。慙愧《ざんき》の念に耐えきれず、自らを呪《のろ》ったこともある。あのとき自分を抑えていたら、この地獄のごとき穴蔵へ転落することもなかったかもしれない。

今さら悔いてなんになるのか。

「『風流志道軒伝』のなかに穿胸国《せんきょうこく》というやつが出てくる。覚えておるか」

「おりますとも。胸に穴の空いた人々の住む国にございましょう」

「生まれてこのかた、おれはずっと穿胸国に住んでいたような気がする」

他人の目から醜い穴を隠そうとあくせくした。自分でも穴などないものと思おうとした。しかし穿《うが》たれた穴が消えることはなく、寒風が笛のような音をたてて吹きすさぶたびに源内は慄然《りつぜん》とした。

「彼の地に足を踏み入れたことのない者などおりましょうや」

芳玄はふっと虚空《こくう》を見据える。

源内は黒子《ほくろ》をつまみ、深々とため息をついた。

不動新道《しんみち》の家は、毎日のようにお客さまでごったがえしていました。

杉田さまや中川さまをはじめ、田村門下の方々や文人のお仲間方です。例のとっつきの悪い川名さまもその一人です。

皆さまの目下の話題は、来年開催を予定している物産会について。物産を出展したいと田舎からはるばる訪ねて来たお人や、世話人の植木屋さんや薬種《やくしゅ》屋のご主人なども加わって、皆さま時を忘れて話し込んでいます。

草やら石ころやら、なんでそんなもんに夢中になるんやろ。

うちにはさっぱりわかりません。けれど草や石の話をしているときの先生はまるで童児に戻ったようで、心底楽しそうです。ですからうちまでうれしくなって、お酒やお茶を出したあと、よく廊下で忍び笑いをしたものでした。

九月二十一日に藩のお許しが出て、おかしな言い方ですが晴れて浪人の身になると、先生のまわりはますます活気づきました。

先生には人の心を捕らえる不思議な力があるようです。両国の広小路に行くと、なんだかわからないのについ人だかりのするほうへ吸い寄せられてしまうことがありますが、ちょうどそんな感じです。先生のそばにいれば、とてつもなく面白いものに出会える——皆そんな気がして集まって来るのでしょう。

以前にもお話ししましたが、うちは志度寺のお住職《じゅっ》さんに拾われました。志度寺へはお遍路《へんど》さんが次から次へとやって来ます。人の出入りを見て育ったせいか、お客がいくら押しかけても苦にはなりません。

「おおい、野乃、酒をくれ」

「野乃さん、これを堀留町まで届けてくれぬか」

「羽織の縫い目がほころびてしもうた。すまぬがかがっておいてくれ」

皆さま、うちをご自分の下女のようにこき使いますが、そんなことさえ楽しく、呼ばれれば「へぇい」と返事をして駆けてゆきます。

十月の中旬に、与四郎さんはまたもや大坂へゆくことになりました。辞職願いの一件で気難しい戸田斎《いっき》さまがひどくご立腹されておられるとか、先生を勘当すると息巻いているとの噂《うわさ》が伝わってきたためです。

「斎の老いぼれ狸《だぬき》め」

先生も腹を立て、あろうことか、恩師の名を呼びつけにしてなじりましたが、むろんそれは内々のことで、表向きは丁重な詫《わ》び状を認《したた》め、田村元雄さまにも口添えを頼んで、与四郎さんに届けさせることにしたのです。

与四郎さんが出立《しゅったつ》して数日後、どなたの紹介か、鎮惣七《しずめそうしち》というお人が訊ねて来ました。

惣七さんは伊豆の北条四日町というところの豪農だそうで、農民ながら本草《ほんぞう》に造詣《ぞうけい》が深く、「わしが道案内をして珍品奇種を探すお手伝いをいたします。人を寄越して下され」と先生に勧めました。

物産会が迫っている時でもあり、先生は大喜び。与四郎さんが不在なので、お父《とう》に伊豆へ行って珍種の産物を探すよう申しつけました。お父は元は漁師ですが、高松ではときおり先生の仕事の手伝いをしていましたし、先生の代わりに本草学者の三好喜右衛門さまのもとへ出向いて薬草の話を聞いて来たこともあります。今年いっぱい伊豆に滞在して、珍品奇種を採取、見つかり次第江戸へ送ることになり、はりきって出かけてゆきました。

そんなわけで、うちはしばらくの間、先生と二人きりで暮らすことになったのですが、お客の絶えない家なので気にもかけませんでした。慕ってはいても、先生はうちとは違う世界に住むお人です。この頃のうちは、ただ先生のおそばにお仕えしているだけで十分幸せでした。

十一月に入ったある夜のことです。

奥座敷はいつものように熱気にあふれていました。杉田さま、中川さま、川名さまのご常連三人に、この夜はたしか、本所三笠町の植木屋、藤兵衛さんがおられたように記憶しています。

先生は下戸ですが、他の方々はお酒を召し上がります。うちは銅壺《どうこ》でお燗《かん》をした銚《ちょう》子《し》を奥座敷へ運びました。

「すんまへん。お酒をお持ちしました」

障子を開けて盆ごと押しやると、川名さまがうちに酔眼を向けました。

「愛想がないではないか。たまには酌をしてくれてもよさそうなものだ」

横柄《おうへい》な言い方は毎度のことですが、この日は少々飲み過ぎておられたのでしょう。目が据わり、顔が赤らんでいます。

先生と杉田さまはなにやら額を寄せて話し込んでいました。川名さまの声が聞こえたのか聞こえないのか、知らん顔です。

「まあ、それでは一献だけ、酌をしてやってください」

取りなすように言ったのは藤兵衛さんです。目配せをしたのは、酔っぱらっているから逆らうなというのでしょう。

うちは「へえ」とうなずいて、座敷へ上がり、川名さまにお酌をしました。

「おまえはいくつだ？」

日頃は見下したような目でうちを見る川名さまが、この夜はうちの体に粘ついた視線を這《は》わせながら訊ねます。

「十六です」

蚊の鳴くような声で答えると、いきなり、うちの手をつかんで引き寄せました。

「おい。聞け。おれはたった今、この女をもらいうけることにした」

川名さまは冗談とも本気ともつかぬ顔で言いました。

「よせ、川名」

「川名さま、およしなされ」

中川さまと藤兵衛さんが口々に止めに入ります。

突然のことで、うちは顔から火が出そうでした。

逃れようとして身をよじったときです。先生と目が合いました。先生は――なんと言ったらよいのでしょう――驚きと困惑の入り交じったような、そう、紅毛書のなかから今まで見落としていた珍品を見つけたものの解明できずに焦《あせ》っているような、そんな顔でうちを見つめています。

「先生……」

助けを求めようとすると、先生はすっと目をそらせ、その目を川名さまに向けました。

川名さまもさすがにまずいことをしたと気づいたのか、うちの体を離しました。

「捨て子と聞いたゆえ、余り者のこのおれには似合いかと思うての」

あわてて弁明をします。

詳しいことは知りませんが、川名さまは内藤新宿の生まれで、ご自分から浪人となり、諸国を放浪していたそうです。

「野乃さんなら、それがしももらいたいくらいです」

中川さまはその場を取りなすように明るい声で言いました。むろんこれは誰にも冗談だとわかる言い方です。

「しかし源内さんが手放すまい。ねえ、源内さん」

唐突に話を振られて、先生は目を白黒させました。喉仏《のどぼとけ》が大きく上下したのは、唾《つば》を呑《の》み込んだのでしょうか。

「いいや。欲しけりゃくれてやる。妙な目で見てもろうては迷惑だ」

先生の言葉が終わる前に、うちは座敷を飛び出しました。さっきまでどきどきしていた胸が、一足ごとに重く沈んでゆきます。川名さまか、中川さまか、それとも先生か、どなたの言葉に一番傷ついたのか、自分でもわかりませんでした。

それより、こんなふうなごたごたがつづけば、先生はうちが鬱陶《うっとう》しくなってどこぞへやってしまうかもしれません。それが怖かったのです。

やがてお客方は帰って行きました。呼ばれないのをよいことに、うちはお見送りをしませんでした。玄関の戸を開け閉めする音や挨拶《あいさつ》の声にまじって、「おい、しっかりしろ」「歩けるか」という声が聞こえたところをみると、川名さまは酔いつぶれて千鳥足、中川さまや藤兵衛さんに肩を貸してもらって帰ったようです。

先生の声も聞こえました。いつに変わらぬ高調子です。和やかに終わってよかったと、うちは胸をなで下ろしました。

なんとなく顔を合わせるのが気恥ずかしいので、うちは先生の足音が奥へ消えるのを待って玄関へゆき、戸に突っかい棒をかいました。耳を澄ませましたが物音がしないので、先生はもう寝てしまったのだと思い、盆を手に座敷へ向かいます。

障子を開け、あっと目をみはりました。

消えかけた燭台《しょくだい》の淡い火影《ほかげ》のなかに先生がいました。あぐらをかいて、銚子を抱え込んでいます。残りのお酒はなめるほどしかないはずですが、先生は先生にはそれでも十分過ぎたのでしょう。目元が赤らみ、上半身が左右にゆれているところを見ると、すっかり酔っぱらっているようです。

「お疲れじゃろ。寝《やす》んでつかあされ」

うちは思いきって声をかけました。先生はうなずいて腰を上げようとしました。が、気分が悪くなったのか、それともただよろめいただけなのか、その場にうずくまってしまいました。

「どないしたんでっか」

うちは駆け寄り、先生の背中をさすろうとしました。すると先生はくるりと振り向き、さっき川名さまがしたようにうちの腕をつかみました。

「おまえ、出てゆきたいのか」

これまで見たこともない怖い顔です。

「ゆきとうおへん」うちは即座に答えました。「けど、先生はさっきくれてやる言わはりました。先生に放られたら、うち、どないしたらええんか……」

思わず言葉が口をついて出ました。言わずにはいられなかったのです。見放されたくない。先生と一緒にいたい。頭のなかでその思いだけがぐるぐるまわっています。

「放らん。だれにもやらん。川名にも、中川にもやらん。おまえはおれのものだ」

先生は一気に言いました。言いながらうちを抱き寄せます。うちは頭がぼおーっとして、目がくらくらして、体がかあっと熱くなりました。体がちぢんで小さくなってゆくみたいで、心細くなって先生の胸にひしとしがみつきました。

そうして、あのことが起こったのです。

先生はいつもの先生ではありませんでした。うちも、いつものうちではありませんでした。先生はうちを押し倒し、うちは先生の着物をぎゅっとつかみ、先生はうちの裾《すそ》をまくり上げ、うちは身をよじっただけで抗《あらが》わず、先生はうちの股《また》の間に手を入れ、うちは上ずったように「先生先生……」とつぶやき、その唇を先生の口がふさぎ、うちは足の力を抜いて目を閉じ、先生は急《せ》くように帯を解いて……。

いいえ。忘れたのではありません。死にそうに恥ずかしいから、あとは気が遠くなって……とごまかしてしまいたいけれど、うちは先生の太股《ふともも》のひやりとした感触も、それがすぐに熱く湿ってゆく感じも、息が止まりそうでそれでいて心地よい重さも、あっと思った瞬間、体を貫いた痛みもまざまざと覚えています。先生はうちをどう思っているんだろうとか、これからどうなるんやとか……あのときはそんなこと、抱かれて嬉《うれ》しいとか、でもこんなふうに結ばれたくなかったとか、これっぽっちも考えませんでした。

先生ったら、細っこい体のどこにこないな力があるんやろ。あれ、左目の下にふたつつ黒子が並んどる。黒い虫が貼《は》りついたみたいや。虫といえば、畳の上を這っとるのは蜘蛛《くも》やろか。いやや、焼け焦《こ》げや。だれが粗相したんやろ……。

そんなどうでもいいことばかり頭に浮かんで、肝心の考えは空っぽです。

突然、動きが止まりました。

先生が身を起こしても、うちはまだ仰向けになっていました。体のなかのものがぜんぶ蛇になって、にゅるにゅると抜け出てしまったみたいで、指をうごかすことさえも出来ません。

先生は手を伸ばしてうちの着物の裾をなおし、戸惑ったようにうちの顔を眺め、それからなにも言わず、そそくさと出て行ってしまいました。

怒って見せればよかったのか。泣いて見せればよかったのか。

うちはそのどちらもしませんでした。のろのろと身を起こし、指に唾をつけてくずれた髷《まげ》をなでつけ、着物の帯を締めなおし、座敷の片づけをはじめました。銚子や盃《さかずき》や器を台所へ運び、洗い桶《おけ》の水でざっと洗い、火の始末をたしかめ、自分の部屋へ戻りました。

部屋へ戻ると、とたんに体がだるくなりました。着替えをするのも億劫《おっくう》なのでそのまま床に仰向けになって、一心に天井の闇《やみ》を見つめます。急に寒さがよみがえり、歯がガチガチ鳴り出しました。

家のなかに、今、うちは先生と二人きり。あんなことがあったのに、この静けさはいったいなんなのでしょう。

先生。先生はなんでうちとこんなことを……？

先生がなぜうちを抱いたのか、一生懸命考えました。

気の迷い？　飲めないお酒を飲んだせい？　それとも、ただうちが女だったから？　惚《ほ》れているからでないことはたしかです。

うちは下女や。捨て子や。先生に好いてもらえる女やない。

あれこれ考え、文字通り七転八倒した上で、最後にうちは「さっきのことは夢だった」と思うことにしました。先生を困らせたくありません。困らせて疎《うと》まれたくありません。

翌朝いつも通りの顔で先生に接するのは、並大抵ではありませんでした。けど、うちはやり遂げました。

先生は眠れなかったのか顔色が悪く、このところの眸《ひとみ》の輝きも失《う》せて、雨に打たれた烏《からす》のように見えました。黙々と朝餉《あさげ》を済ませて箸《はし》を置き、席を立ってしまいました。

「どないしたらええんじゃろ」

うちは不安になりました。まるで過《あやま》ちを犯したのが先生ではなく自分であるかのように、おろおろと台所を歩きまわります。

するとそこへ、先生が顔を覗《のぞ》かせました。眉間《みけん》にしわを寄せています。

「先生……」

「昨夜のことだが……」

「なんも言わんでつかあされ」

うちはあわてて言いました。

「なんとも思うてはおらん。ほーじゃけん、謝らんでつかあされ」

先生は奇妙なものでも見るように、うちの顔を眺めています。

「うち、どこへも行きとうないんじゃ。ほんじゃから先生、ここにおってもええと言うてつかあさい」

無我夢中でした。昨夜はひと粒も出なかった涙があとからあとからこぼれてきます。

うちの涙を見て、先生は顔をそむけました。

「どこに行くというのだ。おまえを江戸へ連れて来たのはこのおれだ」

「ほんじゃけんど……」

「田村先生の家へ出かける。今夜は遅うなるやもしれん」

こわばった顔で言うと、先生は出かけて行きました。

もう安心していいのです。うちはここに、先生と一緒にいられるのです。これからも、なにもなかったような顔をして……。

安堵《あんど》とは裏腹に、胸がしくしく痛みました。先生のぬくもり、重み、力強い四肢の動きが体にしみついています。

「いけん、いけん。なかったことにせな」

涙を拭《ぬぐ》い、家事に取りかかりました。

物分かりよく引き下がれば、かえって先生を追い詰める。曖昧《あいまい》のまま蓋《ふた》をしてしまえば、閉じ込められた思いが月日と共にふくらんで、やがては蓋を押し破る。いつか先生も自分も苦しむことになるという道理がわかるには、十六の田舎娘は幼なすぎました。

口とは裏腹に、うちはその夕、湯屋へ出かけて糠袋《ぬかぶくろ》で皮がむけるほど体をこすり、夜はまんじりともしないで、聞こえるはずのない足音を待ちわびました。

二十年にわたる愛憎劇の、これが不幸なはじまりだったのです。

十日目

雨音が聞こえていた。

実際に降っているのか、それとも幻聴か、十日も薄暗いなかに閉じ込められていると、そんなことさえ定かではなくなる。

源内は規律通りに夜具をたたみ、ねぐらのまわりを拭《ふ》き清め、洗面を済ませて物相《もっそう》飯《めし》を食い、順番を待って厠《かわや》を使った。一連の作業を上の空でこなす。

昨日は野乃とはじめて結ばれた日のことを書いた。野乃にはすまないが、自分にとっては、心ならずも過《あやま》ちを犯してしまった、という程度の出来事にすぎない。それを思うと後味がわるく、そのせいか今朝は体が重かった。

あぐらをかき、腕組みをして、しばし牢内《ろうない》の作業を見守る。

客分扱いの源内には、幸いなことにだれも手伝えとは言わなかったが、周囲ではまだ朝の作業がつづいていた。厠の掃除をする者もあれば、囚人の間をまわってキメ板に必需品を書き出している者もいる。各々《おのおの》のねぐらに大小があるように、ほとんどの囚人に定められた役割があって、名主だの隠居だの二番役、三番役だのという名前がどんな役を意味するか、源内もおぼろげながらわかりかけていた。

ちなみに芳玄は穴の隠居という身分で、役割は食事の仕切りである。名主に次ぐ最高位の役だという。

どこへ行っても、身分はついてまわるというわけか——。

源内はため息をついた。

もっとも、自分だって物を色や形や大きさで分類するのだから、人に身分を授けて分類しようというのは無理からぬことである。それにしても揚屋《あがりや》に押し込められ、明日をも知れぬ命となってまで、上役にへこへこ頭を下げて厠掃除に励む囚人たちの姿は、滑稽《こっけい》を通り越して哀れとしか言いようがなかった。

厠の掃除が終わると、静けさが戻り、再び雨音が聞こえてきた。

明かり取りの窓を見上げる。雨足がはげしくなってきたのか、窓の外が白く煙っていた。この分では一日中、雨かもしれない。

囚《とら》われの身では、雨だろうが曇りだろうがかかわりがない。どうでもいいことではないかと苦笑しつつ、紙束を引き寄せた。

筆を持つ気になれないままに、頭のなかで昨夜のつづきを考える。

宝暦十一年の師走《しわす》、源内は幕命により自ら伊豆へ出向いて、芒消《ぼうしょう》（硫酸ナトリウム・下剤）の製造に携わった。ことの起こりは、伊豆に滞在中の要助から送られてきた珍品のなかに芒消のもととなる朴消《ぼくしょう》があったからで、朴消を見るや源内は小躍りして田村宅へ飛んで行った。田村は大いに喜んで幕府に報告、源内は時の勘定奉行から伊豆芒消御用という任を賜って伊豆へ赴くことになったのである。

伊豆遠征は、野乃との気まずい出来事を忘れるためにも好都合だった。与四郎が大坂から戻って来たので、野乃と二人きりで顔を突き合わせる暮らしは終わり、二度と過ちを犯す心配もなくなってはいたが、物のはずみで娘ほど歳《とし》のちがう女に手を出してしまった事実は源内の自己嫌悪《けんお》をつのらせ、日が経《た》てば経つほど胸のなかでしこりとなってゆくようだった。

妻子は持たぬと決めている。郷里の母や妹夫婦にも誓っていた。それ以上に、今はなんとしてもやり遂げなければならない志があった。物産学の権威として名をあげ、大博物誌を編纂《へんさん》して世に問う。そのために郷里を捨て家族を捨て藩を捨て、身ひとつで江戸へ出て来たのである。女に溺《おぼ》れている暇はなかった。

だが正直に己の心の内を覗《のぞ》いてみれば、野乃を遠ざけようとしたのは、自分でも認めたくないもうひとつの理由があったことに気づく。

見栄《みえ》である。

平賀源心の末裔《まつえい》にして新進気鋭の博物学者、粋人を気取る源内先生ともあろうものが、田舎言葉丸出しで字もろくに読めない下女に手をつけたとあっては世間の笑いものになる。

野乃を妻にする気は端《はな》からなかった。身勝手な男だと思う。冷血漢だとも思ったが、己の心に嘘《うそ》はつけなかった。

飛び立つような思いで伊豆へ赴き、その年いっぱい滞在した。芒消を土産に江戸へ帰ってからは、四月に迫った物産会の準備に忙殺された。この頃にはもう、野乃どころか、日常の茶飯事ことごとく頭からすっ飛んでいた。

「あのう……夕餉《ゆうげ》の支度が出来ておりますけんど……」

「あとでよい」

「すんまへん。お着物の替えをお持ちしましたけんど……」

「そのへんに置いていけ」

髭《ひげ》を剃《そ》るのも忘れ、準備に没頭している自分を、野乃はなんと思ったろう？　「子供のようなお人や」と苦笑したか。「奇人変人やわ」と嘆息したかもしれない。

物産会のために、源内はあらかじめ全国数十か国の物産関係者に特大の引札《ちらし》を配っておいた。これが功を奏して、第五回物産会「会主・平賀源内、開催場所・湯島京屋九郎兵衛方」は、草木鳥獣魚介昆虫金玉土石和漢蛮種約千三百種が集まり、大成功のうちに終了した。

だが祭のあとには、過酷な現実が待っていた。

物産のいくつかは、幕府や大名、薬種《やくしゅ》商に売り込んで前金をもらった。伊豆で拾い集めた奇石の類《たぐい》は、奇石好みの大名や旗本に売りつけた。そうした資金で物産会まではなんとかこぎつけたものの、幕を閉じてみると銭を使い果たし、すっからかんだった。

物産会の集大成とでもいうべき大著『物類品隲《ひんしつ》』刊行の費用は高松藩主の好意にすがるとして、これからどうやって日々の暮らしを立ててゆけばよいのか。

源内はしぶしぶ不動新道《しんみち》の見栄《みば》えのする家を出て、白壁町《しらかべちょう》の簡素な裏店《うらだな》へ引っ越した。といっても、この二軒は角を曲がれば見えるほどの距離にある。家僕が荷物を抱えて何往復かするだけのいとも簡単な引っ越しだった。

新居はごみごみと小家が建ち並ぶ路地にあった。一階に茶の間と台所、台所脇《わき》に三畳ほどの小部屋がひとつ。二階には六畳間がふたつ。あとは猫の額ほどの庭と納戸《なんど》代りの屋根裏、それに物干場といった造りだ。二階を源内の私室に使うとして、小部屋ひとつで使用人三人は暮らせない。路地の一本向こうに棟割長屋があるので、要助・野乃父娘《おやこ》はそこに家を借りて通うことになった。

妻は持たぬと肩をそびやかしても、惚《ほ》れてはおらぬと強がりを言っても、野乃を見れば心が騒ぐ。劣情にとらわれる危険がないとは言えない。野乃のためにも自分のためにも、別居は都合がよかった。

白壁町の家は、質素だが趣のある住まいだった。近所に特筆に値する人間がごろごろ住んでいた。いや、不動新道だって目と鼻の先だ。変わりはなかったはずだが、不動新道にいた頃は物産会という大事業で頭がいっぱいだったので、近隣に目を向ける余裕がなかったのである。

白壁町に移り住んだとき、源内は三十半ばになっていた。

午前の作業を終えた囚人たちは、各々のねぐらに腰を据え、思い思いの恰好《かっこう》で雨の音に耳をかたむけていた。奥まった一画では名主と二番役がひそひそ話をしている。だれかが大きなくしゃみをして、別のだれかが笑う。どこかでぼりぼりと体を掻《か》く音がする。

源内はふっと感傷的な気分になった。

娑婆《しゃば》の隣人たちの顔を思い浮かべる。

広小路をそぞろ歩くと奇妙きてれつな出し物にこれでもかと出くわすように、なつかしい顔が次々に立ちあらわれ、声をかける間もなく消えてゆく。

猥雑《わいざつ》で活気に満ち、にぎにぎしく華やいでいたあの頃——。

雨は今や白い吹き矢のように見えた。ときおり聞こえる低いうなりは遠雷か。

「雨、と言えば……」

源内は穂積次郎兵衛《ほづみじろべえ》の色艶《いろつや》の悪い顔を思い浮かべた。

雨にちなむ男である。というのは、はじめて出会った日がどしゃぶりだったせいだ。それにもうひとつ、通り雨のようにあらわれ、あわただしく逝《い》ってしまったせいもある。

次郎兵衛は浮世絵師で、繊細で優美な絵を描くわりには無骨で見栄えのしない男だったが、のちに鈴木春信《はるのぶ》という名で見立絵《みたてえ》や美人画を描き、一世を風靡《ふうび》した。

二人が出会ったのは宝暦十二年の夏で、源内が白壁町の裏店に引っ越して間もなくである。同じ町内に住んでいた縁で親交を結び、足しげく行き来するようになった。

「まいったたわけののっぺらぼう」

水たまりを飛び越え、いきおい余ってどぶ板を踏み抜きそうになり、おっといけねえとたたらを踏んで傘を上げたら、家の前に破れ傘をさした男が突っ立っていた。ひょろりと痩《や》せて背が高い。まるで突っかい棒をおっ立てたようだ。

「ええと……なにか？」

けげんな顔で訊《たず》ねると、男は重たげに垂れたまぶたを持ち上げた。

「お手前が平賀源内先生にござるか」

「いかにも」

「手前は穂積次郎兵衛と申す絵描きだ。その先の裏店に住んでおるのじゃが、先生のご高名をうかがい、ご挨拶《あいさつ》に参じた」

「それはわざわざご丁寧なことで。雨のなかで立ち話も無粋。さ、お入りくだされ」

源内は傘をすぼめて雨を払い、先に立ってなかへ入った。

とっつきは二畳あるかないかの土間で、上がり口の板敷の奥に八畳ほどの茶の間が見渡せる。

次郎兵衛は傘を戸口に立てかけ、身をこごめるようにして入って来た。家はすぐそこだと言ったが、破れ傘ではわずかな距離さえ役には立たなかったようである。骨ばった体のわりに幅のある肩先がずぶぬれだった。

次郎兵衛は懐紙を取り出した。戸の隙間《すきま》から雨に煙る路地が見える。薄暗い土間。降りしきる雨。したたる水滴。次郎兵衛の白く長い指がしなやかに動く。

ほんの一瞬、源内は男の体にまといついた儚《はかな》い影を見たような気がした。言葉では説明のつかない、陽炎《かげろう》のようなゆらめきである。

こいつの絵を見たい、と、唐突に思った。燃え立つような衝動だった。

「要助。おらぬか」

奥に向かって声をかけると、野乃が飛び出して来た。

「すんまへん。雨の音がうるそうてお帰りに気づかず……」

野乃は主人と客人の足を濯《すす》いだ。

「おまえも覚えておけ。こちらはこの先に住んでおられる絵師の……」

「次郎兵衛と申す。西川祐信《すけのぶ》先生の門下にて、雅号は鈴木春信」

「ほう。紅摺絵《べにずりえ》か。見せてもらえようか」

「むろんじゃ。いつなりとご覧にいれましょう」

次郎兵衛はうながされるままに茶の間へ上がった。

源内は野乃にお茶を運ばせ、早速、次郎兵衛の絵についてあれこれ訊ねた。

「ほう。源内先生は絵心もおありと見えまするな」

「さほどではないが、拙者もちと手なぐさみにの……」

長崎で見た西洋画に話が及ぶと、次郎兵衛は目を輝かせた。病がちのように陰気に見えた男がすっかり打ち解け、いつのまにか身を乗り出している。

次郎兵衛は源内より三つ年上の三十八で、妻子はなく、白壁町の借家に一人で住んでいた。見立絵の仕事が入るようになったのはようやくこの一、二年で、屏風《びょうぶ》や襖《ふすま》に絵を描いてどうにか糊口《ここう》をしのいでいるという。見立絵とは古《いにしえ》の和歌に現代風な絵を添えたものである。

「絵が売れず、飢え死にしかけたこともござる。されど、藩や大名のお抱え絵師にだけはなりとうないゆえ、こうして裏店にしがみついておりますのじゃ」

「うむ。お気持ちはようわかる」

「禄《ろく》を食《は》んでおべっかを使い、描きとうもない絵を描くくらいなら、枕絵《まくらえ》を描き散らして銭を儲《もう》けたほうがどれほどましか」

「わかる、わかる」

「気ままな暮らしが性に合っておるのでしょう」

「うむ、わかる。ようわかる」

うらぶれた絵師にしては、次郎兵衛は気骨のある男だった。

「野乃。酒をたのむ」

自分と同じ反骨魂を持つ隣人と知り合い、源内は上機嫌である。

田村門下の仲間は、むろん友であり同志だった。だが田村は幕臣、門下生の大半は幕府や藩の禄を食む者たちだ。前野良沢や杉田玄白は医師である。戸田斎《いっき》の弟子となる道を蹴《け》とばしてしまったように、源内自身は医師になる気は毛頭なかった。弟子からはじめてこつこつと医術を覚え、看板を掲げたら掲げたでせっせと患家をまわって患者を診る。そういう地道な仕事が嫌だった。

源内の関心は人の病を治すことではない。自然界にあるがままの〝もの〟である。生きものの生態を知り、奇種・珍種を発見し、世人があっと驚くような新種を作り出す。

田村門下の仲間と親交を深めながら、いつもどこかで引け目を感じていたのは、安穏な地位や地道な仕事の裏付けがある者とそうでない者とのちがいだったのだと、今にして気づいた。次郎兵衛はその点、源内と同類である。

「野乃さんを一枚描かせてもらえませんか」

酒が入ると、次郎兵衛は厚かましくなった。

「そいつはおもくれえ。紙と筆ならここにある」

源内は大いにはしゃぎ、恥ずかしがってもじもじしている野乃を無理やり座らせて、次郎兵衛に絵を描かせた。

次郎兵衛はいくらでも酒を飲む。不思議なことに、飲めば飲むほど上手な絵を描いた。

「似ておるかの」

「おう、似ておる似ておる。どうじゃ、野乃」

たおやかな線で描かれた絵姿を見て、野乃は頬を染めた。

「うち、こんなにきれえやおへん」

「いや。そっくりだ」

野乃が逃げ出してしまうと、源内はあらためて次郎兵衛の絵を眺めた。美とはおよそかけはなれたこの男の、いったいどこにこれだけの才覚がひそんでいるのか。

「なにゆえかような絵を描かぬ。これなら飛ぶように売れるぞ」

他人事《ひとごと》ながら源内は目を輝かせた。

真夜中まで延々と居すわった次郎兵衛は、ありったけの酒を飲み尽くして酔っぱらい、与四郎と要助に抱えられて家へ帰って行った。

雨はもう上がっている。

翌朝、心配になって様子を見にゆくと、次郎兵衛は散らかし放題の汚い部屋にうずくまって、別人のように陰気な顔で絵筆を動かしていた。


だれもかも、わざくれもんばっかしや——。

江戸は生き馬の目を抜くところだと聞いていたけれど、白壁町に住むようになって、うちは毎日、驚いてばかりいました。

なにしろ、家が狭くなったのにお客は増える一方。田村門下のお歴々に加え、どこからともなく得体の知れぬ人々が入れ代わり立ち代わりやって来ます。

ご近所に住む穂積次郎兵衛さま——ご無礼を承知で、皆さまが呼ぶように次郎兵衛さんと呼ばせていただきます。穂積さまではなんだか四角ばったお侍さまみたいに聞こえますから——は、二日と空けず上がり込んではお酒を飲み、酔いつぶれて帰って行きますし、石川豊信さまという兄弟子まで連れて来て、朝まで飲み明かす日もありました。そうそう、これは何年かあとになってからですが、お弟子の鈴木春重《はるしげ》さまもおみえになりました。このお方は司《し》馬《ば》江漢《こうかん》さまという名のほうが通りがいいかもしれません。

絵師では他に宋紫石《そうしせき》さま――楠本雪渓《くすもとせっけい》さまという名もあります――も、しばしばおみえになりました。次郎兵衛さんのような浮世絵師ではなく、なにやら難しい流派のお人で、当時もう五十近いお年だったと思います。いつだったか、先生の持っている本のなかの「らいおん」という虎《とら》の親戚《しんせき》のような絵を見て、それを真似《まね》て描いたのですが、うっかり尻尾《しっぽ》を間違えてふさふさに描いてしまって先生から笑われたことがありました。

この頃の先生はどんなお人でも喜んで迎え、お酒やら肴《さかな》やら大盤振る舞いをしたものです。遠方から来たと聞けば、泊まってゆけと勧めます。ですから与四郎さんもお父《とう》もうちもほんに忙しく、休む間もない毎日でした。

「あのう……お隣の部屋で寝てるお人がおるけんど、なんというお方やろか」

うちの問いかけに、先生は目を白黒させることもありました。

「知らん。起きたら訊《き》いてくれ」

今にして思えば、先生は不安だったのかもしれません。それになにより、寂しかったのではないでしょうか。突っぱって禄を離れたのはいいけれど銭がない。身分も職も、たしかなものがなにもない。名声など霞《かすみ》のようなものです。源内先生、源内先生と人が集まり、ちやほやしてくれないと心細くてたまらなかったのです。

むろんその一方で、先生は気ままな暮らしを心底楽しんでいました。

「上役の顔色を見んでもいい。禄高や身分を気にせんでいい。こんなに楽なことがあるか」

次郎兵衛さんをつかまえてはおだを上げています。

次郎兵衛さんは心のきれいなお人でした。元来が丈夫ではないのに浴びるほどお酒を飲み、飲めば八方破れなところが顔を出しますが、日頃は借りて来た猫よりおとなしいお人です。うちが煮物や魚のおすそ分けを届けにゆくと、いつも鬼気迫る顔で絵を描いています。その姿は妙に哀《かな》しく、それでいて美しく、うちは一瞬、蛍が薄暗い部屋にぽっと浮かんでいるような錯覚を覚えて、棒立ちになったものです。

ほんじゃけんど——。

次郎兵衛さんのように無害なお人ばかりではありません。

だれがなんと言おうと、うちは川名林助さまが嫌いです。白壁町へ移ってから、川名さまはこれまで以上に足しげくやって来るようになりました。そのうちになんと、田村さまのお宅は窮屈だと言って、転がり込んでしまったのです。

川名さまは高松藩の儒者に教えを受けているそうです。そのせいでしょうか。それとも全国各地を放浪して詩作で食いつないだというたくましさにひかれたのでしょうか。いえ。自ら仕官の口を蹴ったという一事が、先生の共感を呼び覚ましたのでしょうか。優等生揃《ぞろ》いの田村門下生のなかで、ただ一人、同類だと親近感を抱いたのかもしれません。

先生は端で見ていても不安になるほど、川名さまに傾倒してゆきました。なぜ不安になるかというと、川名さまはしょっちゅう自分のことを「余り者」だの「余計者」だのと僻《ひが》んで、幕府や世のなかに対して不満を口にするからです。あの、人を蔑《さげす》むような目つきや、唇をゆがめて声を出さずに笑う癖がうちは大嫌いです。

川名さまには南条山人や独鈷《どっこ》山人という名もあって、なにか書くときはそちらの名を使うそうです。ひと頃は牛込加賀屋敷内の内山賀邸先生に儒学を学んでいたとか。

あれはそう、宝暦十三年の正月明けだったと思います。川名さまはある怪しげなお人を先生に引き合わせました。

玄関へ出てゆき、そのお人を見たときの胸騒ぎはいまだに忘れられません。

「先生は戻られたか」

川名さまはいつもの横柄《おうへい》な口調で訊ねました。

「お二階においでです」

郷《くに》なまりを使うと蔑んだ目で見られるので、うちはこわばった顔で応《こた》えました。

「そいつは好都合だ。さあ、お上がりください」

自分の家のような顔で言って、川名さまは一歩横へ退きました。

すると、そのお人が敷居際《しきいぎわ》に立っているのが見えました。はじめからいたのに、小柄なので見えなかったのです。あとで与四郎さんから聞いたところによると、立松東《とう》蒙《もう》さま——というより平秩《へずつ》東作さまとお呼びしたほうが通りがいいかもしれません——の背丈は四尺八寸しかないそうですから、うちと並んでも一、二寸小さいことになります。

川名さまはうちに平秩さまの足を濯ぐよう命じました。もちろん紹介する気ははじめからなかったのでしょう、濯ぎ終えると足早に二階へ上がってしまいました。

うちはしばらく、ぼんやりその場に突っ立っていました。

なぜ、平秩さまに胸騒ぎを感じたのでしょう。

平秩さまには、川名さまのように高飛車なところはありませんでした。むしろどちらかというと人がよさそうに見えました。目も鼻も丸く、唇は薄くて幅が広く、顎《あご》は尖《とが》っていますが全体にやさしい雰囲気です。

けど川名さまがすっと脇《わき》に避《よ》けたとき、うちは平秩さまの顔に鷹《たか》が獲物を狙《ねら》うような表情を見てしまいました。それはほんの一瞬でしたが、とっさに、このお人は表の顔とはちがう顔を持っている人だと思いました。

あれは七つか八つのときです。海岸へ下りてゆくと、お母《かあ》がお遍路《へんど》さんの恰好《かっこう》をした男の人と立ち話をしていました。お母といってもうちの本当のお母ではありません。お父との間に子供が出来ないので、志度寺のお住職《じゅっ》さんに頼んで、うちをもらい子にしたのです。

お母は無口な女でした。台所で煮炊《にた》きをしているか、浜でお父の仕事を手伝っているか……。日頃は人見知りが激しく、漁師仲間にもろくろく挨拶《あいさつ》も出来ないほどだったので、男の人と話しているのを見て妙な感じがしました。

うちが駆けてゆくと、お母はちょっと困った顔をしました。男の人はうちの頭をなで、ふところからちり紙にくるんだ飴玉《あめだま》を取り出してうちの手に握らせました。

「可愛《かわ》いらし子やなあ」

媚《こび》を含んだ声音で言いながらも、ひゅっと目が細まり、油断のならない目つきをしたのを覚えています。

うちはなんだか居心地がわるくなって、男の手を振りきり、いきおいよく駆け出しました。家のそばまで戻ったところで飴玉をなめようとしたけれど、べたべたにちり紙がくっついていて取れません。ようやくはがして口に入れると、甘ったるい飴玉が奥歯にあたってかつんこつんと音を立てました。はがしきれないまま口に残ったちり紙を唾《つば》と一緒に吐き出しながら、かつんこつん、かつんこつん……。

――ほんまにお遍路《へんど》さんやろか。

うちは飴玉をころがしました。

お母が行方知れずになったのは、その翌日です。以後、お母の姿を見た者はいません。もちろん、あの見知らぬ男の姿も――。

話が横道にそれてしまいました。平秩さまをひと目見たとき、うちはとっさにあの飴玉をくれた男の人を思い出したのです。刃物みたいに鋭い川名さまより、やさしそうな平秩さまのほうがずっと怖いと思ったのは、幼い日の記憶がこびりついていたからでしょう。

平秩さまの素性を知ったのは、白壁町の家へ出入りするようになってひと月ほどしてからです。

「平秩さまっちゅうのはのう、なかなか目端のきくお方やで」

いつものように与四郎さんが台所の隅で話してくれたところによると――。

平秩さまの父親は尾張家一門のなんとかいう家に仕えるお役人さまだったそうです。

けれど内藤新宿の馬宿の株を買って、平秩さまが生まれたときは稲毛屋金右衛門さまと名乗っていたと言いますから、事情はいざ知らず武士から商人に転じたことになります。平秩さまも跡を継いで稲毛屋金右衛門となりましたが、十四のとき煙草《たばこ》屋に商売替えをしたそうです。

与四郎さんが言うには、平秩さまはたいへんな勉強家で、伝《つて》を見つけてひとかどの武士に返り咲きたいと野心を抱いているのだとか。川名さまとは牛込加賀屋敷内の内山賀邸先生に共に儒学を学ぶお仲間同士、同じ内藤新宿の生まれで、幼なじみでもあるそうです。

立松東蒙さまという名は儒学を学ぶときの名、狂歌の仲間内では平秩東作さまというのだそうで、川名さまも次郎兵衛さんも先生も、いくつも名前を持っているからほんまにややっこしくてかないません。それにしても「へずつとうさく」なんて、けったいな名前です。

与四郎さんの話を聞いて、うちは腑《ふ》に落ちたことがあります。

先生は、やっぱり本当は田村門下のお歴々に、心のどこかでこだわりを感じていたのです。そもそもが片田舎の足軽ふぜいの息子です。藩士にはなったけれど辞してしまった、昌平黌《しょうへいこう》で儒学をかじったけれどこれも中途半端《はんぱ》に止《や》めてしまった、医術を究めるる機会もあったけれど逃げてしまった――そうしたもやもやが次郎兵衛さんや川名さま、平秩さまのような、肚《はら》に不満を抱えているお人を知らず知らず呼び寄せてしまうのではないでしょうか。

うちが平秩さまに危うさを感じた訳も、今となっては納得がいきます。次郎兵衛さんや川名さまは不満を抱えているだけですが、平秩さまは野心の塊。功名のためにはなんでもやるという気概が小柄な体から発散していて、それが、万にひとつ先生に伝染しはしまいかと不安になったのです。野心や功名心にとらわれず好きなことに専心してほしい――うちは心底そう願っていましたから。

一月下旬のある日のことでした。

十能に炭を入れ、二階の部屋へ持ってゆくと、川名さまと平秩さまが唾を飛ばしてしゃべっていました。

「もったいぶった儒者ほど腹立たしいものはない。ろくな頭もないくせに」

「へぼ医者、似非坊主《えせぼうず》、権威を笠《かさ》に着た役人どもめ。どいつもこいつもまぬけ面《づら》しくさって。わいらをなんと思うとるんじゃ」

おそらく内山賀邸先生のところで不愉快なことでもあったのでしょう。

先生は長煙管《ながきせる》をくわえながら、次第に激昂《げっこう》してゆく二人の話に耳をかたむけています。

「さっきも申しましたが……」と、川名さまが唐突に口調を変えました。「先生も吐き出すべきです。腹のなかのありったけを書いてやるのです」

「そんなことより銭がなくてははじまりません。先生の名さえあれば、儲《もう》けはまちがいなし。お書きなさい、お書きなさい」

平秩さまも身を乗り出します。

そういえば、与四郎さんの話では、川名さまと平秩さまはこのところ、先生に戯作《げさく》を書くようにとけしかけているのだとか。

書くことがわるいとは言いません。胸にたまった思いを吐き出し、それで平安が得られるなら大いに書くべきです。けど、先生には博物学を究めたいという大志があります。大切な時間を余計なことに使う暇はないはずです。そもそもこうして川名さまや平秩さまと苛立《いらだ》ちをぶつけ合っている暇があったら、杉田さまや中川さまのように医術でもなんでももっと人の役に立つことをしたらいいのに。

ここまで書いて、源内は思わず苦笑した。夢中で筆を走らせているうちに、語り手までが昂《たかぶ》っている。これでは本物の野乃からどんどん離れてしまうのではないか。落ち着け——と、源内は自分に言い聞かせた。そのくせ心のどこかで、もっとけしかけたい誘惑にもかられている。

あれまあ、偉そうなことを言ってしまいました。ちょっと言い過ぎました。先生は『物類品隲』刊行のために飛びまわっていて、決して怠けているわけではありません。相変わらず寝る間も惜しんで編纂《へんさん》にあたり、そのわずかな合間にこうして入れ代わり立ち代わりやって来る客人の相手をしているだけなのです。

手《て》炙《あぶ》りに炭を入れて退《さ》がろうとすると、川名さまがちらりとうちに目を向けました。

「吉原へ行かれたことはありますか」

意味ありげな顔で先生に訊《たず》ねます。なんとわざくれなお人でしょう。いくら田舎者のうちでも、吉原がどんなところかくらいは知っています。

先生は視線を泳がせました。

「いや。なけなしの銭だ。遊興にうつつをぬかすわけには参らぬ」

「銭のことなら、貸本屋がなんとかしますよ。ものを書こうというなら、なんでもご自分の目で見ておかねばなりません。第一、息抜きもなさらねば体が持ちませんよ」

これみよがしに川名さまが言えば、平秩さまも人のよさそうな笑みを浮かべて、

「それがし吉原は苦手だが、二丁町ならご案内しますよ。あれもなかなかオツなもので……」

川名さまは先生より四つ年下、平秩さまはふたつ上。といえばお二人とも三十を過ぎているわけですが、妻帯しているとは聞きません。いずれも内藤新宿生まれですから、遊び慣れしているのでしょう。

うちは逃げるように部屋を出て、階下へ下りてゆきました。

あの二人は、銭儲けのためにものを書けと勧めるだけでなく、書くためには遊べ、遊女を買え、陰間《かげま》を買えとけしかけているのです。

「いけ好かんやっちゃ」

先生が手の届かないところへ行ってしまいそうな気がして、うちはにわかに不安になりました。うちは一度だけ先生に抱かれました。けれどそのことで先生を責めたり、女房にしてくれとせがんだりするつもりはありません。うちは先生に偉い学者さまになってもらいたいだけなのです。偉い学者さまがどんなものかはわからないけれど、志を貫き、立派なお仕事をしてもらいたいのです。

先生は剽軽《ひょんげ》た見かけとちがって、人一倍生真面目《きまじめ》なお人です。その先生が斜《しゃ》に構え

てごたくを並べ、遊里へ通って粋人ぶるなんて……そんな姿、うちは見たくありません。

けど、うちにどうすることが出来たでしょう。

先生は日を追うごとに斜に構えてゆきました。川名さま平秩さまと連れ立って出かける回数が増え、身なりはますます派手になり、人前では不自然なほど居丈高、遊民の役得を説きまくり、かと思えば世のなかの批判を並べたてる。そのくせ郷里の家人や友人には自慢だらけの文を認《したた》め、毎日わけもなく忙しがっています。

「こないに遅うまでどこ行ってはるんやろ？」

「先生かて男じゃけんのう。いらん詮索《せんさく》はなしじゃなしじゃ」

うちが唇をとがらせるたびに、与四郎さんはにやにや笑いを浮かべます。

お茶を持って行ったり、足を濯《すす》いだり、着替えを手伝ったりするたびに、先生はうちの視線を避けるようになりました。

相変わらず白壁町の裏店《うらだな》にはお客が絶えません。居候《いそうろう》も増えては減り、減っては増え、だれがおるやらわからぬありさまです。陽気ににぎわっていながら、なぜかうそ寒い風が吹いているように感じたのはうちだけでしょうか。

その年の三月、四谷大番町から火が出て大火となり、牛込、目黒、大塚などたくさんの町が焼け野原になりました。幸い神田界隈《かいわい》は難を逃れましたが、中川さまをはじめ焼け出された方々も多く、高松藩の下屋敷も被災したそうで、先生も見舞いや後始末に駆けまわっていました。

同じ白壁町の住人、貸本屋の岡本利兵衛さんがやって来て先生に戯作を依頼したのは、大火騒ぎが一段落したあとです。

一日貸本屋何某来て、予に乞《こ》うことあり。それ源をたずぬれば、こいつまた欲張る病の膏《こう》こうに入りたる親父《おやじ》なり。

戯作の自序で、先生は利兵衛さんのことをこんなふうに書いています。この部分を読んでもらったときは、鼻の頭に二六時中汗を浮かべた利兵衛さんの赤ら顔を思い出して、思わず吹き出してしまったものです。

七月に『物類品隲』刊行。先生はそのまま机にかじりついて、『根南志具佐《ねなしぐさ》』の執筆に取りかかりました。

源内は筆を止めた。

文机《ふづくえ》がないので、床へ腹這《はらば》いになったり、膝《ひざ》や手のひらに紙をのせたり、どうしても不自然な恰好で書くことになる。肩が凝る。首も痛む。この辺で止めておこうかと思った。

だが、ここで終えてはいかにもおさまりがわるい。『根南志具佐』完成の一場までは書き進めておかなければ……。

拳《こぶし》で両肩を叩《たた》き、ぐるりと首をまわした。深呼吸をして再び紙に向かう。

霜月の午後のことです。

木枯らしが吹き荒れ、砂ぼこりが舞い込んで拭《ふ》いたばかりの板敷が見る間に白くなってしまう、そんな日でした。手拭《てぬぐ》いをかぶり、たすきがけをして玄関の拭き掃除をしていると、がらりと戸が開きました。

貸本屋の岡本利兵衛さんです。

「いつもながら精が出ますね」

利兵衛さんは上機嫌でうちに話しかけました。もともと愛想のいいお人ですが、この日はいつにも増して赤ら顔が照り輝いています。

「おいでなされませ」あわてて両手をついて、うちは利兵衛さんが小脇《こわき》に抱えた四角い風呂敷《ふろしき》包みに目を止めました。「いやぁ、ご本、でけたんやねえ」

「でけたでけた」

利兵衛さんが応《こた》えるより早く、その後ろから聞き馴《な》れた早口が聞こえました。声と同時に、黒縮緬《くろちりめん》の小袖《こそで》に緋《ひ》緞子《どんす》の腹切帯という伊達《だ》姿《てすがた》の先生が、意気揚々と入って来ました。腹切帯とは粋人の間で流行《はや》っている紅の帯のことです。お腹《なか》のところを鮮やかな紅が一文字によぎるのですから、言われてみれば腹切には違いはありませんが、江戸のお人はなんとまあ、おかしな名をつけるものです。

風にはためいているのは鳶色《とびいろ》に細かな松葉模様を染めた羽織。小袖の下から覗《のぞ》く下襟は浅黄色と橙色《だいだいいろ》。これは先生が日本橋の越後《えちご》屋で華やかな柄ばかり数種類買い求めたものです。うちは先生が下襟を買って来るたびに縫い替えています。不動新道から白壁町へ移って家は粗末になりましたが、そのぶん先生の装《よそお》いは派手になりました。泥池のなかに咲く蓮《はす》の花ではありませんが、なんとしても平賀源内ここにありと世間に知らせたい、そんな気持ちのあらわれなのでしょう。

うちはもう、そんな先生にいちいち驚いたりはしません。先生の目立ちたがりはとうに慣れっこになっていましたから。

濯ぎ桶《おけ》を取りにゆこうとすると、利兵衛さんは「いいからいいから」と、裾《すそ》を払って早くも家のなかへ上がり込んでしまいました。濯いだところで板間も砂ぼこり、そもそも気取るような家ではありません。

　上がり端で利兵衛さんはこれみよがしに包みをぽんと叩き、「あっちこっち見本を配って参りましたが、たいそうな評判にございますよ」とにこやかに話しかけました。

「二百や三百ではとうてい間に合いません。どこももっと寄越せと矢のような催促にございます」

「すごいんじゃねえ、先生は」

「すごいなんてもんじゃありませんよ。実際にあった事件をいち早く戯作にしたところがよかったのでしょう。源内先生でなくては出来ない芸当。なんといっても閻魔《えんま》大王の横恋慕という思いつきが出色《しゅっしょく》にございますよ。地獄が舞台とは恐れ入りました。あたしの目に狂いはなかったというわけで。この調子で書きまくれば、おもしろいほど銭が転がり込みます」

「転がり込むのはおぬしのふところではないか」

「めっそうもない。あたしなんぞ労が多いわりに実入りは薄く……」

「とかなんとか、業《ごう》つくばりの親父の口車にのせられると、ごっそり銭をくすねられる」

ぽんぽん言い合いながらもお二人の声がはずんでいるのは、『根南志具佐』の予想外の評判に心が浮き立っているせいでしょう。

『根南志具佐』は江戸市中を騒がせた歌舞伎《かぶき》役者の水死事件をもとにしたものです。歌舞伎役者の死を閻魔大王の恋狂いに結びつけた着想も奇抜だけれど、江戸のお役人さまを連想させるような地獄の獄卒どものあたふたぶりも面白いのだそうです。先生の書いたものが本になってたいそうな評判だと聞けば、やっぱりうれしい。先生はなんでも出来るんやと、うちまで鼻が高くなります。

利兵衛さんのあとについて板間へ上がりながら、先生は袖口から一冊引き出して、下駄をそろえているうちの膝に放りました。

「おまえにやろう」

ぶっきらぼうに言います。驚いて目を上げると、口とは裏腹に、照れくさそうな笑みを浮かべていました。

「もろうたかて、字が読めまへん」

うちはどぎまぎしながら応えました。

江戸へ来てから簡単なひらがなくらいは読めるようになりましたが、漢字だらけに引用だらけ、ひねくりまわした先生の戯作ではとても歯が立ちません。

「しまっておきなさい」

「ほんじゃけんど……」

「嫌なら焚《た》き付けにでもしたらどうだ」

「嫌なんて、そんな……」

むきになって首を振ると、先生は真顔でうちの目を見返しました。

「おまえのお陰で書けたんじゃ」

うちは目をみはりました。どういう意味でしょう。訊《き》き返す間もなく、先生は利兵衛さんをうながして二階へ上がってしまいました。

「なんでや。なんでうちのお陰やなんて言わはったんやろ」

わかりません。けど、宝暦十三年十一月、大風の吹き荒れる午後。この日のうちには、あれこれ考える暇はありませんでした。いつものように二階から先生が「おーい」と呼んでいます。

与四郎さんは惚《ほ》れた女子《おなご》が出来たのか、このところ先生の目を盗んで外出ばかり。お父《とう》は風邪っぴきで、手焙《てあぶ》りを抱え込んで鼻をぐずぐずさせています。二人とも役には立ちません。

「へーい」

うちは声を張り上げました。

出来たてほやほやの本を抱きしめ、ふところにしっかりしまい込んで、はずむ足取りで階段を昇ってゆきました。

十一日目

翌朝、源内は野乃の声に呼び起こされた。

明かり取りの窓から冬の陽が差し込んでいる。

――先生《せんせ》。早う早う。

野乃は源内の袖《そで》をひっぱり、無理やり筆を握らせた。

「あわてるな。どうせ一文にもならん。早う書けたところで、だれも褒めてはくれんのじゃ」

昨日むきになって書いたせいか、疲れが抜けない。わざとのろのろと墨をすると、野乃の心外そうな声が聞こえてきた。

――なんのために書いとるんや。銭のためやない。褒めてもらうためやない。うちはそう思うとったけんど……。

源内は肩をすくめた。

「そうじゃ。おまいのためや。おまいのために書いとるんや」

源内の記憶のなかの野乃は決まって郷《くに》なまりである。そのせいか、源内まで知らぬ間に郷なまりでしゃべっている。

——ほんじゃったら早う。

野乃はなおも催促した。

「けったいな女子《おなご》やなあ。急がんかて、逃げはせん」

——あのな、先生。うち、ここまで言葉があふれとるんや。ぐずぐずしとったら、こぼれてどっかへ消えてしまうげな。

野乃は息をはずませている。

「えらい気合が入っとるやないか」

——そらそうや。うちにとっては大事な大事な一幕やもん。

「大事な……」

源内ははっと身をこわばらせた。

——一番、幸せやった頃じゃね、先生。

「う、うむ」

——あの頃に戻れたらええのに。

耳元でかすかな吐息が聞こえた。

野乃の言う通りだ。宝暦十三年の末から明和二年にかけての二年余り、源内は人生において最初で最後の安穏な日々を送った。戯作《げさく》が売れれば腹がくちくなる。腹が満たされれば世界が丸く見える。となれば気持ちも丸くなる。心に余裕が出来、恋が生まれる。

――ほんじゃったら、早う。

紙を引き寄せながら、源内はうしろめたさを感じていた。

野乃は大事な一幕と言ったが、野乃にとっては大事でも、自分にとっては大事と断言できるほどのものではなかった。野乃のまっすぐな思慕に比べて自分のそれがいかに屈折していたか、そう思うと、今さらながら暗澹《あんたん》とした思いにかられる。

野乃は下女だ。心ひかれてはいたものの、つまりは自己本位の、軽い戯《たわむ》れでしかなかったのである。

だが、ここで野乃の気勢をそいでなんになるのか。

「よし。はじめよう、おれたちの大事な一幕を」

居住まいを正し、源内は筆を取り上げた。

うちは当惑していました。

このところ先生が急にやさしくなったのです。

「野乃、来い。読んでやろう」

手招きされて少し離れたところに座ると、おもむろに本を開いて、『根南志具佐《ねなしぐさ》』を早口で読みはじめました。うちはぽかんと口を開けて聞きほれます。

「わかるか」

「……すんまへん」

すると先生は本を置き、身振り手振りを交えて、しかもむずかしい言葉はわかりやすく嚙《か》みくだいて、おもしろおかしく話してくれたものです。

うちがくすくす笑えば、先生もうれしそうに笑って、

「妹がようけおったんじゃ。せがまれるたんびに物語をしてやっとったけんのう」

珍しく郷なまりで言いました。

着物食べ物から暮らしぶりまで、先生はなんでも江戸風でなければ気の済まないお人です。人前では江戸弁で通しているので、先生が江戸の生まれだと勘違いしている人もいるくらいです。江戸の気風が心底好きだからだと先生は言いますが、うちは、

先生が故郷に屈折した思いを抱いているせいではないかと思います。足軽の子だったからか、御薬園《おやくえん》のお役人にいじめられたからか、離藩してしまったからか、よくはわからないけれど、先生は故郷を恋い焦《こ》がれ、そのためにかえって故郷を憎んでいるのではないでしょうか。

先生はそういうお人です。凡人なら好きか嫌いのどちらかで済むものを、先生の場合は好きと嫌いの両方がごちゃまぜになって、その振幅が凡人には計り知れないほど大きいのです。のめり込んだかと思うと冷淡になって離れてしまう。きっと思い込みがふくらみすぎて、ちょっとした齟齬《そご》があっただけでぱちんとはぜてしまうのかもしれません。

「芝居を知らぬのか。よし。連れて行ってやろう」

先生はうちを芝居見物に連れ出しました。

「どうだ？　気に入ったか。路考茶《ろこうちゃ》は今どきの流行《はや》りじゃ」

着物や簪《かんざし》も買ってくれました。うちが驚いたり喜んだりするのを見るのが楽しそうでした。

「おまえも上がって来い。いいから来い」

あれは風のない穏やかな午後でした。来客も居候《いそうろう》もいない幸運なひととき、うちは先生に呼ばれ、物干し台に上がりました。並んで腰を下ろすと、先生は声を出して戯作を読みはじめました。

「……この世にもあらぬ世界の極楽と地獄の真ん中に、閻魔《えんま》大王となんいえる、やんごとなき方ぞましましける。この大王、三千世界を領したもうことなれば……」

先生の声にうちはうっとり聞きほれます。ふっと思いついて、

「あのう……お訊《たず》ねしてもええやろか」

思いきって訊ねると、先生は鷹揚《おうよう》にうなずきました。

「言うてみよ」

「極楽と地獄の真ん中、いうのは、志度寺のことかいのう」

志度寺はうちが捨てられていたお寺です。三千世界がどのくらいの広さかわからないけれど、境内は広く、閻魔堂もありました。

先生はしばらく思案した上で、

「そうではない。志度寺の閻魔堂はの、番小屋みたいなものだ」

と、答えました。江戸では定廻《じょうまわ》りと呼ばれるお奉行所のお役人さまが交替で市中をまわり、番小屋に顔を出しては、異変がないか訊ねて歩きます。

「ほんじゃったら、閻魔さまはひとところにじっとしとらんで、あっちこっちの閻魔堂

へ顔を出しておるんじゃね」

「そうや。しゃーからめっかったらあかん思うての、子供の頃、閻魔堂の前を通るときは目ぇつぶって一目散に駆け抜けたもんじゃ」

「へええ。先生にも怖いもんがあるんじゃねえ」

「おまいは怖くないのか」

「ない。ほやかてうちは閻魔堂で拾われたんじゃもん。閻魔さまの落とし子やちゅうもんもおったんじゃけん」

「ほいだら志度寺のお住職《じゅっ》さんは、閻魔の子を仏さんと名付けたんかいな」

「ほうや。大きゅうなって閻魔にならんよう、わざと野乃と名付けたのかもしれんよ。先生、うちが閻魔になったらどないしやはる？」

「くわばらくわばら」

先生はからからと笑いました。うちも笑いました。どれくらい笑っていたのでしょう。

目を合わせ、ふと真顔になったそのとき、うちは先生の胸に抱かれていました。

二年前とちがって性急なところはまるでありません。うちは、高松から大坂へ渡る船上から大海原を眺めていたときのことを思い出していました。果てしない抱擁はゆるやかな波となって、うちを見知らぬ国へ運んでゆきます。頭上を渡るのは時を告げる鐘の音。聞き慣れた音色がいつになくふるえを帯びているように思えたのは、体がゆれていたせいでしょうか。

源内は筆の尻《しり》で左目の下の黒子《ほくろ》をつついた。

そうだ。自分にもあんなときがあったのだ。無心に野乃の笑顔を求め、愛《いと》しさに胸をふるわせた瞬間が――。

ふいに、路地裏の匂《にお》いがよみがえった。しもたやの物干し台は、夕餉《ゆうげ》の魚を焼く煙や風呂《ふろ》を焚《た》く煙、長屋の厠《かわや》からもれる汚物の臭《にお》いが充満していた。

源内は雑多な匂いのなかから、野乃の髪の鬢《びん》付け油の匂いと、帯の間にはさんだ香《こう》袋《ぶくろ》の匂いを嗅《か》ぎわけた。ほんのり甘い香は、自分の腕のなかで柔らかくくずれた女の体の感触を呼び戻す。

野乃が今朝、夢枕《ゆめまくら》に立ったわけが今、わかった。打算でも情欲でもない、心と心が呼び合い、交り合うひとときがあったことを、野乃は自分に思い出させようとしたのではなかったか。

源内はエレキテルの蒼《あお》い火を思い浮かべた。瞬時に消えてしまう火を求めて、有象無象が殺到した。

人生には純なきらめきを放つ一瞬がある。うっかり忘れているだけで、たしかにある……。

「野乃、つづけてくれ」

源内は先をうながした。

白壁町の家は、惚《ほ》れ合った男女にはなんとも都合のわるい家でした。ひっきりなしにお客は来るわ、居候はうようよしているわで、ちっとも二人きりになれません。

先生とうちは示し合わせて、こっそり家を抜け出すことにしました。すぐ裏手にある、うちとお父《とう》の棟割長屋であわただしく体を合わせるのです。自分の家がありながらわざわざ下女の家へ出向き、昼日中から声を忍んで抱き合うとは、いま思えばおかしなことをしたものです。

けれどあの頃の二人は、そんなことさえ楽しくてなりませんでした。このときうちは十八、先生は三十六。一旦《いったん》燃え上がった炎はもう消しようがありません。

先生は『根南志具佐』に引きつづき、『風流志道軒伝』という本を出しました。これも岡本利兵衛さんが版元です。やはり飛ぶように売れました。

この本のことを思い出すと、うちは今でも赤面してしまいます。

「……江戸浅草の地内に、志道軒といえるえせものあり。軍談をもって人を集め、木にて作りたる松茸《まつたけ》の形をしたる……」

読んで聞かせながら、先生はその箇所までくると決まってうちの手をつかんで、固くなった自分のものに触れさせます。

「……人は陰陽のふたつをもって体をなす。たとえば石と金ときしり合いて火を生ずるがごとし……」

もう一方の手をうちの裾《すそ》に差し入れ、体をまさぐります。そのまま二人して破れ畳に倒れ込み、薄い壁の向こうを気にかけながらあわただしく体を重ねるのです。

最後の仕上げに、

「幾度ともなく勤むれど、体、金鉄にてやありけん」

先生が荒い息を吐きながらつぶやけば、

「少しも元気衰えざりけり」

今の今まで体のなかにあったものを撫《な》でながら、うちもいつのまにか覚えてしまった箇所をつぶやきます。そうして、二人して笑い転げるのです。戯作は前戯にもなり後戯にもなり、淫《みだ》らなひとときに欠かすことの出来ない媚薬《びやく》でした。

これが二年前にぎこちなく抱き合った、あの学問一辺倒の先生と世馴《よな》れぬ田舎娘の密事《みそかごと》なのですから、変われば変わるものです。

蜜月《みつげつ》は二年近くつづきました。

よくもまあ、お父や与四郎さんに知られずに済んだものです。いえ、もしかしたらお父は、薄々感づいていて知らぬふりをしていたのかもしれませんが。

与四郎さんと言えば、長屋で抱き合っているときに、うちを探しにやって来たこともありましたっけ。動転したうちは、素っ裸の先生に、手当たり次第そのへんにちらばる着物を引っかぶせ、後ろ前に羽織った浴衣《ゆかた》を乱暴にかき合わせながら戸口に突進、体当たりで与四郎さんを追い出しました。あとで先生と二人、腹を抱えて笑ったことは言うまでもありません。

こんなふうに書くと、先生がうちに溺《おぼ》れ、二日と空けず長屋で戯れていたように思われるかもしれません。けど、それはちがいます。戯作二篇を刊行してまとまった銭を手にした先生は、ようやく本来の目的である物産学に専心出来るようになりました。これまで以上に精力的に動きまわり、人の出入りも激しくなって、与四郎さんもお父も大忙しです。

先生が武蔵の猪俣村の名主だという中島利兵衛さんを裏店《うらだな》へ連れ帰ったのは、その年も押し詰まった頃でした。

利兵衛さんは昨年の物産会に石麸《せきふ》という鉱物を出展した本草《ほんぞう》愛好家で、所用で江戸へ出て来たついでに、伝《つて》を頼って先生との面会を果たしたのだとか。自分の名が山深い他国まで鳴り響いていると知って先生はたいそう喜び、二人はすっかり意気投合してしまいました。頭でっかちな川名さまや平秩《へずつ》さま、同じ利兵衛でもお調子者の岡本利兵衛さんとちがって、こちらの利兵衛さんは在郷の名主らしく温厚で生真面目《きまじめ》なお人です。うちもひと目で好きになりました。

利兵衛さんはしばらく裏店に滞在して先生と親交を深め、暮れの内に帰国しましたが、それからも頻繁に文が届きました。先生の頭のなかには、一昨年、鎮惣七《しずめそうしち》さんに招かれて伊豆へ出向き、芒消《ぼうしょう》を発見したときのことがあったのでしょう。二匹目の泥鰌《どじょう》をつかもうという野心が、押さえがたいほどにふくらんだようです。

年が明けて宝暦十四年、松の内が過ぎると、先生は秩父へ出かけると言い出しました。利兵衛さんの案内で、山中の珍しい草木や鉱物を探すというのです。

「野乃。ひょっとすると、すごいもんが見つかるかも知れんぞ」

目を輝かせて言ったときの先生の潑剌《はつらつ》とした顔は、今もまぶたに焼きついています。

「すごいもん、ちゅうと？」

「石綿じゃ」

「いしわた？」

「ほーじゃ。燃えない布を作るんじゃ」

燃えない布の話は、田村門下の中川さまがこのところさかんに話題にしているもので、うちもしばしば耳にしています。そんな妙なものがあるということも、しかもはるばる山中へ探しにゆくということも驚きでしたが、欣喜雀躍《きんきじゃくやく》している先生を見れば、こちらまで肩に力が入ります。

「気ぃつけて。いいもん、めっけてつかあされ」

「うむ。楽しみに待っとれ」

随従役の与四郎さんを引き連れて意気揚々と出かけてゆく先生の後ろ姿を、うちとお父は裏店の戸口に立って見送りました。


早春の冷え冷えとした両神山で、源内は石綿を見つけた。あのときの興奮はくっきりと体に刻み込まれている。

思い出しただけで、歓喜が稲妻のように駆け抜けた。

そうだ。あの一瞬のために、中津川渓谷を登り、両神山までの山道を踏破した。中島利兵衛と、その縁戚《えんせき》にあたる吉田理兵衛の二人がそろって源内の石綿探しに手を貸してくれた。

そもそも、なぜ物産学にのめり込んだのか。

だれも見たことがない、手垢《てあか》ひとつついていないものを見つけ出す喜び。未踏の道へ分け入り、大自然の驚異を目の当《ま》たりにする興奮。新たな知識を得て、それを世に知らしめるほど胸躍るものはない。

源内は何事にも一番乗りをしたかった。一番乗りをして人々の賞賛を浴びたかった。一度でもその歓喜を味わってしまえば、もはや逃れられない。生半可なことでは満足は得られない。発見、興奮、歓喜、賞賛……一連の流れには憑《つ》き物のような魔力があった。

石綿を発見するや、源内はすぐさま中島家へ取って返し、家人に試し織りをさせた。まずは香をたくときに敷く香敷を作った。三月は年に一回、長崎からオランダ商館長の一行が江戸へやって来る時節である。香敷を土産に、急ぎ江戸へ戻った。官儒の青木文蔵に頼み込んで長崎屋に滞在中のカピタン一行に見せ、さらに奉書に包んで幕府にも献上した。

その年は「火浣布《かかんぷ》」と名付けた布の売り込みに明け暮れた。

「よう見ておれよ。火にかざしてみるぞ」

与四郎や要助、野乃を呼び集めて、実験して見せた。

「唐、天竺《てんじく》、南蛮……世界広しといえども、かような珍品は手に入るまい」

源内は鼻をうごめかす。

野乃は無邪気に目を輝かせた。

「先生はやっぱし天狗《てんぐ》のお子じゃったんやねえ」

あのときの野乃の声が耳によみがえる。

「先生《せんせ》」と言うときの、野乃独特の言いまわし。低く柔らかな声音。畏敬《いけい》と思慕にあふれた漆黒の眸《ひとみ》――。

源内は虚空《こくう》を見据えた。

植物や鉱物の珍種探しにとりつかれ、躍起になって駆けまわった。人一倍観察眼にすぐれ、分析力もあったはずの自分が、野乃の心を読むことが出来なかった。新しいものを追い求めるのに手いっぱいで、身近にあるものには目を向ける余裕がなかったのである。

野乃は「愛しい女」であり「密事の相手」ではあったが、依然「下女」であることに変わりはなかった。江戸の水に洗われて肌のくすみが消え、体の線にも丸みが加わって、仕種《しぐさ》にはときおりはっとするような色香が匂うようになったとはいえ、勢以のように才走った面白さや、吉原の女たちのような艶《あで》やかさ、江戸町娘の粋《いき》な雰囲気はまるでなかった。つまりは垢抜けない田舎者である。以上終わり。分類済み。正直なところ、それだけだった。今さらながら己の愚かさに愕然《がくぜん》とする。

昨年に引きつづき、宝暦最後のこの年も、江戸は大火に見舞われた。二月、神田白銀町から出火、神田界隈《かいわい》は大半が焼けた。風向きの関係で源内の家は幸い類焼をまぬがれた。が、知人の家の多くが焼け、秩父から戻ったばかりの源内は、休む間もなく被災者の見舞いに駆けまわった。

火事騒ぎがおさまり、カピタン一行が帰国したあと、幕府から火浣布についての問い合わせがあった。長崎の唐人に見せたところ、この布で馬掛羽織が作れないかと注文があったという。唐人の所望の布が丈九尺一寸、巾《はば》二尺四寸と聞いて、源内は仰天した。手元にある火浣布はせいぜい三寸四方である。

だが無理だとつっぱねるのはしゃくだ。幕府が直々に頼み事をしてきたのである。ここで一気に名をあげたい。

六月二日に宝暦は明和と改元された。源内は明和二年の春にかけて、秩父と江戸を頻繁に往復した。火浣布制作に取り組んでいたのである。

結局、それも失敗に終わった。それでも明和二年四月、『火浣布略説』を刊行。ぬかりなく手柄を世間に喧伝《けんでん》した。

あの頃は得意の絶頂だった。戯作《げさく》のお陰でふところが潤《うるお》っていた。火浣布の発明者として名声が高まった。野乃との仲もうまくいっていた。

なにより、源内には大望があった。

『火浣布略説』の末尾に、源内は著書目録を付記している。『火浣布考』『神農本草経図註』『四季名物正字考』『日本穀譜』といった未完の著書の名を書き連ねたのである。いずれも江戸へ出て以来考えに考え、事細かに案を練り上げたものだった。

これらすべてを刊行し、併せて『大博物図譜』を成す。それこそが、故郷を捨て、藩士の身分を捨て、常人の暮らしを擲《なげう》ってまで成し遂げようとした大望だった。

――ああ。なぜ一直線に突き進まなかったのか。志を曲げず、地道な努力を重ねさえしていたなら……。

蜃気《しんき》楼《ろう》のように消えてしまった夢に思いが至ると、一気に気力が萎《な》えた。

――ちきしょう、この大たわけのあんぽんたん。

いつしか野乃の面影が消えている。
もはや筆を動かすことさえままならない。
源内は硯箱《すずりばこ》を押しやり、書きかけの紙を枕にごろりと寝そべった。

十二日目

今日は一段と冷え込んでいた。畳の上に座っていてさえ膝頭《ひざがしら》が凍りつきそうだ。源内と芳玄は身を寄せ合い、架空の手焙《てあぶ》りに両手をかざしながら昔話に興じていた。こうしていると、真似事《まねごと》でも体が温まってくるから不思議である。

「あの頃もこうして飽きもせずに語り明かしたものだ。だれもが意気さかんだった」

源内は白い息を吐き出した。

芳玄は立てつづけにくしゃみをして、

「だれも、とは、杉田玄白さまや中川淳庵《じゅんあん》さま、それに平秩《へずつ》さまや川名さまといったご常連のことにございますか」

と、すっかりなじみになった名を連ねた。

「それもある。が、大小の会というのが流行《はや》っておっての……」

「おう、そうじゃった。正月といえば猫も杓子《しゃくし》も絵暦《えごよみ》に熱中しとりました。先生の暦もたいそうな評判になりましたとか」

陰暦は月の満ち欠けをもとにしたもので、年によって大の月と小の月の配列が変わる。江戸では正月に暦を作って配る慣習があった。大小の会とは、趣向を凝らした暦を持ち寄って優劣を競ったり、交換し合ったりする集まりである。

源内は人気歌舞伎《かぶき》役者の半身像を絵師に描かせ、そのなかに巧みに大の月と小の月の名を隠し込んだ暦で大評判をとった。

――先生。お父《とう》にもわかる暦、作ってつかあされ。

野乃に言われて字が読めなくてもわかる暦も作った。文字を用いず、月の名にちなむ絵だけで大小の月を示した暦である。これもまた評判になった。

「いま思うと、毎日が駆け足をしているようじゃった。秩父と江戸とを何度となく往復しながら、仲間とは物産学を論じ合い、粋人との遊びにも興じ、家では片っ端から書を読んだ。長崎屋で目にした寒暖計の作成にとりかかったのもあの頃だし、なおかつ野乃ともよろしくやっておったのじゃ。ようもあれだけの暇があったものよ」

「多忙なときほど、遊びにも精が出るものにございます」

「おぬしの言う通りやも知れぬの」

源内は牢内《ろうない》を見まわした。

暇を持て余し、陰鬱《いんうつ》な顔で寝そべっている囚人たちも、娑婆《しゃば》にいたときは「こう忙しくちゃあたまらん」「暇のひとつも欲しいものだ」などと愚痴りながら、そのくせけっこう好き放題に飛びまわっていたはずである。今となってみれば、あの頃は幸せだったとなつかしく思い出しているはずだった。

「ところで、先生が金山事業をはじめられたは、またどうしてでございますか」

芳玄も源内の視線を追いながら訊《たず》ねた。

「吉田理兵衛の本業は山師だ。理兵衛から儲《もう》け話を持ちかけられた」

「中津川金山、にございますか」

「中島一族が後押しすることで話がまとまり、幕府の役人にも検分してもろうた。それで中津川の名主の家に滞在して采配《さいはい》をふるうたのじゃ」

「ほう……幕府のお役人さまが検分を……」

「千賀《せんが》さまが口をきいてくだされたのだ」

源内の師である田村元雄《げんゆう》は、四年前の宝暦十三年に幕府に登用され、神田に朝鮮人参座を開いた。その関係で御典医の千賀道隆《どうりゅう》と親交を結ぶようになり、源内も千賀を知るようになった。千賀は源内の博識と心意気を買い、以後、現在にいたるまで、源内の後ろ楯《だて》となっている。金詰まりで家財道具さえ満足になくても、店賃《たなちん》や着物食べ物を何とか調達できたのは、千賀の援助があったためである。

「おれは銭が欲しかった。金山を当てれば大尽だ。いくらでも書物が買えるし、念願の本を書くことも出来る。物産学を究めることが出来るのだ」

「ところが念願のご本を書く代わりに、『長枕褥合戦《ながまくらしとねがっせん》』をお書きになられました」

「さよう」

源内は自嘲《じちょう》の笑いを浮かべた。『長枕褥合戦』だの『痿陰隠逸伝《なえまらいんいつでん》』だのといった際《きわ》物《もの》に手を染めたのは明和四年からである。つまり、あれほど物産学を一筋に究めようと決意したのに、わずか一、二年でまたもや脇道《わきみち》にそれてしまったのだ。

火《か》浣布《かんぷ》の制作が行き詰まったことも原因のひとつだが、それだけではない。

「長枕を書いたのは訳がある。まあ、端的に申さば銭だがの……」

「ほんに、風来先生がそれほど銭に困っておられたとは存じませなんだ」

「秩父へ行き来するたびに羽が生えて飛んでゆく。その上、客は増える一方だし、居候《いそうろう》もごろごろしている。しかも、ドドネウスを買うた」

「ドド、ネ、ウス？」

芳玄は目を丸くした。

「ドドネウスは著者の名での、『紅毛本草《ほんぞう》』と言うて、八百枚近くもある博物書だ。

蘭語《らんご》ゆえ文は読めぬが、挿絵を見ているだけで胸が躍る。同じドドネウスの『紅毛花譜』を持っておったゆえ、本草書をぜひとも手に入れたいと常々願うておったのだ。しかし三十両でもまだ足りぬ、目が飛び出るほど高価な書物じゃった」

「三十両！」

芳玄の大声に、囚人たちがいっせいに目を向ける。

「驚くにはあたらぬ。明和五年に購入したヨンストンの『動物図譜』は五十両余り払うて入手したのだ」

「ひえぇ、五十両……」

腕のいい職人の月収の相場が二両ほど。贅沢《ぜいたく》さえしなければ、月に一両で一家四人が楽に食べてゆける。五十両がいかに破格な値段かは比べてみるまでもない。

「いったいそうしたご本をどれだけお買い求めになられたのですか」

「『紅毛虫譜』『紅毛魚譜』『紅毛禽獣《きんじゆう》魚介虫譜』……」源内は指を折って数えた。「五年余りの間に九冊になるか。お陰で銭がのうなり、家財道具まで売り払ってしもうた」

芳玄はまじまじと源内の顔を見返した。風来先生は奇人だとの風評を耳にしていたが、それを今あらためて納得したとでも言いたげな顔である。

「さように高価なものを、読めもしないのに……」

「蘭語を学んで読み分けをする。その上で、我が国の物産と比較分類し、一大書物を作る。それこそが生涯の夢、命に代えてもなし遂げたいと願うていた志じゃ」

見果てぬ夢だった。家財道具まで売り払って紅毛書を手に入れたのに、そこで腰砕けになってしまった。それを思うと、悔しさに腸《はらわた》がよじれそうになる。

「さすれば野乃さんも、さぞや案じておりましたでしょうな」

芳玄は源内の顔色をうかがいながら訊ねた。

「うむ。不安そうだった……」

野乃はこのとき、すでに二十を過ぎていた。嫁《ゆ》き遅れである。これまで嫁いで子を生む夢を抱いたこともあったはずだ。主とずるずる関係をつづけていることをただ、よしとしていたわけではないだろう。それでも、惚《ほ》れた男が田村元雄のような学問の大家になるというなら、日陰の身でも報われる。だが源内は金山にうつつを抜かし、際物に手を染め、高価な紅毛書を買いあさっていた。

「野乃にも苦労をかけた」

源内は吐息をもらす。

芳玄は髭《ひげ》をなでまわした。

「それを言うなら手前も同様。女房に苦労をかけつづけたあげく、このていたらくにございますよ」

芳玄の女房は愚痴ばかりこぼしていたという。が、口では不平を並べながらも、亭主を気遣い、うるさいほど世話を焼いて、とどこおりなく家内を切り盛りしてきたのだろう。

源内は郷里に残してきた母を思った。器の小さな夫には多くを望まず、利発な息子に夢を託した母だったが、亭主が死んだときの嘆きは一様ではなかった。一夜にして白髪が増え、しみが浮き上がったのは、夫婦の縁の深さというものだろう。

二人はしばしそれぞれの思いに沈み込んだ。

「なれどおぬしの女房は、いまだにおぬしを気づこうておる」

「野乃さんだとて気づこうておりましょう」芳玄は笑みを浮かべた。「ここへも何度となく足を運んでおるやもしれません。久山さまに訊ねてみてはいかがにございますか」

源内は狼狽《ろうばい》した。一瞬、小《こ》伝馬《でんま》牢《ろう》の門前にたたずむ野乃の姿が見えたような気がした。が、あわてて幻影を振り払う。

「やめておこう。野乃はおれを憎んでいる。気づこうてなどおるものか」

それを知るのが怖くて、千賀道隆からの紙や墨以外、いっさいの牢見舞いを拒みつづけているのだ。

——先生は見栄《みえ》っぱりや。背伸びばかしてはる。

ふいに、野乃の声が聞こえた。

——なんだと？

——ほんまは杉田さまや前野さまがうらやましかったんや。ほんじゃから……。

——だまれっ。

源内は胸の内でどなりつけた。野乃は「すんまへん」と謝ったが、源内の昂《たかぶ》りは鎮《しず》まらなかった。

まさに痛いところを突かれたのである。源内が焦《あせ》っていたのは、単に銭が乏しくなったためだけではなかった。

田村門下の大半は医者である。杉田玄白も前野良沢も中川淳庵も生活の基盤がある。それが落ちつきとなり風格ともなっていた。

一方、基盤のない川名や平秩は、年々落ちつきがなくなった。僻《ひが》み根性がことあるたびに顔を出す。なにかというと戦闘的になった。

川名は相変わらず居を定めず、田村宅や源内宅に居候を決め込んでいた。かと思えば、ふらりと旅に出かけてゆく。平秩の方は春先の大火で焼け出され、京へ向かった。のちに聞いたところによると、真言宗の異端派、御蔵門徒の信者を装《よそお》い、仲間の信頼を勝ち得た上でこれをお上《かみ》に告発、褒美《ほうび》をもらったという。告発された門徒は一人残らず死罪になったというから、銭のために平然と仲間の命を売ったことになる。傲岸《ごうがん》で酷薄な性格にますます磨きがかかったというわけだ。

両者の違いが際立ってくるにつれて、源内は焦りはじめた。基盤がないから、自分も後者と同類である。数年前、高松藩を離藩する際は「医術を学ぶため」ととりつくろった。あのとき大坂へ行き、戸田斎《いっき》から医術を学んでいたら、今のような焦燥に駆られることはなかったはずだ。それをしなかったのは物産会の準備に気が急《せ》いていたからもあったが、医者の弟子となって医術を一から地道に学ぶという忍耐が欠けていたためである。

自己嫌悪《けんお》に陥り、源内は重苦しい吐息をもらした。

「さてと。いつまでもこうしていては執筆のおじゃまになりましょう。手前は牢見舞いの本でも読むとしましょうか」

芳玄は腰を上げた。両手を丸めて息を吹きかけながら源内を見下ろす。

「おや。お書きにならぬのでございますか」

源内は架空の火箸《ひばし》で、手焙りの炭をかき立てる真似をして見せた。

「今日は筆を持つ気にならぬ」

「なれば先生にも本を一冊お貸しいたしましょう」

「なんの本だ？」

芳玄は眸《ひとみ》を躍らせた。

「風来山人の『痿陰隠逸伝《なえまらいんいつでん》』などはいかがにございますか」

「やめてくれ。見とうもない」

源内は鼻白んだ顔になる。

「ときには冗談のひとつも言わねば、体にわるうございますよ」

芳玄はふっと真顔になって言うと、首を振り振り自分のねぐらへ帰って行った。

なぜ、胸がふるえるのでしょう。

無骨な手指ににぎられた絵筆が、優美な娘の姿を形作ってゆきます。目玉を動かさないように、うちは目の隅で眺めます。

きれえやなあ――。

うっかり口を開きそうになると、

「動くな」

すかさず険しい声が飛んできました。

素面《しらふ》のときはもさっとして、いるかいないかわからない次郎兵衛さんですが、仕事中はまるで別人です。背を丸め、畳に肘《ひじ》をつき、ときには這《は》いつくばるような恰好《かっこう》でていねいに錦絵《にしきえ》を仕上げてゆきます。

いいえ。次郎兵衛さんが書いているのはうちの絵ではありません。お仙やらお藤やらといった評判の美少女で、これが今、売れに売れているのです。次郎兵衛さんは絵筆を手に町へ出かけて行っては、茶屋や小店の看板娘の絵を描き、家でうちに同じ恰好をさせて仕上げをします。顔も体つきも似ているからと次郎兵衛さんが先生に頼んだのですが、うちはそれほど色白でもないし、別嬪《べっぴん》でもありません。

「なんでうちみたいなもんが……。お目がどうかしてはるんやないやろか」

話があったとき、台所でうちは思わずつぶやきました。絵に描かれる気恥ずかしさより、次郎兵衛さんにじっと見られるのが怖かったのです。あのまなざしは、うちの心の奥にあるうしろめたさ——お父《とう》にも与四郎さんにも内緒で先生にずるずる抱かれていること——を、即座に見抜いてしまうのではないでしょうか。

「穂積先生は手垢《てあか》のついた女は描かん。しゃあからおまえが気に入ったんじゃろ。他に似たような年格好の女子《おなご》がおらんのじゃけん」

与四郎さんが言うのを聞いて、うちはますます身をちぢめたものです。

先生は俠気《おとこぎ》があるので、頼まれればいやとは言えません。ふたつ返事で引き受け、追い立てるようにうちを次郎兵衛さんの家へ行かせたくせに、一度が二度、二度が三度となると、目に見えて不機嫌になりました。次郎兵衛さんの前ではいつもながらの調子のよさ、うちにも不平は言いませんが、すぐにわかります。

もしかして、先生は次郎兵衛さんに妬《や》いていたのでしょうか。

はじめて出会った頃の次郎兵衛さんは、破れ傘しかない、うらぶれた絵師でした。それが先生に誘われて大小の会に加わった頃からめきめきと名をあげ、今や、浮世絵師・鈴木春信の名はお江戸広しといえども知らぬ者はありません。

大小の会に集まる大商人やお役人方が次郎兵衛さんの屏風絵《びょうぶえ》を気に入り、競って注文したのが評判になったきっかけですが、最近では町娘の絵のほうが売れています。

はじめのうち、先生は大喜びでした。紅摺絵《べにずりえ》なんかだめだと言って多色使いの木版画を考え、ああだこうだと指図をしたのも先生です。次郎兵衛さんの錦絵は、先生が生みの親で、次郎兵衛さんが育ての親、といったところでしょうか。

先生は好奇心が旺盛《おうせい》で、なんにでも首を突っ込みたがります。おだてられたり、ちやほやされるのが大好きな上に、頭のなかには奇抜な考えがいくらでも詰まっているので、人を驚かせようとして、自分のことはそっちのけにしてがんばってしまうのです。

けれど、ある日突然、気づきます。自分は同じ地面に立っていて、力を貸してやった相手だけが空のかなたに昇ってしまったことに……。先生は嫉妬《しっと》します。でも見栄《みえ》があるのでじっとがまんして、顔では鷹揚《おうよう》に笑っています。それでますますお腹《なか》のなかに苛立《いらだ》ちをため込んでしまうことになるのでしょう。

ここで源内は中断した。自分でも気づかなかったことが野乃の目を通して見えてくる不思議さ……呆然《ぼうぜん》としていると、「先生《せんせ》」とやさしい声が聞こえた。同時に人の手が置かれたかのように肩先がじわりと熱くなる。

――なにしてはるんや。早う先を急がんと……。

源内はうなずき、新たな紙を引き寄せた。

「出来た」

次郎兵衛さんは身を起こしました。絵筆を置くと、怖いくらいに張り詰めていた表情がゆるんで、いつもの柔和な顔に戻ります。

「おいで」

次郎兵衛さんは手招きをしました。

うちは散らばった紙を踏まないようにそろそろと膝《ひざ》を進め、次郎兵衛さんの隣に身を寄せました。二人は額を突き合わせ、仕上がったばかりの下絵を眺めます。

こんなに人気が出ても、次郎兵衛さんはもとの裏店《うらだな》に住んでいました。破れ傘こそ貼《は》りかえていますが、着物も食べ物もとんじゃくなし。仕事中はめんどくさいと言ってお酒しか飲みませんし、湯屋へ行く間も惜しんで描いているので、身を寄せるとお酒と汗の混じった体臭がします。

それでも、うちは次郎兵衛さんの匂《にお》いが好きでした。次郎兵衛さんの不格好な体のなかにはきらきら光るものがあって、それが美少女の絵姿となって紙の上から立ち上がってくるのです。もしかしたら、先生はそのこともやっかんでいるのかもしれません。

「どうじゃ。気に入ったか」

「へえ」

「この女は茶屋娘だが、ほれ、目はおまえさんの目だ」

「うちの目ぇはこんなにきれえやありまへん」

「いや。きれいだ。おまえさんの目は水たまりに落ちた陽射《ひざ》しのようだよ」

うちはあわてて目を伏せました。志度浦にいた頃や不動新道《しんみち》にいた頃なら、まっすぐに次郎兵衛さんの目を見返せたはずなのに……。

先生といるときは、役に立とう気に入られようとして、頭のてっぺんから爪先《つまさき》まで敏感になっています。けど次郎兵衛さんといるときは体が柔らかく溶けてゆきます。

温かな夜具にくるまれたような心地よさがあります。次郎兵衛さんは先生より三つ年上、うちには父親のようなお人ですから、惚《ほ》れているというのとはちがいます。この頃のうちは、先生との密事《みそかごと》に少しばかり疲れていて、黙って抱き留めてくれるやさしさに飢えていたのかもしれません。

「おまえさんはずっと源内先生のところにおるつもりか」

うちの心を見透かしたように、次郎兵衛さんは訊《たず》ねました。

「出てゆけ、言われんかぎりは……」

「なにゆえ嫁がぬ？」

「さあ……」

うちは狼狽《ろうばい》しました。どう応《こた》えてよいかわかりません。

次郎兵衛さんはうちを見つめました。そのときの目を、うちは今でもくっきりと思い出すことが出来ます。だれかの目によく似た――。

そう。あれは遠い昔、砂浜で見知らぬお遍路《へんど》さんと立ち話をしていたお母《かあ》の目です。遥《はる》かなもの、到底手に入りそうもない何かに魂を売り渡してしまった人間の目……。なにやらいたたまれなくなって、うちは腰を上げました。

「お茶でもいれましょう」

「茶葉をきらしておるのだ、酒でいい」

次郎兵衛さんは台所の土間に置かれた酒樽《さかだる》に顎《あご》をしゃくりました。

「お酒ばかりではお体をこわします。うち、なんぞ作ります」

「先生が首を長うして待っておるぞ」

「先生は明日でなければ帰りまへん」

「また金山か」

「へえ」

「この寒空にご苦労なこった」

その夜、うちは次郎兵衛さんのために夕餉《ゆうげ》の支度をしました。一緒に食えというのでお相伴にあずかり、勧められるままにひと口、お酒もいただきました。おお酒が入ると、次郎兵衛さんはいつものように多弁になり、陽気になりました。お腹を抱えて笑い転げているうちに、またたく間にときは過ぎてゆきます。

どのくらい経《た》ったのか。次郎兵衛さんはその場に突っ伏し、鼾《いびき》をかきはじめました。見慣れた光景ですから、うちは気にもかけませんでした。散らばったものを片寄せて床をのべ、正体なく眠りこけた体を寝かしつけます。

若い頃のお父も、浜から帰ってはよく大酒を飲み、うちの手をわずらわせたものです。次郎兵衛さんは体が大きく、うちは小柄なので、床に引き上げるのは容易ではありませんでした。息をあえがせ、裾《すそ》を乱して奮闘していたときです。戸の開く音に振り返ると、先生が突っ立っていました。まるで幽鬼のような顔です。

「先生……」言ったきり、言葉がつづきません。明日帰るはずの先生が、どうしてここにいるのでしょう？　頭のなかが混乱して、ただ目をみはっているだけです。

後年の先生は、お弟子さんたちから物狂いと噂《うわさ》されたことがあります。当時の先生にはそんな兆候は片鱗《へんりん》もありませんでした。けど、うちはあのとき、先生の眸《ひとみ》のなかに常人とはちがう光を見ました。不安定にゆらめく極彩色の光です。先生はついと顔をそむけ、出て行ってしまいました。目と目を合わせていたのはほんの一瞬でした。

うちは次郎兵衛さんの体を放り出し、はじかれたようにあとを追いかけました。先生のまなざしが刺《とげ》のように胸に突きささっています。先生の家は目と鼻の先。おまけに主の留守などとんじゃくなく川名さまとそのお友達が居すわっていますし、先生が戻ったということは与四郎さんも帰っているはずです。

「待ってつかあされ」

家の前で先生に追いつき、うちは息をはずませました。

幸い夜更《よふ》けの路地には猫の子一匹おりません。

「今晩お帰りになるとは知りまへんでした。絵が出来たあと、次郎兵衛さんにごはん作って食べてもろうたんです。次郎兵衛さん、なんも食べておらんのや。体にわるい思うて……。そいで、お酒を飲んだら眠ってしもうて……」

先生はなにも言わず、薄茶けた目でうちを見返しました。

「勝手してすんまへん。許してつかあされ」

今の今まで悪いことをしたとは思っていなかったのに、先生の得体の知れない視線を浴びたとたん、なにやら罪深いことをしてしまったような気になりました。鼻をすすると、先生はいきなりうちの手首をつかみました。そのまま家を素通りして、路地の木戸に向かいます。

木戸は閉まっていました。が、この界隈《かいわい》の住人は絵師やら戯作者《げさくしゃ》やら夜昼のない人種が多いので、くぐり戸は内側から簡単に開くようになっています。

木戸をくぐり、人けのない裏道をしばらくゆくと、また細い路地がありました。ここには木戸がなく、どぶ板の左右から淡い明かりがもれています。昼間は見たこともない通りで、そこがいったいどんなところなのか、うちにはさっぱりわかりませんでした。

先生はどぶ板を鳴らして奥へ奥へ進み、とある家の前まで来て手を放しました。うちを表に待たせて、ひとりでなかへ入ってゆきます。庇《ひさし》の下に身を寄せて待っていると、先生と女のひそひそ声が聞こえてきました。

やがて話し声がとぎれ、

「入れ」

と、先生の声がしました。

どうということのない、しもたやです。たしかに声が聞こえたはずなのに誰もいません。うちは先生のあとについて、上がり端にある階段を上がってゆきました。

階段は薄暗くて、みしみしきしみます。音がしないように、うちは爪先で板を踏みました。踏み板のきしむ音を聞くと、なぜでしょう、先生の心のなかを踏みしだいているようで胸が苦しくなったのです。

上がりきったところは黴臭《かびくさ》い六畳ほどの座敷でした。部屋隅に燭台《しょくだい》がたったひとつあるきりで、部屋の真ん中には床がのべてあります。

先生に抱かれるのだということは手首をつかまれた瞬間からわかっていました。先生とは何度となく肌を合わせています。今さら拒む理由はありません。いえ、むしろうちのほうこそ望んでいたはずなのに、どうしたことか、敷居際《しきいぎわ》で足がすくみ、動けなくなってしまいました。

太い指で両のこめかみを押されたように頭がずーんと重くなって、底なしの穴に落ち込んでゆくような感じです。

もしかしたらうちの脅《おび》えが先生にも乗り移ったのかもしれません。それとも、単に心身ともに疲れ果てていただけなのでしょうか。

性急に肌を合わせ、激しく求め合いながら、先生はうちのなかに入ることが出来ませんでした。萎《な》えしぼんだものに手を添え、うちもなんとか大きくしようと努めましたが、どうしても上手《うま》くいきません。こんなことははじめてでした。先生が焦《あせ》れば焦るほど、うちの心は冷めてゆき、なにやら二人が木偶《でく》芝居を演じているような気がしてきました。

高松城下にいた頃の、御薬園《おやくえん》の長屋での出来事がまぶたに浮かびます。勢以さまが訪ねて来た夜のこと。人目を忍んでやって来て、いっとき戯《たわむ》れたかと思ったら、勢以さまは先生を嘲《あざけ》り、そそくさと帰って行きました。翌朝の先生の、温かみの失《う》せた仮面のようなお顔……。

「帰るぞ」

先生は唐突に身を起こしました。

二人はあわただしく身支度を済ませ、階下へ下りてゆきました。階段は上がるときよりもっときしんで、うちは板が割れ落ちるのではないかと怖くてなりませんでした。手さぐりで壁に手を這《は》わせると、ざらついた板壁のささくれが手のひらを突き刺しました。

いつもながらの早足なので、路地の木戸をくぐるまで、先生とは顔を合わせませんでした。木戸をくぐるとき月明かりに浮かび上がった横顔は触れたら最後、凍りついてしまいそうで、なにを考えているのかうかがい知れません。

「遅うなった。長屋へ帰りなさい」

先生はかすれた声で言うと、もううちには目もくれず、ずんずん歩いてゆきました。闇《やみ》のなかを泳ぐような後ろ姿を、うちは木戸にもたれて見送りました。飛んで行ってもう一度抱きつきたい。このまま二人の仲がお終《しま》いになってしまうのではないかと不安に怯《おび》えながら……。

どこからか赤子の泣く声が聞こえます。

先生の姿が見えなくなると赤子も泣き止《や》み、あたりは静寂に包まれました。

源内は筆を置き、深々とため息をついた。

今日は何度となく中断している。心が乱れているからか。おそらくこの夜の出来事が、自分と野乃にとって癒《い》えない傷になったからかもしれない。人は往々にして気づかぬものである。いったいいつ引っかき傷を負ったか。目に見えないほどの傷口がどうやって広がり、体を蝕《むしば》んでゆくのか。

ここで、大田南畝《なんぽ》さまのことをお話ししておかなければなりません。大田さまが川名さまに連れられてやって来たのは、ちょうどうちと先生との間がぎくしゃくしはじめた明和三年の冬でした。大田さまは先生より二十一歳年下ですから、このとき十八歳。牛込加賀屋敷の内山賀邸さまのところで平秩《へずつ》さまとご一緒に儒学を学んでいたそうで、平秩さまから川名さまに紹介され、元より先生にあこがれていた大田さまがぜひ逢《あ》わせてくれと頼み込んだのだそうです。

うちは大田さまにひと目惚れしてしまいました。といっても、大田さまは御徒《おかち》で、歴《れっき》としたお侍さまです。十五歳で内山賀邸先生のもとへ入門したほどの秀才でもあります。うちのような女に釣り合うお方ではありません。むろん片思いです。うちはこの頃、張り詰めた綱の上を渡るような先生との暮らしに疲れ果てていました。口ではそばにいられればそれでいいなどと言ったくせに、そこはやはり二十一の女です。何も知らない与四郎さんから嫁にゆけとせっつかれ、家へ出入りする商人から縁談を勧められればそのたびに心はゆれます。

気まずい一夜を過ごしてからは、なおさら不満が高まりました。大田さまに思いを寄せることで、あの夜以来ぴしゃりと心の扉を閉ざしてしまった先生への苛立《いらだ》ちを忘れようとしたのかもしれません。

大田さまは歳《とし》より老成していて、なにごとにもそつのない、沈着なお人柄でした。凜々《りり》しく賢《さか》しげで、しかも男前です。

――あの若さで、あっちゃこっちゃに女がおるそうやで。

噂に聡《さと》い与四郎さんは言ったものです。

大田さまが先生を敬慕しているというのは本当でした。三日と空けずに通って来ては先生の話に聞き惚れ、ご自分の書いたものを見せては批評をあおいでいます。忠実な弟子を得て、先生も大いに満足しているように見えました。うれしそうに連れ歩き、夜っぴて語り合い、大田さまの著書『寝惚《ねぼけ》先生文集』に進んで序を与えるところを見れば、だれだってそう思います。

けれどうちは気づいていました。先生は見栄《みえ》の鎧《よろい》をまとっています。本当の先生は、見かけほど単純ではありません。

大田さまが帰ったあと、先生が苛々と爪《つめ》を嚙《か》んでいる姿を何度目にしたことでしょう。まるで仇討ちでもするように火箸《ひばし》で何度も灰をつついていたのも、にこやかに大田さまを送り出したすぐあとでした。

「まずい茶だ。飲めぬ」

湯飲みを突き返したり、立ち居振る舞いがわるいと言っていきなり怒鳴られたのも、大田さまが帰ったあとでした。

あるとき先生はうちに訊ねました。

「おまえは南畝が好きか」

うちは先生の八つ当たりにむっとしたので、

「好きや。女子《おなご》ならだれだって好きになります」

と、思ったままを答えました。

先生は目を細め、探るような目を向けました。

「どこが好きじゃ」

「そりゃあ若うて、賢うて、男振りもええし……それに、歴としたお侍さまじゃもの」

先生の目に尋常でない色が浮かびました。が、なにごとも起こりませんでした。先生は目をそらしただけでした。でもその横顔の哀《かな》しそうな影といったら――。とりすがって謝りたい。先生のほうがずっと好きだと叫びたい。そう思いながら、胸にひっかかった棘《とげ》がどうしても抜けず、うちは逃げるように台所へ入ってしまいました。

先生は、大田さまがお好きだったのだと思います。そのくせ嫉妬《しっと》していたのです。若さがあり、才能があり、武士を辞めなくても学問を究めるだけの余裕があり、しかもこうして気ままな暮らしが出来る。おまけに闊達《かったつ》で女にもてるのです。大田さまなら先生のように派手な着物を着て目立とうとする必要はありません。突っぱることも肩肘《かたひじ》を張ることもありません。先生は大田さまの明るさがまぶしかったのではないでしょうか。

明和三年から六年にかけて、先生は頻繁に秩父へ出かけ、金鉱採掘に熱中しました。その合間に『長枕褥合戦《ながまくらしとねがっせん》』を書き、『痿陰隠逸伝《なえまらいんいつでん》』を書き、さらに『根無草後編』を書いて刊行しました。紅毛書を購入するためです。まとまった銭を手にしたら、今度こそ腰を落ちつけて物産学に専念したいと考えていたのです。中津川の金山は結局なりふりかまわず書いた際物本の売れ行きはそこそこでした。

行き詰まり、明和六年には見切りをつけざるを得なくなりました。金山のお陰で、先生は儲《もう》けどころか多大な負債を背負い込んだのです。

　仲間や弟子の前では終始上機嫌、威勢のいい話をしゃべり散らし、大盤振る舞いをしながら、その裏で先生は焦り、苛立ち、七転八倒していました。悠然と学問に励む田村門下の仲間や、売れっ子絵師となった次郎兵衛さん、なんの苦もなさそうな大田さまがどんなに羨《うらや》ましかったことでしょう。

　先生はわかっていたのだと思います。豪気を装《よそお》っているのは気弱だからで、新しいものに飛びつくのは忍耐が足りないからで、うちに冷たくあたるのは女に傷つけられるのが怖いからで、自分は虚言とはったりで道を切り開いてゆくしかない男なのだと……。

　うちはおぼろげながらそのことに気づいていました。

　けれど、先生のためになることは、なにも出来ませんでした。

　――なんや。えげつないもん書かはって。

　際物を書きはじめたのは、あの気まずい夜のことを自嘲《じちょう》し、うちへも当てつけるためだと思い込んでいました。

　――先生は銭の亡者《もうじゃ》や。金を掘る暇があったら、学問に励んだらええのに。

面と向かってこそ言いませんでしたが、内心ではそう思っていました。先生が留守の日は、次郎兵衛さんの家へ飛んで行きます。錦絵《にしきえ》を眺めたり、家事を手伝ったりして、終日入り浸るようになりました。大田さまの顔を見ると胸がときめくけれど、次郎兵衛さんのそばにいるとなぜかほっとします。大酒飲みでさえなかったら次郎兵衛さんと暮らしてもいいのにと、うちは本気で思っていました。

次郎兵衛さんはうちをどう思っていたのでしょう?

年齢からすると娘でしょうか。

先生とは別の意味で、次郎兵衛さんも人には言えない苦しみを引きずっていたような気がします。生い立ちや白壁町へ来る前の暮らしぶりや、妻帯したことがあるのかないのかといった話はいっさい口にしませんでしたし、だれ一人知りませんでしたから。

今になって思います。次郎兵衛さんはうちと先生の関係に気づいていたのだと。あれだけ巧みに女を描いたお人なら、うちの心が読めないはずはありません。どんなに否定してもうちが心底好いているのは先生だということ、どうしたって先生から逃げられないことを、次郎兵衛さんは見抜いていたのではないでしょうか。

「そうなんでしょ、次郎兵衛さん」

訊《たず》ねても、答えは返ってきません。

次郎兵衛さん——希代の浮世絵師・鈴木春信は、明和七年、蒸し蒸しする真夏の朝、突然あの世へ旅立ってしまったのです。

十四日目

今日は何日だろう？

禍々《まがまが》しい事件を引き起こしたのが霜月の二十日、丑《うし》の刻（午前二時）を過ぎていたから二十一日か。翌々日には揚屋《あがりや》送りとなった。

ひい、ふう、みい……指を折って数えようとしたものの、単調な日々のくり返しでは昨日と今日の区別さえつかない。師走《しわす》に入っていることはまちがいなかったが……。

ここで年を越すのかと思うとぞっとした。といって、打ち首になるよりはましである。

最期《さいご》の場面を想像すると恐怖のあまり吐き気がした。

そういえば昨日、憑《つ》かれたように書きなぐっている間に、囚人某《なにがし》にお呼びがかかった。主の銭を使い込んだという陪臣で、先例通り戻っては来なかった。今頃は首と胴体ふたつに分かれて、無縁墓地に放り込まれているにちがいない。

源内は身をふるわせた。脇腹《わきばら》の傷口がうずく。

千賀道隆《せんがどうりゅう》に会ってみようか――。

　ふと思った。

　千賀は紙や墨の手配をしてくれた。面会も申し入れているという。幕府の医師であり、田沼意次《おきつぐ》の側室の仮親にもなっている千賀は、田沼の老中《ろうじゅう》昇進に伴い、今や日の出の勢いだった。命乞《いのちご》いをすれば、しかるべきところに手をまわしてここから助け出してくれるかもしれない。面識こそなかったが、田沼も源内の名は承知しているはずである。

「張番に頼んで久山さまに……」

　腰を上げかけ、今一度思い止まった。

　命ながらえたとして、これから先、どうすればよいのか。銭はない。名も汚れた。弟子や友は去り、世人は後ろ指さして嘲笑《あざわら》う。なにより故郷の人々――老母、権太夫《ごんだゆう》、里与、それに桃源や喜右衛門――にどんな顔で詫《わ》びればよいというのか。

　――ほーや、見てみー。いつかしくじりよると思うとったわい。

　歯茎をむき出して笑うかつての同僚たち。

　――やっぱししくじりや。早うわかって、うち助かった。

　郷里の役人どもの高笑いにまじって、勢以の晴れやかな声が聞こえる。

「やめてくれ。失《う》せろ。あっちへ行け」

頭を抱えたときだ。

――先生……。

くぐもった声がした。

――先生はまだ、見栄《みえ》や外聞を気にしとるんじゃね。

源内は目を上げた。

「そうじゃない。悔しいだけじゃ」

――じゃったら裸一貫になって、やりなおしたらええやないの。

「そう簡単にゆくものか。己を捨てるは至難の技だ。これまでのいっさいを捨てる覚悟がのうては出来ん」

――やっぱしそうじゃ。先生は勢以さまのことが忘れられんのじゃ。

「阿呆《あほう》。あれは遠い昔のことじゃ。顔も忘れてしもうた」

――ほーじゃけんど……。

「おれはおまえを知るために、こうして恥をさらして書いとるんじゃ」

いや、それだけではない。自分がどこで足を踏み外したか、それを知るために銭にもならぬものを書いている。書き上げると、心に誓ったのである。千賀に会う会わない、助命嘆願をするしないは、『妬痴面坊野暮天伝《とちめんぼうやぼてんでん》』を書き終え、心が鎮《しず》まったそのあとで考えればよいではないか。

「野乃。わかっておるはずじゃ。おまえの助けがなければおれは一字も書けぬ」

源内は紙と硯《すずり》を引き寄せた。

声をかけたが、野乃は応《こた》えない。

「どうした？　まだ臍《へそ》を曲げておるのか」

――そうじゃあなくて……。

明かり取りの窓から陽射《ひざ》しがこぼれて、紙面がゆらいでいる。指を伸ばしてそっとなでると、かすかな嗚咽《おえつ》がもれてきた。

――辛《つら》い場面じゃねえ、このあとは……。

「うむ……」源内はうなずいた。「次郎兵衛が死んだ」

――次郎兵衛さんはおかしなお人やった。自分のことはなんも話さん。掃き溜《だ》めみたいな家に住んで、大酒ばかし飲んで……ほんじゃけんど描くもんはきれえなもんばかし……。

「銭も名もいらぬと言うた。無欲なやつだった」

――ほんでも描いてるときは怖い顔してた。先生が紅毛書、眺めてるときみたいじやった。

野乃の言葉に源内は胸を衝《つ》かれた。言われてみれば、自分にも真摯《しんし》な志があったのである。次郎兵衛に負けないひたむきな季節が……。

「ドドネウス、ヨンストン、スワンメルダム、ルンフィウス……」

苦心惨憺《さんたん》して手に入れた紅毛書の著者名をとなえる。

――なんや？

野乃が鼻をすすりながら訊《たず》ねた。

「まじないだ」

――なんのまじない？

「次郎兵衛が極楽で心置きなく絵を描けるように、というまじないじゃ」

――ドド、ネ？　ドドネウス？

「そうじゃ」

――ヨン……。

「ヨンストン」

二人は口をそろえてドドネウス、ヨンストン、スワンメルダム……ととなえる。

野乃が涙をおさめるのを待って、源内は筆を取り上げた。

じっとしていても汗が吹き出てくるような夏の日でした。

後片づけが一段落したので、うちは台所で、お父《とう》と西瓜《すいか》を食べていました。与四郎さんは新妻が腹ぼてなので、暇を盗んで様子を見に家へ帰っています。

「また紫石《しせき》さまかいな」

「火桶《ひおけ》まで質草《こ》にして買うたんじゃ。見せびらかしたいんじゃろ」

「見せびらかすなぁええが、五十両いうたら……」

お父は首を横に振りました。天狗《てんぐ》の子のすることはなんでも偉いと思い込んでいるお父でさえ、先生の紅毛書あさりにはあきれています。なにしろ中身が読めないのですから、来る人来る人に見せびらかすよりほかに使い途《みち》がありません。

宋《そう》紫石さまは高名な絵師で、楠本《くすもと》雪渓とも言います。杉田玄白さまが日本橋通四丁目で開業したとき隣に住んでいたのが紫石さまだそうで、杉田さまの紹介で先生とも懇意になりました。そういえば先生の『物類品隲《ひんしつ》』の挿画も紫石さまの手になるものです。

先生が一昨年購入した『動物図譜』は、仲間内でたいそうな評判になりました。模写をさせてくれと頼んでくる者があとを絶ちません。紫石さまもこれまでに何度か模写をしていて、この日も獅子《しし》か龍か、熱心に取り組んでいます。

先生は得意になっているけれど、うちはけちな性分なので、大枚はたいて購入した絵をただで模写させるのは割に合わないような気がします。先生はいつも損な役まわりや。あれ、そう言いながら、いま食べている西瓜は紫石さまの手土産でした。

「旨《うま》いのう。夏は西瓜が一番じゃわい」

「まだ冷やしてあるんじゃ。切ってこようか」

「いんや。穂積さまに届けてやりゃあええが」

「そうや。うち、行ってくる」

次郎兵衛さんはこのところ籠《こ》もりきりで、片手に絵筆、片手に盃《さかずき》、といった日々がつづいています。賄《まかな》いの婆《ばあ》さんも気が散ると言って断ってしまったそうですから、ろくなものを食べていないはずです。

井戸端で冷やした西瓜と残り物の菜を入れた小鉢を抱えて、うちは次郎兵衛さんの家へ向かいました。暑さのせいか、昼日中というのに路地には人っ子一人いません。

「ひゃっこい、ひゃっこい」と水売りの声が聞こえ、どこからか風鈴の音が流れてきます。

戸口の前まで来て、うちは足を止めました。遠い昔――志度浦でお母《かあ》に置いてけぼりにされた日のことが、ふいにまぶたに浮かびました。焼けつくような陽射し。志度寺へつづく人けのない路地。日向《ひなた》と日陰、陰と陽との、気味がわるいほど鮮やかな落差。閻魔《えんま》堂の裏手の暗がりだけがあいまいにぼやけて……。

胸騒ぎを感じたのは虫の知らせでしょうか。

いきおいよく戸を開けました。本来なら「うるさい」と怒鳴られるところです。

声を発したのは次郎兵衛さんではありませんでした。うちのほうです。うちは悲鳴をあげ、西瓜を取り落とし、下駄を脱ぎ飛ばして家のなかへ駆け上がりました。

散らばった反故《ほご》紙のなかに、次郎兵衛さんが泳ぐような恰好《かっこう》で倒れていました。抱き起こそうとして体が冷たいのに驚き、顔を見てもっと驚きました。口のまわりにどす黒い血がこびりつき、飛沫《しぶき》が耳や額、開いたままの目のなかにまで飛び散っています。

尻餅《しりもち》をつき、両手で顔を覆《おお》い、もう一度声を限りに悲鳴を上げました。

悲鳴を聞いて、裏店《うらだな》の人々が飛んできました。床をのべて次郎兵衛さんを寝かせ、医者だ、いや、坊主《ぼうず》だと大わらわです。うちもようやく我に返り、ぬらした布を取ってきて次郎兵衛さんの顔を拭《ふ》き清めました。どうしたってもう生き返らないのはわかっていましたが、汗まみれになって手足をこすります。

――そうじゃ。先生に知らせんならん。

三和土《たたき》へ駆け下りようとしたときです。つぶれた西瓜が目に入りました。いくつもの足に踏まれ、血肉をぶちまけているおぞましさに思わず総毛立ちます。

「次郎兵衛さん、なんで死んでもうたんじゃ」

突然、言いようのない哀《かな》しみが押し寄せ、うちは三和土にしゃがんで泣きじゃくりました。


源内は筆を止めた。

自分も次郎兵衛の突然の死に衝撃を受け、悲嘆にくれた。が、心のどこかに、ほんのわずかだがほっとした思いがなかったか。生きることは世俗にまみれることである。孤高を守り、好きな仕事に没頭して死んでいった次郎兵衛と、行けば行くほど喧騒《けんそう》のなかに踏み込んでゆく自分――二人の違いを思うたびに、言いようのない焦燥がこみ上げる。やはり自分は次郎兵衛を嫉妬《しっと》していたのかもしれない。

「次郎兵衛は果報者だ。そうは思わぬか」

先生は訊ねました。うちに、というより、自分に言い聞かせるような口ぶりです。

「思いまへん」うちは応えました。「だれにも見取られずに死んだんじゃもの。描きたいもんがぎょうさんあったのに、それも出来んと……ひとり寂しく死んだんじゃもの。不運なお人や思います」

通夜のあと、先生とうちは物干し台の上で夜空を眺めていました。この前こんなふうに寄り添って語り合ったのは、いったいいつでしょう。

先生もうちも心から次郎兵衛さんの死を悼《いた》んでいました。そのせいでしょうか、不思議なことに、次郎兵衛さんの死は二人の間のわだかまりを消し去ってくれました。

「死ぬときはだれでもひとりだ」先生は吐息をもらしました。「絵師が絵筆を握って死ぬるは大往生だ」

「ほんじゃけんど……」

「おれは次郎兵衛が羨《うらや》ましい。好きなことだけして死んだのだから」

先生の横顔に昏《くら》い影がさしています。

うちは先生の腕に手をかけました。

「先生かて、好きなことだけしたらええんや。余計なことせんと、学問だけしてはったら」

「それが出来れば苦労はせぬ」

「なんでや？ なんで出来んのや」

「絵なら売れるが、物産学では銭にならん」

先生はここ数年、うちを抱けなかったことにこだわっているのか、『長枕褥合戦《ながまくらしとねがつせん》』だの『痿陰隠逸伝《なえまらいんいつでん》』だのといった際物《きわもの》を書きなぐり、一方では金山採掘に熱中していました。

ところがこの金山が曲者《くせもの》で、実際に掘ってみると金は出ないわ、出費はかさむわで手も足も出ないありさま。昨年の明和六年には早くも休山に追い込まれ、莫大《ばくだい》な借金だけが残ってしまいました。

いよいよ困窮した先生は、大名や大商人に奇岩を売りつけたり、普請《ふしん》工事を請け負ったりしてその場をしのいでいましたが、根が商人ではないので銭勘定に疎《うと》く、おまけに安請け合いとはったり、おだてに乗りやすい性分が災いしていずれも大失敗。昨年は鉄砲町の川合惣助さんや本白銀町のえびすや兵助さんに頼まれ、歯磨き粉『漱石香』やら『清水餅』やらの口上を書き、また、外記座《げきざ》の座付き作者、吉田冠子さまに勧められて浄瑠璃本《じょうるりぼん》『神霊矢口渡《しんれいやぐちのわたし》』を書き上げ――これはこの正月に上演されてたいそうな評判を取りましたが、それとて先生の手に入った銭は五両がいいところでした

――といった具合に、とにかく手当たり次第に銭儲《ぜにもう》けに明け暮れていたのです。うちの目には、先生がなにかに手を出せば出すほど、困窮の度合いが増してゆくように思えてなりませんでした。しかも銭がないないとぼやきながら居候《いそうろう》を受け入れ、客には大盤振る舞い、自らは伊達《だて》な着物にくわえ煙管《きせる》といった暮らしぶりでは、笊《ざる》の目から水がこぼれるように稼いだそばから消えてゆきます。

それなのに先生は自分のことは棚に上げて、「だれもわかっとらんのじゃ」と、ことあるごとに愚痴をこぼしています。

「物産学を究めるは国益のためだ。しかるに、芝居や絵に銭を出すお大尽も学問となると出ししぶる」

「ほんじゃったら先生、いっそお上《かみ》に願い出たらどうじゃろ」

「お上に銭を出せというのか」

「お国のためじゃもの。なんぞしてくれはるんやないやろか」

金山採掘の際に、お上は監視の役人を送り込んで来たそうです。銭にはしぶくても、別の形での援助が望めるかもしれません。

しばらくして先生はなにか思い当たったのでしょう。うちの体を抱き寄せました。

「おまえの言う通りだ。もう一度、やってみるか」

「先生……」

「このままでは故郷を捨てて江戸へ出て来た甲斐《かい》がない。離藩した意味ものうなってしまう。金山の後始末はせねばならぬが、ここは背水の陣だ。まず、なんとしても学問を究める。『大博物図譜』を刊行して世間をあっと言わせてやるんじゃ」

先生の顔から昏い影が消え、高松城下ではじめて出会ったときのような溌剌《はつらつ》とした色が浮かんでいます。

「出来るかどうかわからぬが……ここはひとつ、次郎兵衛を見習うての」

「出来ます。だって先生は……」

天狗のお子やもの――。

うちは息をはずませました。見境なくあれこれ手を出して山師の真似《まね》をしている先生より、学問一途《いちず》に励んでいる先生のほうがうちは好きです。これでここ数カ月来の不機嫌もなおる、そうすればまた二人、心を通い合わせる日も来るかもしれません。先生がもう一度学問に励む気になったのは、次郎兵衛さんの儚《はかな》い生を目《ま》のあたりにして思うところがあったのでしょう。次郎兵衛さんは先生に、心に決めたことをやり通せと教えてくれたのです。うちは胸のなかで手を合わせました。

「次郎兵衛さんの分も、先生、励んでつかあされ」

先生は夜空に目を据えたままうなずき、それからふっと笑みを浮かべました。
「今頃は次郎兵衛のやつ、閻魔大王に所望されて瀬川菊之丞《せがわきくのじょう》の絵でも書いておるやもしれんぞ」

源内は筆の尻で黒子《ほくろ》をつついた。

少しばかり創作が過ぎたようだ。野乃と二人で次郎兵衛の死について語り合ったことはない。慰め合い、励まし合ったこともない。だが物干し台の上で共に夜空を眺めたのは事実だ。どちらも互いの顔を見ようとはしなかった。口もきかず、身じろぎもせず、胸の鼓動の音に耳をかたむけていた。

二人にとって、次郎兵衛は単なる隣人以上の存在だった。温厚、純情、無垢《むく》、無欲、孤高——次郎兵衛こそ、真の風来山人だったと言えるかもしれない。

その次郎兵衛は死に、白壁町での猥雑《わいざつ》だが活気に満ちた日々も終わった。

源内は仕切りなおしをしようと思った。次郎兵衛の死をきっかけに、もう一度やりなおそうと思った。

今度こそ一気に突き進むはずだった、あそこでつまずきさえしなければ——。

膝元《ひざもと》の紙に視線を落とす。じっと見据えていると、炙《あぶ》り出しのように、紙面に華やいだ街並みが浮き上がってきた。

あそことは——長崎の町である。

次郎兵衛の葬儀が済むや、源内は千賀道隆のもとへ飛んで行った。

「こうしていては、いつまで経《た》っても物産学が究められません。このあたりで心機一転、出なおそうと思います。それにはまず膨大な紅毛書の読み分けが急務。お上にお力添えいただけるよう、なにとぞご老中《ろうじゅう》さまにご進言くだされ」

見栄《みえ》や強がりをかなぐり捨てて、畳に額をすりつけた。

千賀は源内の嘆願を田沼意次に伝えた。田沼は了承した。

ほどなく源内に、阿蘭陀《おらんだ》翻訳御用として長崎へ下る許可が下りた。

「やったぞ。吉報だ」

源内は狂喜乱舞した。

長崎へゆけば必ずや道がひらけるにちがいない。以前もそうだった。長崎は未来を切りひらいてくれる——。

出立《しゅったつ》は明和七年（一七七〇）十月十五日だった。起死回生の覚悟を固めて、源内は二度目の長崎遊学へと旅立った。

十五日目

その日は月に三度――と建前上は決まっているが源内が入牢《にゅうろう》してからはじめて――の入浴日だった。

外鞘《そとざや》と呼ばれる土間に湯を満たした風呂桶《ふろおけ》が運び込まれ、五、六人ずつ格子《こうし》から出されて湯につかる。介添えは張番の役目で、牢屋同心が居並んで監視するのは入牢の際の受け渡しと同様である。

自分の番を待ちながら、源内は己の変わりように我ながら驚いていた。

入牢の際は役人の面前で素っ裸になる屈辱に耐えがたく、いっそひと思いに殺してくれとまで願ったものである。かの有名な風来山人の無様に肥えた腹が喧伝《けんでん》され、嘲《ちょう》笑《しょう》の的になるのではないかと、そればかりが気がかりだった。

今はもう、そんな考えはちらりとも浮かばなかった。垢《あか》がたまって体が痒《かゆ》い。汚物の匂《にお》いが肌にしみ込み、すえた体臭が二六時中鼻をつく。吐き気さえもよおすほどの不潔さはどうにも耐えがたく、風呂へ入れるなら、だれに笑われようがもはや気にもならなかった。

名を呼ばれ、待ってましたとばかり外鞘へ出る。よれよれになった着物をかなぐり捨てたところではっと気づいた。あれほど人目を気にしていた腹がへこんでいる。あばらが浮き出て、細身だった若い頃より一段と痩《や》せていた。

「なんのことはない」源内は自嘲した。「あくせく溜《た》め込んできたものは、つまるところ贅肉《ぜいにく》ばかりというわけか」

なにやらおかしくなった。笑おうとしたら涙があふれた。

「ぐずぐずするな」

張番にどやされ、脇腹《わきばら》の傷口をかばいながら風呂桶に体を沈める。垢の浮いた生ぬるい湯にもかかわらず極楽だった。まるで野乃の胸に抱かれているような……。

だが残念なことに、温まりもしないうちに追い立てられた。未練がましく風呂から出て体を洗い、すりきれた麻布でぬぐう。着物を着ようとすると、張番が「こっちを着ろ」と新しい着物を投げてよこした。

「これは？」

「届け物だ」

源内は驚いて目を上げた。するといつからそこにいたのか、鍵役《かぎやく》の久山矢助と目が合った。久山は慇懃《いんぎん》にうなずく。

もしや野乃からでは——ほんの一瞬、胸が高鳴った。が、訊《たず》ねる勇気はない。紙や墨、筆以外、牢見舞いは処分してくれと言っておいたくせに、このときばかりは久山の配慮がありがたく、文句を言うのも忘れて袖《そで》をとおした。

どん底まで落ちると、人は反抗する気力すら失《う》せるものらしい。ねぐらに戻って横になる。はみ出しもせず、ぴたりと一畳のなかに体がおさまったのでまたもや自嘲の笑いをもらした。

今の自分を見たら、世人はなんと言うだろう？

「ま、どうでもいいや」

体がけだるく、気力も萎《な》えているせいで、風呂桶を担《かつ》いだ張番と牢役人が立ち去っても筆を持つ気にはならなかった。とりとめもなく思い出にふける。

昔はなにをするのも性急で、事あるごとに突っ張っていた。安全な場所におさまり、ちんまりと暮らす友に思うさま罵詈《ばり》雑言《ぞうごん》を叩《たた》きつけたのは、二度目の長崎遊学からの帰途、大坂に滞在していたときである。

渡辺桃源《とうげん》に宛《あ》てた文面は今でも諳《そら》じていた。

何なりとも御はじめ、二つも三つも御しくじりなされ候《そうら》えば、自《おの》ずから功者に相なり候。手を空《むな》しくして日焼けを待つは愚民の業にてござ候。何なりとも御はじめ、天地の恩を報じたまわば、自ずから恵みもござ候。考えて見ては何でも出来申さず候。我らはしくじるを先につかまつり候。

失敗を恐れて安穏と暮らすは愚民だ、考えていてはなにも出来ない、しくじってこそ成功を手にすることが出来るのだと高飛車にたたみかけた上で、

貴君の敵は知恵でござ候。このところよく味わいなさるべく候。

十三も年長の恩人に偉そうに意見までしてのけた。

これは、桃源が事業への資金援助を丁重に、だがきっぱりと断ってきたことに落胆したためだ。それでついつい激した返事になったのである。

あのときは切羽詰まっていた。帰りの路銀さえなく、にっちもさっちもいかなくなっていた。それにしても——

鞠《まり》も落ちねば上がり申さず候。

とは、よくも書いたものだ。

本当は桃源に言いたかったのではない。しくじりばかりしている自分自身に言ったのである。火《か》浣布《かんぷ》でしくじり、金山でしくじり、背水の陣で出かけた長崎でまたもやしくじり、「さてもさても埒《らち》あき申さず」と、ことあるたびにため息をついていた自分を鼓舞するために……。

二度目の長崎遊学は、出立《しゅったつ》前から難問を抱えていた。旅費の問題である。幕府のお墨付きはもらったものの、路銀は自前が条件だった。幕府も藩も人使いは荒いが銭には渋い。

源内は東奔西走して銭をかき集めた。金山の失敗で背負った借金は、長崎から帰り次第鉄山の採掘に着手して穴埋めすることで吉田理兵衛と話をつけた。

幸いなことに、前年書いた初の浄瑠璃《じょうるり》本《ぼん》『神霊矢口渡《しんれいやぐちのわたし》』が正月に外記座《げきざ》で上演され、大当たりをとっていた。つづく『源氏大草紙』も八月に上演され、まずまずの評判である。そこであわただしく『弓勢智勇湊《ゆんぜいちゆうのみなと》』を書き上げ、前金で五両受け取った。それでも足りない分は着物や家財道具を質に入れて調達した。

「食うに困ったらうちらは日雇いでもなんでもいたします。留守のことはご案じなく」

気丈に請け負う要助・野乃父娘《おやこ》に留守宅をまかせ、与四郎を伴に連れて出立する。

与四郎はずしりと重い『紅毛本草《ほんぞう》』を背負っていた。

「浅之進《あさのしん》なら羽扇をひと振り。造作もないが……」

源内はため息をついた。その拍子にくしゃみをする。

『風流志道軒伝』のなかで、主人公の浅之進は仙人から借りた羽扇に乗って世界を経《へ》めぐる。だが源内の長崎遊学は、寒い最中に船を乗り継ぎ、街道をたどる過酷な旅だった。二十代半ばの旅と四十過ぎになってからの旅の違いを、源内は身をもって知ることになった。

ぬるい湯につかったせいで、体が急速に冷えていた。襟元をかきあわせ、足先をすり合わせながら、再び遠い日に思いを馳《は》せる。

「道中、くれぐれもお気をつけて」

野乃は手ずから縫い上げたお守袋に回向院《えこういん》の護符を入れて手渡した。

「見ておれ。ドドネウスを翻訳して、『大博物図譜』を書き上げるぞ」

源内は誰彼となく言いふらした。

ひと月半の旅を経て、源内主従は十一月半ばに長崎へ着いた。

だが、苦心惨憺《さんたん》して長崎までやって来たというのに、出だしから御難つづきだった。幕府御用だから宿舎には困らない。待遇も悪くない。が、その分、なにをするにもやたらに煩雑《はんざつ》な手間がかかる。せっかちな源内にはまどろっこしいことばかりだ。

本来の目的である『紅毛本草』の翻訳でまずつまずいた。

「それがしが翻訳するのですか、この分厚い書を？　こいつは困りました。いや、やってはみますが……。難解ゆえ、二年三年では済みませんよ」

長崎の大通詞《おおつうじ》で、最初の長崎遊学の際に知り合い、以来、江戸へ出府するたびに親交を深めてきた吉雄《よしお》幸左衛門、通称・耕牛《こうぎゅう》の面前に持参した紅毛書を積み上げると、耕牛は面食らった顔で応《こた》えた。

「他にも幕府御用の翻訳を山ほど抱えておるのです。すぐに手をつけるわけには参りません」

源内は必死だった。

「されどわざわざ持参したのです。読み分けをいたさねば先へ進めません」

「長崎に腰を据え、先生自ら阿蘭陀語《おらんだ》を学んではいかがですか。だれぞよい師をみつくろいましょう」

「手前が、阿蘭陀語を？」

「よき機会ではありませんか」

「それはまあ……。して、どれほど学べば読み分けが出来ましょうか」

「そうですな。一、二年も死に物狂いで学べば、簡単な読み分けなら出来るようになりましょう。それからこの分厚い書物に取り組むとして、さらに二、三年……何枚あると申されましたか。七百九十五枚？　となると、まあ五、六年もあれば、なんとか八割方解明出来るやもしれません」

「五、六年！」

源内は肝をつぶした。阿蘭陀語を学び、その上で翻訳作業に五、六年となれば、都合六、七年はかかる勘定である。そんな暇はなかった。物産学に専念したいのはやまやまだが、秩父では背水の陣で着手することにした鉄山採掘が待っている。せっかく名の売れてきたこの機会に、浄瑠璃本ももっと書いておきたい。

それ以上に銭の問題があった。路銀は残り少ない。どうやって六年も七年もの間、暮らしを立てればよいのか。

とはいえ、簡単にあきらめたわけではなかった。一度は試みた。が、漫然と机に座してAだのBだのCだの、年若い師から教えられたままを書き写すのは死ぬほど退屈だった。

――あほくさい。せっかく長崎まで来たんじゃ。かように悠長なことをしておれるか。

源内はとっかかるのも早いが見切りをつけるのも早い。大見得《おおみえ》をきって出立した手前、志を曲げるのは不本意だったが、

――食えてこその学問よ。

と、開き直る。

――せめて一山当てて帰ろう。なんぞ儲《もう》け口はないものか。

翻訳が一朝一夕にゆかないとなると、持ち前の好奇心と商売心がむくむくと頭をもたげた。銭さえ出来れば、なにも自分で翻訳などしなくても、人を雇ってやらせればよいのである。

分厚い書物は耕牛に預け、源内は戸外へ飛び出した。儲け口を探しまわる。

まずは肥後国《ひごのくに》天草郡深江町の陶土に目をつけた。

郷里の志度浦は焼き物がさかんだった。高松城下の御薬園にも高名な陶工の窯場《かまば》が

あり、理兵衛《りへえ》焼とも御林《おはやし》焼とも呼ばれる焼き物は藩主に愛用されていた。源内もかねてより陶器作りに関心を抱いている。

あれは最初の長崎遊学のときだ。帰途に立ち寄った備後国鞆之津《びんごのくにとものつ》で上質の陶土を見つけた。土産に持ち帰り、志度浦の知人に託した。のちに帰郷した際、自ら手ほどきをして軟陶三彩の交趾《こうち》風の陶器を焼かせ、「源内焼」と名付けている。

――そうだ。こいつでひと儲けしよう。

源内は当地の代官宛に『陶器工夫書』とした上申書を提出、自ら指導に行ってもよいし、讃岐《さぬき》から腕のよい職工を送り込んでもいいから製陶事業をはじめたいと申し出た。

代官所からの返答には通常でひと月ふた月はかかる。指をくわえて待っているつもりはなかった。西洋画を学び、こわれたエレキテルを譲り受け、さらに緬羊《めんよう》四頭を買いつけて与四郎に郷里まで届けさせた。我が国が毛織物を輸入に頼っていることに目をつけ、緬羊を飼育して国産の毛織物を生産しようとの目論見《もくろみ》である。

だが、あれこれ動きまわったものの、そう簡単に銭になる儲け話には行きあたらなかった。ふところは見る見る寂しくなってゆく。このままでは帰りの路銀さえなくなってしまいそうだ。

源内はやむなく帰路につくことにした。夏物の単衣《ひとえ》を新調する銭さえ事欠くありさまだったので、浄瑠璃本の執筆料を前貸ししてくれた江戸の版元・植村善六に文をやり、質屋から夏物を請け出して送ってもらった。要助・野乃父娘に心配をかけないための算段である。

善六が送ってくれた夏物を着て、ドドネウスの書を担ぎ、長崎で集めた異国の珍品を詰めた大箱を人足に担がせて、源内はまず小豆島へ渡った。小豆島に住む絵師の三木文柳に『紅毛本草』の挿絵の模写を依頼するためである。費用は持ち込んだ異国の珍品を好事家《こうずか》に売りつけて賄《まかな》った。

それが済むと一路大坂へ。といってもただ漫然と旅をしたわけではない。途中、一攫千金《いっかく》を夢見て金山や銀山を見て歩く。大坂へ着いたときは、財布は懐紙より軽かった。

さて、どうしたものか。江戸への路銀がない。なにか銭儲けをしたいが、事業をはじめるには資金が要る。

もし戸田斎《いっき》が存命なら、いざこざはこの際忘れ、頭を畳にすりつけてでも援助を頼むところだった。だが斎は一昨年、病死していた。長崎土産の珍品を売ってその場をしのぎつつ、幕府御用の札を振りかざして各地を訪ね歩き、なおも金山・銀山を物色する。その一方で、郷里の桃源や妹婿《いもうとむこ》の権太夫《ごんだゆう》に文を送り、毛織物の事業をはじめないかと誘いをかけた。

桃源も権太夫も難色を示した。それよりも江戸へ戻ってもう一度仕官の口を探してはどうかと返答してきたのである。

源内は腹を立てた。これがその返書である。


鳥に羽なく、船に帆なく、旅に金なくば、何をもって急に行かんや。


江戸へ帰りたくても帰れないのだ。ばかたれめ。

腹立ちまぎれの文を送りつけると、返書の代わりに与四郎が刈り取った緬羊の毛を担いで戻って来た。資金は出せないが、せめてこれで試し織りをしてくれとの伝言である。

舌打ちをしながらも、源内は羊毛を羅紗《らしゃ》に織り上げてくれる業者を探しまわった。

幸い堺で一軒みつかり、早速織らせて「国倫織《くにともおり》」と名付ける。

国倫とは源内の諱《いみな》だ。源内焼きにしろ国倫織にしろ、なんでも自分の名をつけずにいられなかった。

とにかく大都会にあらざれば事は成就《じょうじゅ》いたさず候《そうろう》。

資金を出しぶった郷里の縁者に、源内は厭味《いやみ》たらたら報告をした。

——ようもまあ、桃源も権太夫も愛想づかしをせなんだものじゃ。

今となってみれば、彼らの判断が正しかったことがわかる。国倫織は原料の調達が出来ず、資金も足りず、中途半端《はんぱ》なまま打ち切りにせざるをえなかった。

人生にはなにをやってもうまくゆかない時期があるものである。あの頃の大坂での自分がそうだったと、源内は苦い唾《つば》を呑《の》み込んだ。いや、大坂にいたときだけではない。あれ以来ずっと貧乏神が取りついている。

高松藩主・松平頼恭《よりたか》の死去を知ったのも、大坂に滞在中だった。

——殿が？　あの、颯爽《さっそう》としておられた殿が！

頼恭は豪気にして闊達《かったつ》、人使いは荒かったが、父のようなおおらかさで源内を包んでくれた。『物類品隲《ひんしつ》』の刊行に当たっての費用を出してくれたのも頼恭である。その大恩を忘れ、数年来、挨拶《あいさつ》にさえ行かなかった自分の身勝手さが今さらながら悔やまれた。

このおれは、なにゆえこうも移り気なのか。なにをやっても長続きしないのはなぜだろう？ さすがにこのときは神妙な顔で考えた。

大坂に滞在中、もうひとつ悪い知らせが届いた。二月の大火で白壁町の界隈《かいわい》が焼野原になったというのである。真先に浮かんだのは野乃の顔だった。源内は与四郎を取り急ぎ江戸へ帰した。

「紅毛書の類《たぐい》は千賀さまに預けておるゆえ無事とは思うが、着いたらすぐに知らせてくれ」

野乃の安否より高価な紅毛書のほうがさも気掛かりであるかのようなもの言いをしたのは、いつもの照れだった。与四郎を送り出してから、もっと素直に心の内を伝えたほうがよかったのではないかと悔やんだが、後の祭である。

あのとき野乃は、自分の思いを察してくれただろうか。

「はっくしょん」

源内はまたもやくしゃみをした。鼻水がたれてくる。顔が火照《ほて》って、背中がぞくぞくしていた。

――思い出したくないことを思い出したせいだ。

舌打ちをする。

思い出したくはなかったが、すっ飛ばすわけにもいかなかった。二度目の長崎行きは、単なる苦い経験というだけではない。野乃と自分との間の溝を深めることにもなった。長崎まで出かけて何の成果も得られなかったという落胆が負い目となって、身近な存在である野乃につい八つ当りをしてしまったのである。この頃から野乃の言葉をことごとく邪推し、自分を非難しているのではないかと勘ぐるようになったのだが――。

今日は、これ以上つづけられそうになかった。

脇腹《わきばら》の傷が痛む。頭《や》も割れそうだ。

思い出を辿《たど》るのを止め、源内は深い眠りに落ち込んだ。

十六日目

眼前に、顎《あご》のしゃくれた鷲鼻《わしばな》の男の顔がある。

源内は錯乱した。

ここはどこだ？　地獄か。こやつはだれだ？　閻魔大王《えんま》か。いや、閻魔がかように穏やかな目をしているはずがない。さすれば極楽か——。

小鼻をひくつかせる。汚物の匂《にお》いがした。してみると極楽ではなさそうである。

心を鎮《しず》め、新種の草木を見るような目であらためて観察した。

髪は束髪、縫腋《ほうえき》の羽織にたっつけ袴《ばかま》を穿《は》いている。囚人のなかにも似たような恰好《かっこう》をした者がいた。が、布地は上物で、髭《ひげ》もさっぱりと剃《そ》りあげている。

「なんぞ用か」

身を起こそうとして、脇腹《わきばら》の激痛にたじろいだ。

「お医者さまの順徳《じゅんとく》先生にございますよ」

耳元で聞き慣れた声がした。首をまわすと、芳玄が案じ顔で見下ろしていた。

それではまたもや高熱にうなされていたのか。入牢《にゅうろう》していくらも経《た》たないうちに、病に罹《かか》った。極度の疲労と脇腹の傷が原因である。あのときは芳玄の手当てで命拾いをした。といっても間に合わせの治療である。傷の痛みはつづいていたから、入浴したせいでぶり返したのかもしれない。

「いつもの獄医とはちがうが……」

獄医は外科が一人、内科が二人いて毎日まわってくる。が、これは建前だった。まわっては来ても牢のなかへ入るのを嫌って格子《こうし》越しに声をかけるだけだし、薬を所望したところで、傷でも腹痛でも同じ薬がおざなりに与えられるだけである。

順徳と呼ばれた男はこれまでの獄医とはちがっていた。

「入浴の際、久山さまは先生の傷が膿《う》みかけていることに気づかれました。それゆえ、それがしを呼ばれたのでございます」

「大きな声では言えないが、順徳先生は千賀《せんが》さまのお知り合いだそうでの」

かつて千賀が獄医を勤めていた頃、短期間だが一緒に働いていたことがあるという。現在は小石川養生所の医者だが、久山から話を聞いた千賀が裏で手をまわし、順徳を送り込んだというわけである。

「千賀さまはたいそう案じておられます」

源内のやせ細った腕を取り上げ、脈を取った上で、順徳は言った。

「大恩人の面目をつぶしてしもうた。詫《わ》びておったと伝えてもらいたい」

体の不調で弱気になっているからか、いつになく素直に詫びの言葉が出た。

順徳はうなずいた。

「千賀さまは先生の助命嘆願をあちこちに掛け合っておられるようじゃが、なにぶんにもことがここまで公になってしもうたゆえ……」と、眉《まゆ》をひそめる。「しかしまだあきらめるのは早うございます。そのためにはまず、お体に気をつけていただきませんと」

牢内は空気が悪い。体を動かさない上にろくな栄養もとれないから、大半の囚人は胸をやられる。源内の場合は傷を負っているので、破傷風にも注意しなければならない。

「傷口はまめに洗い、化膿《かのう》を防ぐために布で覆《おお》っておかねばなりません」

順徳はてきぱきと治療を終え、腰を上げようとして枕元《まくらもと》の紙束に目を止めた。

「さよう申さば、源内先生はなんぞ執筆されておられるそうな」

「ほんの退屈しのぎにござる」

「最近のご本は存じませんが、昔一度、先生の家の下女に見せてもろうたことがございます。あれはたしか『根南志具佐《ねなしぐさ》』じゃったか……」

思いもよらぬ話が飛び出したので源内は目をみはった。

なぜ、養生所の医者が野乃を知っているのか。

「野乃を……先生は野乃を存じておられるのか」

急《せ》き込むように訊《たず》ねる。

「名前は失念いたしましたが、存じております。あれは七年ほど前じゃったか、大火のときにございます。このあたりの者はみな焼け出されて、お救い小屋に身を寄せておりました。そこで先生のお宅で下働きをしている父娘《おやこ》と一緒になったのでございます。身の上話をしているうちに千賀さまのお話が出ましたので、訪ねてみたらどうかと勧めました。自分たちのような者が千賀さまを頼るは恐れ多いと最初はしぶっておりましたが……」

「そうか。それで二人は千賀の屋敷におったのか」

「はい。一緒に馬喰町《ばくろちょう》の千賀さまのお屋敷へ参りました。それがしは四、五日で出てゆきましたが、二人はそのままお長屋の片隅に住まうことになったそうでして……」

安永元年（一七七二）二月二十九日、目黒行人坂《ぎょうにんざか》の大円寺から燃え広がった火事は、毎年のように悩まされる江戸の火事のなかでもことに大きく、ひと晩で江戸市中六百三十町を焼き尽くした。白壁町一帯にも火の手は及び、源内の留守宅も灰燼《かいじん》となった。

源内は大火の噂《うわさ》を大坂で耳にした。驚きあわて、ただちに与四郎を江戸へ帰した。このとき源内が江戸へ飛んで帰らなかったのは、国倫織《くにともおり》の件で駆けまわっていたからだが、それだけではなく一人分の路銀を捻出《ねんしゅつ》するのがやっとだったからでもあった。

与四郎を送り出したあとは、またもや素寒貧《すかんぴん》になってしまった。

気をもみながら待ちわびていると、与四郎から文が届いた。とりあえずみな無事でいるから心配はいらないという。源内は安堵《あんど》した。この上は、ひとつでも事業を実らせて相応の金子《きんす》を持って江戸へ帰ることだと奮起したが……ことごとく埒《らち》が明かなかった。

尾羽打ち枯らし、桃源に泣きついて送ってもらった銭でほうほうの体《てい》で江戸へ帰り着いたのは、火事から半年以上も経った安永元年の秋である。

行く宛《あ》てのない源内は千賀邸へ転がり込み、野乃や要助、与四郎と再会した。

「留守を任されながらなんのお役にも立ちませず……」

要助は律儀《りちぎ》に頭を下げたが、野乃はなにも言わず、辞儀をしただけだった。

おまえの身を案じておったんじゃ、飛んで帰れなかったわけはのう……。喉元《のどもと》まで出かかった言葉を呑《の》み込んでしまったのは、野乃の表情に苦悩の跡を認めたからである。

野乃は、外見も変わっていた。ひとまわり痩《や》せ、頬骨が飛び出している。よくよく見なければわからないが、目の下もうっすらと黒ずんでいた。が、なにより大きな変化は、志度浦の海を思わせるきらめきが失《う》せて、行き倒れ寸前の遍路のような疲労の色が体全体を包んでいたことだろう。野乃を若やいで見せていた屈託のない表情を、どこかへ捨ててきたようだった。

あとで聞いたところによると、大火はまさに地獄さながら、要助・野乃父娘もぬれ布団《ぶとん》をかぶって火の粉を防ぎながら、焼け焦《こ》げた骸《むくろ》の転がる火の海を右往左往逃げまどったという。お救い小屋が出来たのは火事の翌々日で、それまで野乃と要助は大川の川原で飢えと寒さにふるえていたらしい。

「そういえば、お救い小屋ではみな着の身着のまま、手ぶらにございました。ところが先生のところの下女だけは、後生大事に風呂敷《ふろしき》包みを抱えておりましての……」

「風呂敷包み？」

おうむ返しに問い返すと、順徳は片手でしゃくれた顎をなでた。

「先生のご本にございます」

源内は目を瞬《しばた》いた。

「命より大事なものだとか……。ですが、お救い小屋で包みをひしと抱きしめておれば、どんなお宝かとだれもが好奇の目で見ます。盗まれる心配なきにしもあらず。その下女が千賀さまのお屋敷へ身を寄せる気になったのは、ご本を守るためにございました」

「本を、守る……」

「そうそう。千賀さまのお長屋へ落ちついてからも、先生の御身をたいそう案じておりましたよ」

源内は苦い唾《つば》を呑み下した。

野乃は、源内がドドネウスの翻訳を完成させて帰って来る日を待ちわびていたのではなかったか。はじめて出会った頃の、颯爽《さっそう》とした源内を思い描いて……。ところが源内は早々と学問に見切りをつけ、銭儲《ぜにもう》けに飛びまわっていた。主の暮らしぶりを与四郎から聞き、野乃は落胆したはずだ。気を揉《も》んでもいただろう。そこへ当人が帰って来た。日焼けした顔に憔悴《しょうすい》の色を浮かべ、双眸《そうぼう》を物欲しげにぎらつかせ、翻訳を終えた『紅毛本草《ほんぞう》』の代わりに、壊れたエレキテルと毛織物の切れ端、罅《ひび》の入った陶器や珍妙な西洋画を担《かつ》いで。実際のところ、それらの品々を野乃がどう見ていたか、源内にはわからない。だが勘の鋭い野乃のこと、いち早く源内の変化に気づき、不安にかられていたのではなかったか。

呆然《ぼうぜん》としていると、順徳は今度こそ腰を浮かせた。

「さてと、そろそろ行かねば。それがしは獄医ではござらぬゆえ、めったには来られません。薬が効かぬようなら久山さまに伝言を頼みなされ。なんとか溜《ため》へ移してもらえるよう、千賀さまとも相談してみましょう」

溜とは、獄舎で重い病に罹った囚人を収容する場所である。

順徳は芳玄に塗り薬を渡し、細々した指示を与えた。立ち去る前に今一度、源内の顔を覗《のぞ》き込む。

「ここが揚屋《あがりや》で幸いにございました。大牢では、病に罹った者は厄介ゆえ、夜中のうちに息の根を止められてしまいますぞ」

順徳を見送り、源内は目を閉じた。

もはや口をきくのも億劫《おっくう》だった。この分では今日も筆を持てそうにない。

それでも胸のどこかに、高い山の頂を越えたときのような安堵があった。越えてしまえばあとは坂道を転げ落ちる一方だが、徒労に終わった長崎遊学という山場を踏破しただけで気持ちが晴れた。どのみち一度は辿《たど》らなければならない道である。

——明日こそはつづきを書かねばのう。虚実織りなす一幕を。

今や野乃は源内の内なる声の代弁者と化していた。その声に答打《むちう》たれることでしか、己を取り戻せそうにない。

——手かげんはいらぬ。思うがままをぶつけてくれ。

返事は戻ってこなかったが、源内は、野乃が嘆息まじりにうなずくのをその目で見たような気がした。

十七日目

これがあの先生やろか——。

二年ぶりに再会した先生は頬がこけ、目がくぼみ、口許《くちもと》にはしわが、生え際《ぎわ》には粉をまぶしたような白髪がありました。いえ、老《ふ》け込んだのではありません。眸《ひとみ》はぎらついて、全身に気力がみなぎっています。有り余った気力をぶつけるところが見つからないので焦《あせ》っている、とでもいうような、そんなお顔です。

四十は不惑というのだそうですが、四十五になってもいまだ志成らず、住む家さえなく、なにもかも中途半端《はんぱ》のまま惑い悩んでいたのですから無理もありません。留守の間に、田村門下のお仲間の杉田さまや中川さまが紅毛の医学書の翻訳を八割方成し遂げたと聞いたことも、負けず嫌いの先生の焦りを倍増させていたのだと思います。

先生は千賀さまのお屋敷の長屋に腰を据え、鉄山採掘の準備に取りかかりました。仮住まいをしているのは家を借りる銭がないからですが、先生の見栄《みえ》っ張りは相変わらずで、鉄山事業の後援者は千賀さま、だからそのお屋敷に住んでいるほうがなにかと便利なのだと、来訪者の誰彼には言いふらしています。

千賀さまのお屋敷では、連日のように、採掘を請け負うことになった秩父郡久那《くな》村の岩田三郎兵衛《さぶろべえ》さんや山師の吉田理兵衛さんが集まって打ち合わせをしています。幕府の許可が下り次第、先生も秩父へ行くのだそうです。

金山でしくじり、長崎でも成果を上げられなかったので、先生にしてみれば今度こそ起死回生の思いだったのでしょう。採掘には膨大な費用がかかりますから、少しでも足しにしようと、長屋に戻るや机に向かい、髪を振り乱して浄瑠璃《じょうるり》本《ぼん》を執筆しています。

まあ、その忙しいことと言ったら、口癖のように「大取込み」を連発して忙しがっている先生は、うちの目から見れば、わざわざ火中の栗《くり》を拾いに行って熱い熱いと片足で跳ねている童《わらべ》みたいに見えました。先生は昔からせっかちなお人だったけれど、長崎から帰ってからはなおのこと、せかせかしてとりつく島もありません。

「なんじゃいな。まわりっぱなしの風車みたいじゃのう」

お父《とう》までが嘆息したほどです。

あれは、秋のある日のことでした。江戸へ戻ってはじめて、先生とうちとは長屋で二人、向き合っていました。

「これはイスタラヒというて測量に使う。こっちはルウフルというての、ほれ、この小さい穴に口をつけてしゃべるんじゃ。声が大きゅうなる」

先生は長崎土産の珍品を取り出し、うちの前に並べました。例のごとくつんのめるような調子でしゃべりながら、ふと見ると目が泳いでいます。自然のなりゆきで二人きりになってしまったけれどどうしてよいかわからない、といった様子です。

かつてはあれだけ睦《むつ》み合った仲なのに、長崎から帰った先生は、一度もまともに声をかけてくれたことがありません。

「先生、例のご本、どうなりましたんや」

ふと思い出して訊《たず》ねると、先生は眉《まゆ》をひそめました。

「例の本……？」

「読み分けする言うて、長崎へ担《かつ》いでいかはった本や」

するとどうしたことでしょう。

「よけいなことに口をはさむな」

先生は長屋の壁がすっ飛ぶかと思うほどの剣幕で叱《しか》りつけました。

うちはあっけにとられて先生の顔を見返しました。

長崎まで行ったものの首尾よく運ばず、早々と本を投げ出して銭儲《ぜにもう》けの口を探しまわっていたという話は与四郎さんから聞いています。痛いところを突かれて頭に血が昇ったのでしょうか。それにしても情け容赦のない言い方です。

呆然《ぼうぜん》としているうちを見て、先生は萎《しお》れた菜のようにうなだれました。

「許せ。ついかっとなってしもうた」

先生は非を認めて謝るのが大の苦手です。自棄《やけ》になって自分を貶《おとし》めたり自嘲《じちよう》したりするときでも――いえ、そんなときこそ、言葉とは裏腹に己の正しさを誇示し、それを認めようとしない相手を、実はなじっているのです――こんなふうに素直に謝るのはめったにないことです。心から失言を悔いているのでしょう。

うちは差し出たことを言った自分が恥ずかしくなりました。「うちこそすんまへん」と素直に謝ろうと思ったのですが……、口から飛び出したのは、まったく正反対の言葉でした。

「ほんじゃったら、なんのために長崎へ行かはったんじゃ」

先生は目を上げました。

――なんで昔のように抱いてくれんのじゃ。先生はうちのことをどう思うとるんじゃ。うちをどうするつもりか、教えてつかあされ。

本当に問い詰めたいのはそのことでした。それが言えないばかりに、つい言ってはならないことを言ってしまいました。

「先生は変わってもうた。銭の亡者《もうじゃ》じゃ」

「銭がのうては学問は出来ぬ」

「大田さまはしてはります」

なぜ大田さまの名前が飛び出したのか、自分でもわかりません。大田さまも本を書きながら学問に励んでいます。けれどそもそもが御《お》徒《かち》ですから浪人の先生とはちがいます。うちはただ、金山で大儲けを企《たくら》んだり、異国渡りの珍品を大名家やお旗本に目の飛び出るような値段で売りつけたりしなくても学問は出来るのに、と言いたかったのです。

大田さまの名を出したのが癇《かん》に障《さわ》ったのでしょう。先生の目の色が変わりました。

「気に入らぬなら南畝《なんぽ》のところへ行け。止めはせぬ」

突き放すように言うと、足早にどこかへ出かけてしまいました。

うちは放心していました。

なぜあんなことを言ってしまったのでしょう。うちは先生にやさしい言葉をかけてほしかったのです。まっすぐに目を見て話してほしかったのです。

言葉は恐ろしいとつくづく思いました。先生が腹を立てたのは、うちがうっかりもらした「大田さま」のひと言です。もののはずみで飛び出した言葉が胸をえぐり、そこから傷口がどんどん広がって、やがては膿《う》みただれてゆく……。もしそうだとしたら、うちは取り返しのつかないことをしてしまったのかもしれません。

手を伸ばして、ルウフルを取り上げました。

小さな穴に口をあてて心のままを話したら、大きな穴からやさしい言葉だけが聞こえてくる──そんなルウフルがあったらいいのに。

「先生……許してつかあさい」

ルウフルを通してつぶやくと、涙まじりの声が倍にも三倍にもなって聞こえました。

霜月に中津川村の名主の幸島喜兵衛さんがやって来ました。幕府から鉄山採掘の許可が下りたのだそうで、先生は喜兵衛さんや理兵衛さん、それにお役人をまじえて最終打ち合わせに入りました。現地にも検分に出向き、席の温まる暇もありません。

その合間に、大車輪で浄瑠璃本『嫩榕葉相生源氏《わかばのみどりあいおいげんじ》』も書き上げました。これは翌安永二年の正月二日に肥前座で初演。『神霊矢口渡《しんれいやぐちのわたし》』ほどではありませんが、まずまずの評判でした。

与四郎さんの話では、先生の浄瑠璃には紅毛趣味やら、本草学《ほんぞう》や物産学の知識やらがちりばめられているので、物珍しさに観客が拍手喝采《かっさい》するのだそうです。

先生は引きつづき『秘伝花鏡校』という六巻からなる本を書きましたが、これも単なる銭儲けのため。心はもう秩父に飛んでいました。芒消《ぼうしょう》を見つけたときもそうです。『物類品隲《ひんしつ》』を刊行したときも、火浣布《かかんぷ》を作ったときも、紅毛書を買いあさったときも、長崎へ旅立ったときもそうでした。ひとつことに熱中すると、先生は猪突《ちょとつ》猛進、だれも止めようがありません。

雪解けを待って岩田三郎兵衛さんが入山、鉄山の普請《ふしん》工事がはじまりました。三月の中旬にはお奉行さまの下向があって先生も入山、いよいよ吹所《ふきどころ》と呼ばれる精錬所の建築となり、鉄や鋼の精錬がはじまりました。

先生とうちとの仲はどうなったかって？

お話しするのを忘れていました。

どうもなりません。ぎこちないながらも平穏な日々がつづいていました。かかる大事の前にごたごたを起こしたくないと、先生は思っていたのでしょう。

うちは鏡を眺めては、ため息をつきました。白髪やしわこそありませんが、鏡に映っているのはもはや若いとは言えない女の顔です。輝きの失《う》せた肌とあきらめきった目の色を見れば、次郎兵衛さんも二度とうちを描こうとは思わないはずです。

寂しくなると、今でも次郎兵衛さんを思い出します。死に顔ではなく、豪雨の夕べ、先生と連れ立って玄関へ入って来た次郎兵衛さんの顔。今のうちと同じ、当惑したような、疲れたような目をした次郎兵衛さんの顔です。

いいこともいやなこともあったけれど、白壁町にいたあの頃が一番幸せでした。そう思うと胸が詰まり、目の前の鏡まで曇って見えます。

「せんせ、じろべえさん、せんせ、じろべえさん……」

うちは鏡に息を吹きかけ、指でふたつの名を書いてみました。一面を覆《おお》い尽くすまで書いて、手のひらで一気に消しました。

先生いわく「大物入り」の鉄山採掘は、三カ月も経《た》たないうちに早くも陰りを見せはじめました。与四郎さんの説明によると、鉄の採掘は、川原で砂鉄を採取するか、または「鉄穴流し」という方法で、鉄分を含んだ岩石をくずして堰《せき》のある水路に流し、土砂を除いてたまった砂鉄を集めるのだそうです。こうして採れた砂鉄を木炭と一緒に炉に入れて、たたらで吹いて銑鉄《せんてつ》や鋼鉄を得るのですが、精錬の仕方がわるいのか、悪質の鉄しか採れなかったのです。

いまだ吹方手《ふきがた》に入り申さず、大いに苦しみこうむりあり候《そうろう》。

鍛冶《かじ》ども遣いにくき由《よし》にて、当分売りかね困り候。

先生は見栄っ張りですから、人前ではあたかも大成功であるかのように言いふらしていました。けれど郷里の知人に宛《あ》てた文には、ちらちらと本音が顔を出していたようです。むろん当時のうちはそんなことは知りませんでしたが。

それにしても先生は懲《こ》りないお人です。

鉄山を三郎兵衛さんにまかせてあわただしく江戸へ戻るや、休む間もなく、秋田へ出かけて行きました。秋田藩から銀山の見立てと精錬技術について指導を頼まれたのだとか。山師の理兵衛さんも一緒です。

この話は、正月に秋田藩のお殿さまのお側用人さまが、懇意にしている千賀さまの屋敷を訪れ、そこに居合わせた先生や理兵衛さんと出会ったことがきっかけで、とんとん拍子に決まったのだそうです。先生は大いに気をよくして、

「これでいよいよおれも大山師だ。たんまり儲けて帰るぞ」

久方ぶりに笑顔を見せました。

――先生ったら、いつから山師になってもうたんや。

胸のなかでは嘆息しながら、うちもいそいそと送り出しました。新たな事業をはじめるときのはずんだお顔を見ていると、なんだかんだ言っても、こちらまで楽しくなってくるから不思議です。それに正直に言うと、うちは長引く居候暮らしに嫌気がさしていました。

千賀《せんが》邸の長屋は小部屋が三つきり。そこに先生とうちとお父と与四郎さん一家三人が暮らしているのですから、ほとんど長屋にはいない先生はともかく、使用人は窮屈でなりません。その上、薄い壁で仕切られた両隣には千賀さまのご家来衆が住んでいます。いつでしたか家僕になりたいという若者がいるので引き受けてくれないかと郷里から文がきたことがありましたが、とてもそんな余裕はありません。

銭がなければ引っ越しもままなりません。世間の人が先生のことを山師と言うのを聞くたびに癇を立て、遠出つづきで体をこわすのではないかと案じながら、いざとなれば背に腹は変えられません。楽な暮らしがしたいとなれば、山師でもなんでもいいから上手《うま》くいきますようにと祈る気持ちが湧《わ》いてきます。

――先生は泥まみれになって働いとるんじゃ。やさしくして差し上げなければ。

下女の分際でよけいな差し出口をしたことを、この頃には後悔していました。

はじめから女房にしてもらえるとは思っていなかったのです。それでもおそばにいたいと思ったからこそ、こうして長年お仕えしているのです。自分で決めたくせに先生に八つ当たりをするのは、それこそ身勝手というものでしょう。

先生は十一月の下旬に帰って来ました。

「大経済じゃ。大経済じゃ。ご褒美《ほうび》をもろうたぞ」

長崎でのしくじりも吹き飛んだかのように大得意でした。秋田のお殿さまから手厚いもてなしを受け、銀の精錬方法だけではなく西洋画法や異国の知識を伝授し、おまけに例のルウフルなど珍品の数々を高値で売りつけたと言いますから、話半分としてもかなりの成果があったようです。

「二百石で藩士になれと言われたが断った。宮仕えはもう懲り懲りだ。だがの、褒美に金百両下さることになったんじゃ」

与四郎さんに訊ねたら、たしかに仕官の話はあったそうです。けれど本当は先生が言うほどいいことずくめではなかったようで、秋田藩のお役人さま方のなかには先生の自慢癖に不信の目を向けるお人もいて、案内役のお役人とは仲違いもあったとか。そんなこともあって、先生は仕官を断ったのだそうです。

「高松のお殿さまも亡《の》うなられた。仕官なさるおつもりなら、なんも支障はないんじやが……」

与四郎さんは少しばかり残念そうでしたが、

「先生はお江戸でのうては住めんお人じゃ」

うちは得々として言い返しました。

金百両についても、すんなりとはいかなかったようです。財政難のつづく秋田藩では手痛い出費ですから、お殿さまの独断に眉をひそめる者も多かったとか。半分はその場で拝領しましたが、残る五十両は江戸渡しとのことで、

「うやむやにごまかされるにちげえねえや」

与四郎さんはすっかり板についた江戸弁で悔しがりました。

それでも五十両は涙の出るほどうれしい金子《きんす》です。鉄山につぎ込めば砂にしみいる雨のごとくあっという間に消えてしまうのが目に見えているので、先生は真先に家を探すことにしました。

「家を借りたぞ」

なにごとも手早い先生です。

「伝《つて》を頼って、深川の清住町《きよすみちょう》に借家を見つけた」

深川は大川の対岸です。家もまばらで、住み慣れた神田から見れば、もの寂しい田

舎です。先生が借りることになった家は武田長春院さまの下屋敷のなかにあるのだそうで、新大橋を渡り、小名木川《おなぎがわ》を渡って、霊雲院という寺を越えた南方でした。

「川に面しておるゆえ静かだ。家も広々しておるし、構えも立派だし、絵を描くにはもってこいじゃ」

うちは最後のひと言に首をかしげました。

先生は器用なお人で、絵心もあります。長崎から帰ったときも西洋画を真似《まね》て描いたという絵を持参していました。うちにはよくわかりませんが、紅毛の絵は影のつけ方で物の形を本物に近づけるのだとか。遠い物と近い物との区別もそれではっきりわかるのだそうです。

秋田のお殿さまは絵がお上手で、西洋画の手ほどきをして差し上げたと聞きますから、これを機に先生は絵師に転身するつもりかもしれません。もしそうだとしても、新しもの好きの先生のこと、今さら驚きはしませんが……。

引っ越しは師走《しわす》の半ばでした。

家財道具は大八車ひとつでも足りますが、千賀さまのお屋敷に預けていた蔵書やら、長崎から先生が持参したり、後送されてきたりした珍品の類《たぐい》を入れるとかなりの量です。

実際に引っ越してみると、長屋に比べれば部屋数も多く広々していますが、先生が自慢するほど豪壮な家ではなく、江戸へ来て一番最初に住んだ不動新道《しんみち》の家とおっつかっつでした。静かだというのはたしかです。けれどこれも、狭苦しい長屋住まいのときは遠慮していた人たちが引っ越したその日からどっと押し寄せ、静かどころか白壁町以上のにぎわいになってしまいました。

田村門下の杉田さま中川さまといったおなじみの面々、絵師の宋紫石《そうしせき》さま、次郎兵衛さん亡《な》きあと先生のもとへときおり顔を出すようになった浮世絵師の司馬江漢《しばこうかん》さま、いつもながら颯爽《さっそう》とした男ぶりの大田南畝さま、大田さまのお仲間の唐衣橘洲《からごろもきっしゅう》さまや朱楽菅江《あけらかんこう》さま、戯作《げさく》仲間の森島中良《なから》さま――森島さまは田村門下の桂川甫周《かつらがわほしゅう》さまの弟です――それからあの川名さま……。

学問のお仲間だけではありません。山師の理兵衛さんや三郎兵衛さん、書肆《しょし》の須原屋さん、武田さまのご家来衆や秋田藩のご家来衆。さらにまたその親戚《しんせき》やら友人やら、果てはなぜその場にいるのかだれ一人知らないご仁まで……。

先生の人を魅《ひ》き寄せる力は、まさに天性のものとしか言いようがありません。先生の言うことなんか、はったりだと疑っているお人まで、面と向かって話しているとぐんぐん引き込まれ、そのうちには一緒になって目を輝かせているのです。

学問のお仲間が足しげく訪れてくださるのはありがたいことですし、人の輪に囲まれて満足げに笑っている先生を見るのもうれしいことですが、うちは以前のように手放しでは喜べませんでした。

――いいように操られて先生、なんや木偶《でく》みたいや。

来客お一人お一人はそんなつもりはないのでしょう。けどうちの目には、羽振りのよいときばかりわっと集まり、落ち目になると蜘蛛《くも》の子を散らすように消えてゆく、物見高い野次馬みたいに見えました。先生は寂しがりでちやほやされていないと気が済まないお人ですから、おだてられれば歌もうたうし、踊りもおどります。けれどそうしてがんばっているうちに、先生自身は身をすりへらし、胸のなかに焦《あせ》りや苛立《いらだ》ちをため込んでゆくような気がするのです。

といっても、山師になって出歩いてばかりいられるよりはましです。ひっきりなしに来客を迎えていれば、他に女手のない家ですから、皆が「野乃さん」「野乃さん」と声をかけてくれます。女房になったようでわるい気はしません。

引っ越しをしてなによりうれしかったのは、白壁町の家とちがって居候がいないことでした。今の暮らしがつづき、こだわりさえ溶ければ、先生との仲も元に戻るかもしれません。そう思って、二人きりになる機会をうかがっていたのですが……。

思うようにはいかないものです。

半月も経たない内に、またもや邪魔が入りました。

源内は筆を止めた。いきおいにのって書いてしまったが、引っ越しについて野乃がどう思っていたか、本当のところはわからない。いそいそと来客をもてなしているようにも見えたし、かと思えば物憂《ものう》げに沈み込んでいるようにも見えた。

だがどう思っていたにせよ、ある一人の客については警戒心を隠そうとしなかった。

そのことを思うと、にわかにうしろめたさがこみ上げる。

なにやら妙なお人でした。

応対に出たうちを見るなり目をみはり、逃げ出そうとする素振りを見せたのは、家をまちがえたとでも思ったからでしょうか。

出てゆく代わりに、色白の童顔を赤らめて、

「平賀先生を訪ねて参ったんだども……」

と、聞き取りにくい声で言いました。

「どちらさまでございますか」

うちは訊《たず》ねました。江戸へ来て十三年が過ぎようとしています。その気になれば、うちだってきちんとした物言いが出来ます。

「秋田藩士、小田野直武《おだのなおたけ》と申す。そこもとは先生のお内儀にござるか」

今度はお客も四角張った言葉で訊《き》き返しました。

「めっそうもない。下女にございます」

「さようか」小田野と名乗った若者は表情を和らげました。「さもあろう。先生は独り身と聞いておった。されば先生に取り次いでもらいたい」

おもむろに後ろを向いて身をかがめ、戸の外から大きな麻袋を引きずり込みます。

「それは？」

「米じゃ」

「米？」

「些少《さしょう》だが厄介料にござる」

厄介料と聞いて、うちはぎょっとしました。もしや、このお人はここに居候する気なのでしょうか。胸をざわめかせながら、先生に客の到来を知らせました。

うちの不安は的中しました。

小田野直武さまは先生を頼って江戸へ出て来られたのだそうです。お歳《とし》は二十四、といってもすぐに年が明けましたから二十五。藩でのお役向きは銅山方産物吟味役というのだそうですが、実際はお殿さまのお抱え絵師で、先だって秋田で先生と知り合ったのを機縁に、自らも絵をお描きになるお殿さまが絵の修業をさせるため、江戸へ送り込んだのだそうです。

うちは落胆しました。せっかく先生と水入らずになれると思ったら、秋田なまりの強い、純朴だけれど融通のきかなそうな若者が先生のおそばに張りつくことになったのです。

そればかりではありません。

「お言葉に甘えて、ご厄介になることにいたしました」

小田野さまの口ぶりでは、勝手に押しかけて来たのではなく、先生のほうからぜひにと招いたようなのです。

――ほんじゃから先生、あわてて引っ越したんや。

先生は小田野さまを同居させるために、絵の修業に打ち込むのに適した借家をわざわざ探したのです。秩父の鉄山も中途半端《はんぱ》なまま、戯作だ来客だと忙しいこの時期に、なぜ秋田藩士に西洋画を教えなければならないのでしょう。それこそ一銭にもならないのに。何か下心でもあるのでしょうか。

夕餉《ゆうげ》の席に酒肴《しゆこう》を運んだとき、うちは答えを突きつけられたような気がしました。小田野さまは畏敬《いけい》と憧憬《どうけい》と、そして明らかに恋慕の色を浮かべて、先生を見つめていました。色白の頬をうっすら上気させ、男にしては紅い唇をふるわせ、艶《つや》めいた目でじいっと……。

先生の目もうるんでいました。ずっと昔、うちが江戸へ来たばかりの頃、広小路に連れて行ってくれたことがあります。あのとき橋のたもとでうちを見つめた目と同じ目をしていました。慈愛に満ちたまなざしです。

与四郎さんの話を思い出しました。秋田で見聞した話です。院内銀山の検分に出向く途中、先生は角館《かくのだて》の造り酒屋に宿泊。座敷にかかっていた絵をたいそう気に入って、すぐさま絵師を呼び寄せたのだそうです。二人はひと目で打ち解け、なんとその絵師は阿仁《あに》銅山視察にも同行、一月余り先生と起居を共にした上、さらに沼館村での検分にも同行したのだとか。

そうです。その絵師こそ小田野さまだったのです。

「ひとつ部屋で寝起きしとったんじゃ。まるで親子みてぇに仲がええ」

親子？　いいえ。親子なんかじゃありません。先生は小田野さまと恋に落ちたのです。契《ちぎ》りを交わし合い、別れがたくなって、それで江戸で共棲《ともず》みすることにしたのでしょう。

うちは逃げ出しました。

「いやや先生。なんでや。なんでうちがおるのにあんなお人を……」

胸が焼けそうです。台所へ駆け込むと、うちは悔しさに身を揉《も》みました。

十八日目

「屁《へ》のごとし……とはいかなんだようにございますな」

よっこいしょと掛け声がして、芳玄が枕元《まくらもと》に腰を下ろした。

熱を押し、傷の痛みを押して、昨日は憑《つ》かれたように書きまくった。無理がたたって、この日は身を起こすことさえ出来ずにいる。身勝手なことをしていても牢名主《ろうなぬし》が見て見ぬふりをしているのは、だれかが銭で黙らせたか、鍵役《かぎやく》の久山に言い含められているからだろう。

「いかにも。放屁男《へっぴりおとこ》ほどの才覚すらなかった、というわけだ」

源内は顔をしかめた。

芳玄がなにを言いたいか、今では打てば響くようにわかる。昨日は安永二年の出来事を書いた。だから次は安永三年。長崎遊学で足をすべらせたとすれば、このあとの安永三年は雪崩《なだれ》に巻き込まれて加速がついた時期である。芳玄はその夏に刊行された

『放屁論《ほうひろん》』にことよせて、雪崩を避ける手だてはなかったのか、と訊《たず》ねているのだ。

「放屁男とてまがいものにございましょう」

芳玄はくすくす笑った。

「おれはこの目で見た」

「手前も見ました。あれは両国の見世物にございました。押すな押すなの人だかり。小屋に入れば見事に三発、それも音色をひりわける。ま、なにか仕掛けがあるのでしょうが……。そんなことより、いち早く放屁男を取り上げ、賛否両論を戯作《げさく》に仕立てた先生は、たわけた似非者《えせもの》よりよほど知恵がまわります」

真顔で感心され、源内は返答に詰まった。放屁男を題材にしたのは江戸市中で評判になっていたからで、歌舞伎《かぶき》役者の溺死《できし》事件から『根南志具佐《ねなしぐさ》』を、人気の講釈師・志道軒から『風流志道軒伝』を書き上げたのと同じ発想だった。

むろん、これまでも戯作のなかに痛烈な風刺と諧謔《かいぎゃく》をちりばめてきたが、『放屁論』も両国の見世物を面白おかしく登場させただけではなかった。「屁でさえ一心に究めれば芸となる」と豪語し、諸芸を志す者の怠慢を批判した。そして最後には、埒《らち》もないことを論じる自分を「屁のごとし」と笑い飛ばしてもみせた。

「子《し》が論、屁のごとしと言わば言え、我もまた屁とも思わず」

「さようさよう」芳玄は手を打った。「じゃがなんですな、言うは易《やす》く行うは難しと申しますが、先生ほどのお方でさえ屁と思うてやり過ごせぬものがあるとは、ちと意外でした」

源内は芳玄の顔を見返した。

「さようなことがなぜわかる？」

「病人の心を読むのが医者にございますから」

「なるほど。あれを書いたは梅雨時のじめじめした時季だった。心も鬱々《うつうつ》として、病人さながらじゃった」

「季節のせいではありますまい。なにゆえか、当ててみましょうか」

芳玄は髭《ひげ》をなでた。

「ひとつには、鉄山がにっちもさっちもいかなくなったからにございましょう」

「その通り。休山にしたいが、というて放り出すわけにもいかぬ。膨大な銭を溝《どぶ》に捨てることになるゆえの。しかも後始末にも銭がかかる。どうしたものかと頭を抱えておった」

「袋小路にございますな」と、芳玄は探るような目になる。「もうひとつは、『解体新書《かいたいしんしょ》』が完成したからではございませんか」

源内は目の下の黒子《ほくろ》を指でつまみ、しぶしぶながらうなずいた。

「あの本の挿絵を書いたは小田野直武だ。精緻《せいち》な筆遣いが気に入った、ぜひとも頼んでくれと杉田さんに頭を下げられた。断るわけにもゆかぬので頼んでやった。直武は快く引き受け、木版の下絵で二十枚、画数にして四十余の解剖図を一心不乱に書き上げたんじゃ」

「小田野さまの絵がなかったら、あれほどの評判にはならなんだやもしれません」

「さよう。一枚一枚仕上がってゆくたびに臍《ほぞ》を噛《か》んだ。承知の上で仲介の労を取っておきながら、先を越されたのが悔しかったのだ。自分には叶《かな》わぬ夢が同輩の手で現実になってゆく。羨望《せんぼう》のあまり歯ぎしりをした」

「風来先生が長崎におられたお留守に杉田さまや前野さまが難解な読み分けに取り組んでおられたとは、皮肉な話にございます」

源内は、大通詞《おおつうじ》の助けを借りて『紅毛本草《ほんぞう》』を翻訳するために、はるばる長崎まで出かけたのである。ところが翻訳作業の気の遠くなるような煩雑《はんざつ》さに音を上げ、あっさりあきらめてしまった。一方、杉田や中川は江戸にいながら翻訳に打ち込んだ。励まし合って最後までやり遂げた。まさにこれが明暗の分かれ目だった。

それでも見栄《みえ》や気負いがあったから、源内は悔しさを悟られまいとことさら陽気にふるまった。

「杉田さんは仲間を引き連れ、『解体新書』を献上に来た。このおれも肩を抱き合い、喜び合った。友の健闘をたたえるために祝いの宴まで設けたんじゃ」

「そのくせ、肚《はら》の内では悶々《もんもん》としておられた……」

「悶々どころか……」思わずうめきがもれる。「一同をにこやかに送り出し、自室へ戻るや、本性をあらわした。『解体新書』を引き破ろうとしたのだ」

芳玄は目をみはった。

「破ってしもうたのですか、解体新書を……？」

「いや。破りかけたところへ野乃が入って来た。涙のたまった目でおれを見て、そっと手を差し出した。憑かれたように本を手渡すと、なにも言わずに出て行ってしもうた。あとで本は文机《ふづくえ》に置かれていたが、破れたところはきれいに糊《のり》で貼《は》りつけてあった」

「野乃さんは気づいておったのですな、先生が悔しい思いをしておられたことに」

「破ればあとで後悔すると思うたのだろう。修復された本を見たとき、思わず涙がこぼれそうになった。野乃を呼び、昔のように抱き寄せたいと思うたのだが……」

「なにゆえそうせなんだのですか」

源内は虚空《こくう》を睨《にら》んだ。

答えは簡単だ。考えるまでもない。が、あのときはそうではなかった。

「あとになってみなければ気づかぬことがあるものだ。おれは……野乃が怖かった」

「怖い？」

「はじめの頃、野乃はおれを畏敬《いけい》の目で見ていた。無邪気な目だった。だが次第に変わっていった。なにもかも見透かすような目に、だ。下女にまで馬鹿《ばか》にされるのはがまんがならなかった」

芳玄はけげんな顔をしている。

「なにゆえ野乃さんが先生を馬鹿にするのか、手前にはどうもわかりかねますが……」

「勢以がそうだったのだ。御林《おはやし》へ訪ねて来た夜だ」

「抱こうとしたが抱けなかった……というあれにございますか」

「そうじゃ。馬鹿にされ、辱《はずかし》められた」

「ですが勢以さんと野乃さんはちがいましょう」

「女にはわからぬ。気後れしたり、反対に気張りすぎたり、うしろめたさを感じたりすると萎《な》えてしまうということが……。野乃にははじめから後ろめたさを感じていた。戯《たわむ》れと思いつつ手を出したは卑劣じゃった。負い目があるゆえ、よけいに怖かった」

野乃の気持ちを思いやったからではない。平賀源内先生ともあろうものが、下女に手をつけたあげく馬鹿にされたと知れたらとんだお笑い草である。

芳玄は首を左右に振った。

「男の理屈にございますな。それこそ屁理屈に聞こえます。されど、まあそれはそれとして、小田野さまのことはどう思うておられたのか」

「はじめは絵の才に惚《ほ》れ込んだ。旅をするうちにのっぴきならぬ仲になってしもうた。頼られてわるい気はしない。思いを寄せられれば愛《いと》しゅうもなる。というて、惚れたというのとはちがう。もしかしたら心のどこかに、野乃に当てつける気持ちがあったのやもしれぬ」

源内には、自分を敬愛し、無条件に褒めたたえてくれる者が必要だった。自分を置き去りにして名声だけが一人歩きをしている。新しいものを追い求め、それが空回りばかりだと気づいてからはなおさら、自分のそばで「先生は畏敬にあたいする人物だ」と常に賞讃《しょうさん》してくれる取り巻きがほしかったのである。

かつては野乃がその役を果してくれた。が、いつの頃からか野乃は批判的な目で見るようになった。いや、実際のところはわからないが、そんな気がした。楽屋内まで覗《のぞ》かれているようで、源内はひるんだ。はりぼての自分を見透かされそうで怖くなったのである。

「起こしてくれ」

手を差し出した。

「熱が下がるまでは寝ておられたほうがようございます」

そう言いながらも芳玄は手を取り、抱き起こした。ここは牢獄、いつお呼びがかかるかわからない。したいようにさせてやろうと思いなおしたのだろう。

「つづきをお書きになるのでございますか」

「うむ。なんとしても書き終えたいのじゃ」

「手前も最後まで読みとうございますが……はて、いつまで首がつながっていることやら」

「案ずるな。どちらにお呼びがかかっても、つづきはあの世で聞かせてやる」

「それをうかごうて、後生の楽しみが出来ました」

芳玄はくぐもった笑い声をたてた。

「さて、されば手前も女房に文を書きますかな」

目配せをする。

出す宛《あ》てのない文を書くために芳玄がねぐらへ戻ってしまうと、源内は居住まいを正し、墨を磨《す》りはじめた。

むき過ぎてあんに相違の餅《もち》の皮　名は千歳《せんざい》のかちんなる身を

先生の狂歌をうちに教えてくれたのは、大田南畝《なんぽ》さまでした。これには「翻訳は不朽の業《わざ》、御《ご》高恩《こうおん》須《す》弥《み》山《せん》よりも高きにほこりたる事を知らずして、いろいろの物ごのみは栄耀《えいよう》のいたりなりけりと、自ら吾身《わがみ》をかえりみて」という詞書《ことばがき》が添えられているそうです。

「つまり、蘭書《らんしょ》の中身を性急に得ようと苦労したが、案に相違して、どこまでむいても異国の言葉の固い皮にはばまれ、中身の餡《あん》に行き着かぬ、名を千載に残すことも出来なくなったと、先生はご自分を自嘲《じちょう》しておられるのだ」

大田さまの説明に、うちは目を丸くしました。

先生は相も変わらず忙しがっています。人前では決して弱気な顔を見せません。望みの綱の鉄山が休山となって昨年は大きな痛手をこうむりましたが、今度は炭焼き事業をはじめると言って三郎兵衛さんと連日相談しています。

――先生はまるで起き上がり小法師《こぼし》や。

うちもお父《とう》も、与四郎さんもあきれるばかり。

執筆のほうも矢継ぎ早です。昨年は浄瑠璃本《じょうるりぼん》の他に『放屁論』と『里のをだ巻評』を書き、今年もすでに浄瑠璃本『忠臣伊呂波《いろは》実記』を書き上げました。『解体新書』の刊行に刺激されたのでしょう、毎月二と七のつく日には、家でささやかな物産会も開かれるようになりました。うれしいことに、先生は志を捨ててはいなかったようです。

反対に、眉《まゆ》をひそめることもありました。少しでも暇が出来ると、先生は小田野さまと出かけてゆきます。田舎育ちの小田野さまに江戸見物をさせてやるというのですが……。与四郎さんの話では、吉原や二丁町に入り浸っているとか。ふた言目には銭がないとぼやきながら、これはいったいどういうことでしょう？　『解体新書』の大任を終えてタガがはずれたのか、それでなくてもこの頃の小田野さまのハメの外し方には目にあまるものがあります。

「妙やねえ。先生、ここんとこやけに元気そうやのに。こんな歌よむようには見えまへんけど」

「空元気かもしれんぞ」

うちは大田さまの顔を見返しました。去年の夏の出来事を思い出したのです。恐ろしい形相で『解体新書』を引き破ろうとしていたあの夜のことを――。言われてみれば、たしかに空元気に見えぬこともありません。

「書きたい本が書けんので、苛《いら》ついてはるんやろか」

「おそらくそんなところだろう。実はおれも気になっているのだ。下戸の先生が酒を飲みはじめたことからして妙とは思わぬか」

うちはにわかに不安になりました。

「大田さま、読み分けいうのは、どうすれば出来るんですか」

例の『紅毛本草』の翻訳のことです。

「だれぞ気前よく銭を出してくれる者を探すことだ」

「千賀さまは?」

「金山でもしくじった。鉄山でもしくじった。千賀さまとてそうそう用立ては出来まい。儲《もう》けにならぬものに銭を出す者はめったにおらぬ」

金山や鉄山なら上手《うま》くすれば大儲けが見込めますが、物産学の本を著したところで一文の得にもなりません。「物産学は国益のため」と先生は言いますが、せちがらい世のなかではまずは目先の利益、学問は銭を持てる者のお遊びなのです。

うちは大田さまの顔をまじまじと眺めました。いつもながらの凛々《りり》しい双眸《そうぼう》には、先生を思う真情があふれています。口を開けば不平不満ばかり言っている川名さまや野心のためには手段を選ばぬ平秩《へずつ》さま、うちから先生を横取りした小田野さまとは大違いです。

「なにがあっても大田さま、先生を見捨てんでくださいね」

思わず言うと、大田さまはまぶしそうに目を瞬《またた》きました。

「野乃さんは、先生をよほど好いておるのだな」

「めっそうもない。うちは下女です。ご主人さまの身を案じるのは当たり前や」

大田さまはふっと真顔になりました。

「野乃さんこそおそばにおってやらねばの。野乃さんが見放せば、先生は壊れてしまうやもしれぬぞ」

うちなんかおらんでも、平気じゃ。小田野さまがおったらええんじゃ――。喉元《のどもと》まで出かかった言葉を、うちは呑《の》み込みました。

このところ、自分の気持ちを持て余しています。小田野さまと話をするときは顔がこわばります。先生から目が離せません。先生が好きで好きでたまらないのも、先生の身を案じているのも本当です。

それでいて腹を立てていました。見栄や強がりの分厚い皮をはぎとってやりたい。その下から本物の先生を引っ張り出して、白日のもとにさらしてやりたい。そんな思いが日に日に強まってゆくのです。

いっそ出て行こうか。先生の顔が見えないところへ行ってしまおうか。そう思ったことも一度や二度ではありません。

「壊れるものですか」うちは言い返しました。「うちが手を離したって、先生は落ちまへん。落ちたって、かすり傷ひとつ負わん。だって天狗《てんぐ》のお子じゃもの」

先生がまっさかさまに墜落しようとしていたことに、このときのうちはまだ気づいてはいませんでした。

安永四年の夏、先生は秩父で炭焼きを開始しました。

今度こそ三度目の正直、気合の入れ方は尋常ではありません。はじめは影森村の橋立山一カ所で試し焼きをして、それから川浦山、蝉山、熊倉山と規模を拡大する計画で、先生の胸算用では一年後には三万俵、うまくゆけば十万俵にもなるとのこと。焼き出された炭は荒川通船で江戸に運ぶのだそうで、お父は川船の世話を頼まれ、秩父へ住み込むことになりました。

お父は漁師でしたから船が操れます。それで白羽の矢が立ったのですが、無口でとっつきにくいお父に気の荒い炭焼きや人夫、船頭と伍《ご》してゆくことが出来るのか、うちは心配でした。けれど先生に頼まれればいやとは言えません。お父は三郎兵衛さんと一緒に出かけてゆきました。

それからひと月ほど経《た》った頃でしょうか。先生は突然、神田大和町の千賀さまの抱《かかえ》屋敷《やしき》を借りて引っ越すと言い出しました。物産会を開くにも商いをするにも昔からなじんだ神田のほうが都合がいい、というのが引っ越しの理由です。

商い……そうです。先生は生計をたてるために、小間物を作って売ろうと思いついたのです。手先の器用な者を数人雇い入れ、先生が考案した品を作らせます。絵付けは小田野さまが請け負い、宣伝文句は先生自ら認《したた》める。人手が足りなければ、弟子や先生のところに出入りする客人にも手伝わせようというのが先生の考えでした。

金山から鉄山、鉄山から炭焼きと事業を起こすたびに借金はかさむ一方。炭焼きにしても樵《きこり》、炭焼き、運搬人夫、船頭……と膨大な人手と費用がかかります。窮地に立たされた先生は、長崎遊学の際、試作をこころみたという毛織物や焼き物が商売にならないかとあちこち問い合わせたのですが、結局話はまとまらず、手っとり早く銭になる商いをはじめることに決めたのです。

今度の家は、細川玄蕃《げんば》さまのお屋敷の真ん前で、かつて住んでいた白壁町へは西北へ四半刻《しはんとき》、先生の早足ならその半分もあれば行ける場所にあります。抱屋敷というとごたいそうに思われますが、清住町の家より手狭で見かけも粗末です。その代わり玄関を入ったところに広い土間と板間があるので、仕事場にはうってつけでした。先生は『天狗髑髏鑒定縁起《てんぐしやれこうべめききえんぎ》』の跋文《ばつぶん》で、この家のことを「ひと月三分《さんぶ》の貸店《かしだな》」と書いています。これは先生独特の大仰な言いまわしで、それほど手狭な安店ではありませんが、店賃のほうは千賀さまから只《ただ》同然で借りたのです。

先生ははじめ、これを機に清住町の家を引き払うつもりでいたようです。けれど実際に住み込みの職人を集めてみると、それだけでもういっぱいでした。人の出入りもはげしく終日わさわさしていますから、書物を読んだり執筆をしたりするには不向きです。それで清住町に家はそのまま住まいとして残し、大和町の家を工房及び商い場とすることにしました。そうは言っても、商いが軌道に乗るまでは、先生も小田野さまも大和町の家へ詰めることになります。

「大和町へは行きまへん」

うちはきっぱりと言いました。

「行けと言わはるんやったら、お暇をいただきます」

どこか住み込みの働き口を見つけるか、でなければ秩父へ行ってお父の手伝いをしてもいい。とにかく小田野さまと一緒の先生を見るのはもうがまんが出来ませんでした。

先生もそのほうがいいと思ったのでしょう。与四郎さんは先生のおそばを離れるわけにはゆきませんから、大和町の家の近くに長屋を見つけて一家そろって引き移り、清住町の家はうちが一人で留守をまもることになりました。

いよいよ大和町へ移って、最初の細工物である櫛《くし》の制作に取りかかるというその朝です。台所で火吹き竹を使っていると、先生がせかせかした足取りで入って来ました。

「野乃」と声をかけ、「おまえは……」と言いかけたきり突っ立っています。

荷物はすでに与四郎さんが運んでいますし、冬の袷《あわせ》やら足袋やらもうちが荷物のなかに入れておきました。深川と神田ならたいした距離ではありませんから、忘れ物があったらひとっ走り取りに来れば済みます。第一、離れ離れに住むといっても、どちらも先生の住まいなのですから、これまでとたいした変わりがあるわけではありません。

それなのにどうしたというのでしょう。先生はどこか遠くへ旅立とうとするお人のように、心細げな顔をしていました。

うちはふいに胸が苦しくなりました。

「先生……」

大和町なんかへ行かないで、小間物作りも炭焼も止《や》めて、ここで静かに暮らすわけにはいかんのですか。

喉元までこみ上げながら、うちはあふれる思いを口にすることが出来ませんでした。喉先生もきっと同じ、言いたいことがいっぱいあるのに言えなかったのでしょう。喉仏が上下したと見るや、

「武田家にはよう頼んでゆくが、戸締りを忘れんようにの」

早口で言って、そそくさと出て行ってしまいました。

うちの胸のなかでもう一人のうちが、「引き止めろ」と叫んでいました。けれど動くことも叫ぶことも出来ませんでした。

――なんでや。なんで先生はいつも、鞠《まり》みたいにはずんでおらんならんのや。落ちてははずみ、はずんでは落ち、息をきらしてぜいぜいあえぎながら、まだはずもうとしている。こわれたからくりのようにぎくしゃくと哀《かな》しい音をたてて……。

どれくらい突っ立っていたのでしょう。季節はずれの蚊が顔の前に飛んできました。うちはのろのろと振り払い、それを機に台所仕事に戻りました。

先生が大和町のにわか工房で作って売り出した菅原櫛というのは、伽羅《きゃら》の木の台の上に金銀の覆輪《ふくりん》をつけ、象牙《ぞうげ》や銀で歯をつけたもので、木の部分には小田野さま考案の絵模様が刻まれています。これをひとつひとつ紙箱に入れ、値段は大きさによって一分二朱から二分。櫛にしては破格に高価なものですが、源内櫛と名付けて売り出すと面白いように売れました。

先生は大喜びです。与四郎さんの話では、吉原のなじみの遊女にも宣伝の一役を担《にな》ってもらったそうです。そのへんはぬかりがありません。妹の里与さまにも送ったと言いますから、郷里の人々に宛てた文のなかでは、日本橋越後屋の向こうを張る大店の主にでもなったかのように吹聴《ふいちょう》しているにちがいありません。

年が明けて安永五年の春先のことです。

「先生はどうしてはるんや」

うちは与四郎さんから手渡されたばかりの櫛をいじりながら訊《たず》ねました。

縁側には早春の陽射《ひざ》しがこぼれ、吹き過ぎる風と共に大川の水の匂《にお》いが流れてきます。

「相変わらず忙しゅうしとるで」与四郎さんは苦笑しました。「櫛の評判に気をよくして、今度は金唐革《きんからかわ》の細工もんを作るんだとさ」

「きんからかわ？　なんじゃね金唐革っちゅうのは」

「ほれ、先生も持ってたろうが、目の覚めるような財布を」

与四郎さんの説明によると、革の代りに紙を渋揉《しぶも》みにして形を打ち、彩色をほどこして金銀の箔《はく》を置いたもので、用途は文庫や胴乱、衝立《ついたて》の縁などいくらでもあるそうです。

「面白がって見に来るもんやら、先生に声をかけられて手伝いに来るもんやら、向こうは蜂《はち》の巣つついたような騒ぎじゃ」

与四郎さんの横顔には疲れがにじんでいます。そういえば与四郎さんはうちより二十一年上だから、もう五十二になるのです。目の下のたるみや口のまわりの小じわが際立《きわだ》つのも無理はありません。

――うちら、先生にお仕えして十五年になるんじゃね。

思わず嘆息しました。嫁がず、子も生まず、先生一筋に仕えてきたことに悔いはないけれど、これから先の歳月を思うと心もとなく、暗澹《あんたん》とした気分になります。

「売れてるんならけっこうやないの」

感傷を振り切るように、うちはさばさばと言いました。

「売れてもな、銭は右から左や。あれだけ人がおったら、飲み食いだけでも大出費じゃ。その上、ここんとこ先生のまわりには得体の知れんもんがうようよしとるからのう……」

「得体の知れんもん？」

「だれそれの遠縁だの知人だのというて上がり込んで、勝手に飲み食いしてくんじゃ。先だっては仕上がったばかりの櫛が盗まれた」

昔から先生は来る者を拒めないお人でした。どうしてあんなに虚勢を張ったり大盤振る舞いをしたりして自分を良く見せようとするのか、うちは不思議でなりません。

「銭が残らないんじゃあ骨折り損やねえ。お父のほうはどうなんじゃろ」

「思いの外うまくいっとるようやで。十余の窯《かま》が出来とって、それぞれ四千俵ほども出来たそうやから、要助さんも鼻高々じゃろ」

お父は文を書くのが苦手なので、正月に帰宅して以来、音沙汰《おとさた》がありません。どうしているかと気を揉んでいたところです。六十二になろうというお父が住み慣れない山中で冬を越すのは並大抵ではないはずで、与四郎さんの報告を聞いたうちはわずかながら胸を撫《な》で下ろしました。

「炭焼きがうまくいって、先生も少し息がつけるとええんやけど」

「つけへんつけへん。うまくいったらまた別のもんに手ぇ出すに決まっとる」

「天狗じゃもんねえ、先生は。うちら目がまわりそうや」

与四郎さんと顔を見合わせ、忍び笑いをもらします。笑いながら、うちは、先生と二人で笑った日のことを思い出していました。白壁町の物干し台の上、それからおんぼろ長屋の狭苦しい部屋、それから広小路の見世物小屋でも……。

——ほんまに、どうしてはるんやろ。

大和町に移った当初は、あくまで大和町は仕事場、物産会を開くのも執筆をするのも清住町のはずでした。ところが予想以上に源内櫛が売れ、仕事が立て込んできたので、その暇がなくなってしまいました。先生はほとんど大和町へ行きっぱなしです。

——櫛をくれるんやったら、自分で届けて来たらええんや。

文句を言ったところでどうしようもないのはわかっているけれど、つい櫛に当たってみたくなります。人指し指でつんとはじくと、伽羅の木が乾いた音を立てました。

「挿してみたらどうじゃね」

与四郎さんが言いました。

「もったいのうて……」

「おまえさんなら似合うで」

「いやじゃ。こんな華やかなもん、うちには派手や」

「大丈夫。若う見えるよって」

「てんごう言わんで。もう三十過ぎとるんや」

うちは紙箱に櫛をしまいました。与四郎さんが帰ったら挿してみようと思いながら。鏡台へ這《は》い寄って、首をひねり、ちょっと気取ってみるのです。それからひとつ吐息をもらして、ひったくるように櫛をはずし、紙箱に納める。きっと何度となく同じことをくり返すにちがいありません。うちの他にはだれもいない、だだっ広い家。肌寒い夜風が雨戸の隙間《すきま》から忍び込み、行灯《あんどん》の火影《ほかげ》をゆらしているそのなかで……。枕《まくら》の下に櫛を入れて寝たら、先生が夢で逢《あ》いに来てくれるでしょうか。


三月のとある夜のことです。

雨戸を叩《たた》く音に、うちは跳ね起きました。飛んで行って戸を閉めたまま耳を澄ませると、先生のうめき声が聞こえました。うちの名を呼んでいるようです。

「いま開けます。なにかあったんですか」

こんなときに限って滑りの悪い戸を体当たりで押し開け、うちは裸足《はだし》で庭に飛び下りました。

戸を叩いているうちにがまんが出来なくなったのでしょう、先生は夾竹桃《きょうちくとう》の根元にうずくまって嘔吐《おうと》していました。駆け寄って背中をさすります。お酒と吐瀉物《としゃぶつ》の臭《にお》いがあたり一面にただようなかで、先生は苦しそうに細い肩をふるわせていました。落ちつくのを待って抱きかかえるように——といっても、先生は見た目より体格がいいので支えきれず、何度もよろけながら家のなかへ押し上げ、ぬれ手拭《てぬぐ》いで体を拭《ふ》き清めて、うちの布団《ふとん》に寝かしました。

先生はまだうめいています。

「気持ちわるそうやね。お医者さま、呼んできましょか」

飛び出して行こうとすると、先生ははげしく首を振りました。

「そうではない。亡《の》うなったんじゃ」

「え？」

「田村先生が、亡うなったんじゃ」

田村さまは先生より十歳年長と聞いています。五十九になるはずです。十余年前に幕府に取り立てられてからはお上の御用に追われ、ここ数年は先生のほうもあわただしい日々がつづいていたので、ゆっくり膝《ひざ》を突き合わせて話をすることはなくなっていたようです。けれど、なんといっても田村さまは先生の恩師。江戸へ出て来たときから先生の憧《あこが》れのお方でした。

「頼る者が亡うなった。みんないなくなってしまう。どうしたらええんじゃ」

先生は高松藩のお殿さまや大坂の戸田斎《いっき》さまの死と、田村さまの死とを重ね合わせていたのではないでしょうか。もしかしたら次郎兵衛さんのことも……。

自分から飛び出してしまったとはいえ、先生はお殿さまを父のように慕っていました。喧嘩《けんか》をして一時は疎遠《そえん》になったとはいえ、戸田さまを心底では頼りにしていました。

現在の庇護者《ひごしゃ》といえば千賀さまですが、千賀さまはちょっとちがいます。千賀さまには儲《もう》けにならないことには手を出さない打算と、日の出の勢いの田沼意次《おきつぐ》さまに取り入るだけのしたたかさがあります。頑固な求道心や天賦の才、これと決めたことに突き進む純朴さは、千賀さまにはありません。

打算ぬきの純朴さというなら、次郎兵衛さんはその最たる者です。

先生も生来はそうした純朴さを持っていたのに、いつの頃かどこかへ置き忘れ、世俗の垢《あか》にまみれてしまいました。そうして気がついたら師と仰ぐ人々は死んでいて、俗人ばかりがまわりを取り巻いているのです。もっと教えを請《こ》うておけばよかった――先生の苦悶《くもん》は、その悔いのせいでしょう。

「先生。うちがいます。うちがひと晩中抱いてますけん、ひと眠りしてつかあされ」

うちは、先生にはじめて抱かれた夜のことを思い出していました。あれは白壁町の裏店《うらだな》。あのときも先生は苦手なお酒を飲んで酔っぱらっていました。

うちは先生の隣に横たわり、手足をからめました。道に迷っていた我が子が懐《ふところ》に飛び込んで来たとき、母親はこんなふうに豊かな気持ちになるのでしょうか。哀しいことがあったときしか思い出してもらえないのは寂しいけれど……。

先生が眠ってもうちは眠れず、寝顔を見ながら寝息に耳をかたむけていました。

明け方、うとうとしていると、先生はいきなりうちを抱き寄せました。まだ酔っているようなふりをして体を探ってきたのは、照れくさかったからでしょう。

一旦《いったん》、火がつくともう止まりませんでした。髷《まげ》がくずれると髪をつかみ、寝衣がはだけると乳房をつかみ、この世の終わりででもあるかのように責めたてます。うちは恥じらいを忘れ、喘《あえ》ぎ、悶《もだ》えて、大きな声を上げました。

疲れきって眠り、目を覚ましたときはもう、先生の姿はありません。

うちと先生の、これが最後の契《ちぎ》りでした。

十九日目

源内は涙にかすむ目で天井を眺めていた。

かかる時何と千里の小間物屋　伯楽《はくらく》もなし小遣いもなし

声を出す気力がないので、頭のなかで文字を並べてみる。

自分には千里を駆ける駒《こま》の才があったのに、使い手の伯楽もいなければ銭もない。

なんと今は小間物屋になってしまった、とまあそんな意味である。

安永六年五月に刊行された『放屁《ほうひ》論《ろん》後編』のなかの狂歌だ。一昨年のことだから、まだ記憶に新しい。飛び飛びではあるが、ここぞという文は空で言える。


いつのころにかありけん、江戸神田の辺に貧家《ひんか》銭内《ぜにない》といえる見る陰もなき痩《や》せ浪人あり……貧乏神を氏神とあおぎ、七福神と喧嘩《けんか》して、故郷を去って江戸の住まい、されば諸芸弐百石、無芸高なしとやらいえども、この男なにひとつ覚えたる芸もなく、また無芸にもあらざれば……世にある人は銭をほしがり、銭なき者は意地をはり、渇《かっ》しても盗泉の水を飲まず。道理で南瓜《かぼちゃ》が唐茄《とうなす》にて、いらざる工夫に金銀を、費やすゆえに銭内なり。

貧家銭内は言うまでもなく源内自身である。

源内櫛《げんないぐし》で当たりをとった源内は、その年の十一月に大和町の工房で、以前長崎遊学の際に持ち帰った廃品同様のエレキテルの復元に成功した。

むだ骨だらけのその中に、エレキテルセエリテイトといえる、人の体より火を出し、病を治する器を作り出せり。

凡天地の間に、火ほど尊き物なく、その火の道理を目前に諭すゆえ、エレキテルほど尊き器なし。

エレキテルは両手で抱えられるほどの箱で、背面には回転する把手《とって》が、上面からは銅線が突き出している。箱のなかにはガラスの円筒が入っていて、把手を回転させると円筒も回転して金箔《きんぱく》を張った枕《まくら》と摩擦を起こす。そこで生じた気が、鉄屑《てつくず》を満たし、底に松脂《まつやに》を塗って絶縁したガラス瓶に蓄えられ、銅線を伝い上って先端で火花を散らすのである。

なぜ火が発するのか、正直なところ源内にもわからなかった。が、そんなことはどうでもいい。把手をまわして火花が散るだけで大発見である。

なんとか世に広く喧伝できぬものか。

熱病に罹《かか》ったかのごとく、源内はエレキテルにのめり込んだ。あれこれ考え、まずは本を著すことにした。あえて『放屁論後編』としたのは、放屁男と比較しながら、わかりやすくエレキテルを喧伝するためだった。

実はこの頃、源内はまたもや追い詰められていた。

源内櫛が売れに売れ、炭焼き事業も順調で、前年はわずかながら希望を抱いた。が、事はそううまくは運ばなかったのである。

流行《はや》りはつづかない。つづかないから流行りというのだ。櫛も金唐革《きんからかわ》の細工物もある数までは飛ぶように売れたが、それからは横ばいになり、一年も経《た》つ内には下降線をたどりはじめた。おまけに売れた売れたと持て囃《はや》され、いい気になって散財したので、溜《た》まったのは腹の贅肉《ぜいにく》ばかりというていたらく。

炭焼きについては、前年末に要助と炭焼きの男たちとの間でいざこざがあり、与四郎が駆けつけて事なきを得るという事件があったものの、年内中はそこそこの利益をもたらした。商いが当たった分を買い付けや賃金の支払いにまわせたからである。

だが商いが下火になるや、早速、問題が生じた。人足も樵《きこり》も前金で払えと言う。といってない袖《そで》は振れないから、やむなく問屋仕切に切り換えた。つまり前金を問屋に請け負ってもらう代わりに、利益の大半を渡すというものである。お陰で源内の手元に入る利潤は四分の一に目減りし、すっかり意気消沈してしまった。

なにをやってもうまくゆかない。しくじりに次ぐしくじりに苛立《いらだ》ち、悶々《もんもん》とする。

これまでの恨みつらみが、ここへきて一気に吹き出した。

今どきの浪人は紙子羽織に破編笠《やれあみがさ》、ご子孫もご繁盛《はんじょう》なおいつまでか生き延びるほど恥の上塗り、ただし浪人のみにあらず、春先のアンコウとめでたき御代《みよ》の侍はだんだんに直《ね》が下がり……。

源内は浪人や侍の実態を嘆き、

良薬は口に苦く、出る杭《くい》は打たるる習い、されどもご無理ごもっとも、君君たらず臣臣たらず、八幡大名・太郎冠者《たろうかじゃ》、ハリヌキの虎《とら》見るように、己《うぬ》が性根は微塵《みじん》もなく、風次第で首を振って、一生を過ごさんは、せっかく親の産みつけた睾丸《きんたま》を無にする道理……。

お上や役人を痛烈にこき下ろし、

真実で叱《しか》らるるより、座なりに誉《ほ》めらるるが快きは人情なれば、虚言《うそ》と追従軽薄《ついしょう》を言わねば、人、当世を知らぬと言う。

世の人々を非難した。

それは、自分のしくじりを嘲笑《あざわら》い、持ち上げたかと思うや貶《おとし》め、真の評価をしてくれない世人への鬱憤《うっぷん》晴らしでもあった。

されども人と生まれし冥加《みょうが》のため、国恩を報ぜん事を思うて心を尽くせば、世人称して山師と言う。予、戯《たわむ》れていわく、智恵《ちえ》ある者、智恵なき者をそしるには馬鹿《ばか》と言い、たわけと呼び、あほうと言い、べらぼうと言えども、智恵なき者、智恵ある者をそしるには、その詞《ことば》もちいることあたわず。ただ山師山師とそしるよりほかなし。

我はただ及ばずながら日本の益をなさん事を思うのみ。

狡兎《こうと》死して良狗《りようく》烹《に》られ、高鳥《こうちよう》尽きて良弓《りようきゆう》蔵《かく》る。細工貧乏人宝、ああ薄いかな。

自分は智恵があるから、世人は馬鹿とも阿呆《あほう》とも言えずに山師とそしる。

『放屁論後編』は、源内の心の叫びだった。

源内は物産学を究めるつもりでいた。田村先生のように多くの門下生から敬慕され、杉田玄白のように偉大な書を成して後世に名を留めるはずだった。

それがどうだろう。

世人は揶揄《やゆ》を込めて「本草《ほんぞう》細工人」と呼ぶ。でなければ「山師」と。まるではったりだけで生きているはりぼて男、銭儲《ぜにもう》けしか頭にない銭の亡者《もうじや》、胡散臭《うさんくさ》い人間だとでも言いたげに……。

天井を睨《にら》み、どこで道を誤ってしまったのか、と考えた。ただひたすら走って来ただけだ。認められたい。崇《あが》められたい。いや、振り向いてくれるだけでもいい。見てくれ、見てくれ、見てくれ……と、胸の内で叫びながら。

体の節々が痛かった。鼻の奥がしびれ、目がかすんでいる。

熱のせいか。涙のせいか。それさえもはやわからない。

瘧《おこり》のように体をふるわせている内に、源内ははるか昔の幻のなかへ落ちていった。


父・茂左衛門はイナゴのように這《は》いつくばっていた。

数人の藩士が茂左衛門を取り囲んで、言いたい放題、責めたてている。

蔵のなかの荷が盗まれたというなら蔵番の責任だが、運び込まれたばかりの荷数が合わないとか、不良品が混じっていたというのは、商人や船頭、でなければ交渉を怠った藩士の責任である。

だが足軽並の蔵番には、いついかなる場合でも謝る役がまわってきた。茂左衛門はとりわけ気が小さいので、高松からやって来た役人にへこへこ頭を下げ、自分の責任でないことまで地面に這いつくばって詫《わ》びを入れる。そのたびに源内は、辱《はずか》しさと悔しさに身をよじった。

この日も源内は蔵の扉の陰から覗《のぞ》いていた。

「禄《ろく》をいただいておるんじゃ。おまいが目ぇ光らせておらんでどげんする？」

「ありがたい思うたら、せいぜい励め」

藩士が捨てぜりふを吐いて去ってゆく。

一旦《いったん》身を隠して藩士一行を見送り、茂左衛門が出て来るのを待った。

「どないしたんじゃ」

重い足取りで出て来た茂左衛門に声をかけた。

「献上品の海鼠《なまこ》が腐ってもうたんじゃ」

「そげーなこと、お父《とう》のせいやないわい」

荷の出し入れは藩士の指示に従っている。海鼠が腐ったのは、藩士の手際《てぎわ》が悪いのと、今夏の異常な暑さのせいである。

「あやつら、似たりよったりの禄しかもろうてないけん、畑のあるわいらが妬《ねた》ましいんじゃろ。謝りゃあ済むんじゃ。どうもないわい」

高松藩の藩士は厳格な身分制度にしばられている上に、下級藩士はおしなべて暮しに困窮していた。最下位の身分で、しかも禄は少なくても、在郷の蔵番の方が暮しそのものは裕福である。

源内はだが、物心ついたときから、父親の卑屈な振る舞いが嫌で嫌でたまらなかった。

「おらん家《く》かて元は武将の家やないか」

「大昔のことじゃ」

「だったら昔に戻る手だてを講じたらどうや」

「よけいなこと考える暇があったら、おまいも畑でも耕しとれ。この頭でっかちが」

茂左衛門は取り合わなかった。

女房にせっつかれて、源内を古高松の藩儒・菊池黄山のもとへ通わせている。何軒か小作もいるし、そこそこに内証は豊かだから、跡取り息子が俳句や本草にうつつをぬかしていても見て見ぬふりをしていた。だが、茂左衛門は源内の向学心にはいっさい関心を示さなかった。

——兄《あん》にゃんが亡《の》うなって、もうどうでもようなったんじゃ。

息子二人がたてつづけに病死してから、茂左衛門は無口になり、陰気になった。酒量も増した。源内は幼い頃から、疎《うと》まれてこそいないものの、自分が父親の目には取るに足らない者に映っているのではないかと感じていた。父の関心を惹《ひ》こうとして剽軽《ひょんげ》たことをして見せ、なにをやってもだめだと悟ってからは、友や師、村人を驚かせることで心の空白を埋めようとした。

「お父なんか嫌いじゃ」

茂左衛門のちぢこまった背中に、声にならない罵声《ばせい》を投げつける。

へこへこするのは嫌じゃ。誰にも見てももらえんのはもっと嫌じゃ。

「見よれ！　おら、偉うなって見せるわい」

ぱたぱたと駆け出しながら、源内はひとり意気込んでいた。

二十日目

その朝、源内は異様な気配を感じた。

どこがどうというのではない。師走《しわす》半ばの冷気が肌を刺して毛穴を逆立てるのも、汚物や体臭、黴《かび》や埃《ほこり》の臭《にお》いが見えない幕となって獄舎を覆《おお》っているのも変わりない。痩《や》せ衰え、あるいは青白くむくんで幽鬼さながらの囚人たちが、立ったり座ったり、一連の朝の仕事に取りかかろうとしている光景も相変わらずだった。

ではなにが、と首をまわしたところで凍りついた。

「芳玄！　まさか！」

ひそやかなざわめきのなかで、芳玄の周囲だけがしんと静まり返っている。

芳玄は白い小袖《こそで》に白い手甲脚絆《てっこうきゃはん》をつけ、その手を膝《ひざ》に束《つか》ねてじっと目を閉じていた。頭もいつもの無造作な束髪ではなく、きれいになでつけて頭頂で結んでいる。

囚人はすべて未決囚である。白洲《しらす》へ呼ばれ、吟味となれば、その場で即刻仕置きが下されるのがふつうで、刑罰は間を置かず実行される。

死刑や遠島になる者の名は、前夜、奉行所から通達があり、早朝一番に薬を届けに来る役の牢番《ろうばん》が小さな紙に書いて牢名主に手渡す。牢名主から知らされた囚人は、身支度をととのえてお呼びを待つ。

それでは、芳玄に、いよいよお呼びがあったのだろうか。

芳玄は患家の女房に溺《おぼ》れ、亭主を惨殺《ざんさつ》したという。付き合いは浅いが、源内には芳玄が人を殺したとはどうしても信じられなかった。だが本人がそれを認め、お上も信じたとあれば、死罪はまぬがれまい。

入牢した当初、芳玄は死にかけた源内の手当てをしてくれた。絶望の淵《ふち》から引き上げて「書く」という喜びを教えてくれた。お陰で物狂いになる寸前まで追い詰められていた源内が正気を取り戻し、死の恐怖からも逃れることが出来たのである。

付き合いの長さなど関係ない。芳玄はいまや唯一《ゆいいつ》の友、いや、師と言ってもいい。

源内は跳ね起きた。脇腹《わきばら》の激痛も、高熱からくる頭痛も、めまいや吐き気も、そんなものは素っ飛んでいた。

「芳玄。行くな。行かんでくれ」

揚屋《あがりや》であることさえ忘れ、芳玄に這《は》い寄る。

芳玄は柔和な笑みを浮かべた。

「どのみちいつかは来ることじゃ。騒ぐことはございませんよ」

「おれから千賀さまに嘆願しよう。久山さまに頼んで……」

「もはや遅うございます。骸《むくろ》を見つけたときから、こうなることは覚悟の上。老妻には済まぬことをいたしましたが、これも宿世《すくせ》とあきらめてもらうよりしかたありません」

何度も文を書きながら出さずじまい、反故紙《ほごがみ》で尻《しり》をぬぐったと聞いたら女房め、泣き笑いをするじゃろうと、芳玄はからから笑う。

笑うどころではなかった。源内は芳玄が不用意にもらしたひと言を聞き逃がさなかった。

「今、骸を見つけたと言われたが、どういうことだ？」

「おや。さようなことを申しましたか」

「女の亭主を殺《あや》めたのはお手前ではないな。その女だ。おぬしはその女の罪をかぶって……」

「さようなことはどちらでもようございます。倫《みち》に迷うたが一生の不覚。『女色はその甘きこと蜜《みつ》のごとし』とは『根南志具佐《ねなしぐさ》』でしたか。『君を助けてそれ故《ゆえ》に、死ぬる我が身は本望ながら、死ぬればたちまち生《しょう》をかえ、あさましき姿とならば、さぞや愛想も尽き給《たま》わん……』」

『根南志具佐』では、閻魔《えんま》に懸想《けそう》された菊之丞《きくのじょう》の身代わりに、女形八重桐《やえぎり》が大川に飛び込んで地獄へ落ちる。

源内の頭のなかに、突如、鮮やかに、ひとつの物語が浮かび上がった。口うるさい古女房に追い立てられ、黙々と患家をまわる初老の町医者。気晴らしといえば書物を読みふけるだけの、とりたてて波風の立たない平穏な日々を送っていた芳玄が、患家の年若い女房によろめいた。芳玄のほうから手を出したのではあるまい。色好みの女が、はじめは面白半分に老人をからかった。わざと横すわりになって裾《すそ》を乱して見せたり、手がすべったふりをして膝に手を置いたり……。

──看病疲れが出たのでしょうか。近頃、息切れがするのですよ。

胸が苦しいから診てくれと迫り、あげくはしなだれかかって甘い吐息をもらす。

芳玄は魔が差したのだろう。一度、過《あやま》ちを犯してしまうと、女は大胆になった。嘘《うそ》か真《まこと》か、哀《かな》しい身の上でも語って同情をひいたのかもしれない。芳玄はねだられるままに金品を与えていたのではないか。やがて亭主にばれた。芳玄は脅され、女はしたたかに制裁を受ける。女は亭主に殺意を抱いた。どうすれば下手人にならずに亭主の息の根を止められるかと考え、人の好《よ》い老人に罪をなすりつけることにした。

芳玄はなぜ、従容《しょうよう》と他人の罪を引き受けることにしたのだろう？　巧妙に現場に誘い出され、どのみち言い逃れをしたところで助かるまいと観念したのか。それとも女に泣きつかれ、またもや情にほだされてしまったのか。

そうではないような気がした。芳玄は古女房を裏切った。倫ならぬ恋に溺れた愚かな自分を罰しようとしたのではないか。もしかしたら、凡庸な人生の終わりに閃光《せんこう》にも似た恋を得たことを、心の奥底ではよしとしていたのかもしれない。この先、生き延びたとて、これ以上の華やぎがあろうか。自分を罰する代わりに過ちを肯定する。

芳玄の明るさは、後悔をしないという、断固とした姿勢にあったのではないか。

「おぬしの気持ちはわからぬでもない。が、なにも他人の罪までかぶることはない。今一度、お上に訴え出て……」

源内も囚人だ。どうすることも出来ないのはわかっていたが、このまま芳玄を死地へ送り出すのはなんとしても耐えがたかった。なおも言いつのろうとしたときである。

外鞘《そとざや》に足音がした。鍵役《かぎやく》の久山矢助が数人の役人を引き連れて姿をあらわした。

久山は名主の名を呼んで決まりの一文を暗唱した。

「お仕置き者がある。勘定奉行の桑原能登守《のとのかみ》さまおかかりで浅草花川戸町五郎兵衛店

の医者、三輪《みわ》芳玄。歳《よわい》六十二。七月十日入牢」

名主はあらかじめ牢番から渡されていたキメ板を見ながら久山の言葉を復唱、

「他に同所同名はございません」

と答えて、キメ板を壁に打ちつけた。

牢内はしわぶきひとつ聞こえない。遠慮してあからさまには見ないものの、だれもがちらちらと芳玄の様子をうかがっている。

芳玄はおもむろに腰を上げた。

「風来先生。先生のお陰で冥土《めいど》の土産が出来ました。よろしゅうございますな、必ず書き上げてくだされよ」

「芳玄……」

「そうそう」とふところから平べったい蓋《ふた》つきの器を取り出して、芳玄は源内の手ににぎらせた。

「順徳先生からお預かりした傷薬にございます。もはやつけてさしあげることは出来ませんが、忘れずにおつけくだされ」

呆然《ぼうぜん》としている源内に丁重な辞儀をすると、名主のもとへ挨拶《あいさつ》にゆく。名主は紙で出来た数珠《じゅず》を与え、金を紙に包んで芳玄の口に差し入れた。

「行ってこい」

芳玄は頭を下げ、留口で今一度辞儀をして格子《こうし》の外へ出た。

「揚屋、他にお沙汰《さた》はない」

久山が厳かな声で言い、名主と数人の囚人が声を合わせて「ええい」と答える。

縄をかけられ、引き立てられてゆく芳玄の姿を、源内は呆然と見送った。

行ってしまった、犯してもいない罪で打ち首になるために……。

役人どもはいったいなにを調べたのだ？　一方で無慈悲に牢へ押し込められる者がいて、他方では平然と逃げ延びる者がいる。こんな理不尽があってよいものか。

畳に両手をつき、肩をふるわせた。

理不尽は世の常である。惚《ほ》れた女の罪をかぶって首を落とされる者があれば、身をすりへらしてがんばっても貧苦から逃れられぬ者もいる。なにをやってもしくじって、生き恥をさらしている者も……。

重石《おもし》を呑《の》んだような体をひきずって、源内はねぐらへ戻った。

横になろうとしたが思いなおし、厠《かわや》へ行って芳玄から手渡された傷薬を器ごと捨てる。ついでに放尿すると、血尿が出た。芳玄の首から飛び散る血飛沫《ちしぶき》が目に浮かぶ。思わず口を押さえると、その拍子にあわや糞尿《ふんにょう》の穴へ転げ落ちそうになった。

よろめきながらねぐらへ戻り、両手で耳をふさいだ。ふさいでもふさいでも断末魔の叫びが聞こえてくる。それは芳玄の声のようでもあり、自分が手にかけた久五郎の声のようでもあり、自分自身の叫びのようでもあった。

源内はその日、文字通り七転八倒して過ごした。高熱や脇腹の痛みにうめいたところで案じてくれる者はいない。はじめから特別扱いの源内に干渉する者は芳玄以外にはなく、だれもそばへ寄っては来なかった。

水を飲んだだけで物相飯《もっそうめし》には手をつけずにいると、

「食わねえと死んじまうぞ」

どこからか声が聞こえた。力なく首を振ると、

「まあ、好きにしな」

と、聞き慣れぬ声はあっさり引き下がった。生きて牢から出られぬのなら、このまま死んだところでおなじことだと、だれもが思っているのだろう。

仕置きは何刻頃か。芳玄はもうあの世へ旅立ったのか。それればかりが気にかかる。

「おれもすぐにゆく。彼岸で待っていてくれ」

南無阿弥陀仏《なむあみだぶつ》を唱えているうちにうつらうつら眠ったらしい。はっと目を覚ましたのは、脇腹に燃えるような痛みが走ったためだ。衣をまくり上げると、傷を覆った布

がはがれ、膿《う》みただれた傷口が剝《む》き出しになっていた。

もうどうでもよかった。いっそ汚物でもこすりつけ、激痛に我を忘れてしまいたい――。

涙と汗と鼻水と涎《よだれ》と、言いようのない喪失感にまみれて、源内はのたうった。

二十一日目

翌朝、痛みは和らいでいた。というより体のほうが痛みになじんで、感じなくなったのかもしれない。その分、熱が上がったのか体がだるく、陸揚げされたばかりの鯨になった気分だった。

それでも牢役人《ろうやくにん》や徒目付《かちめつけ》の見まわり時になると身を起こし、何事もなかったような顔で見送る。このまま放っておいてほしいと、それだけを願っていたからだ。飯を食べる気にもなれないし、むろん筆を持つ気力もない。ましてや人と話すのは億劫《おっくう》だった。

源内は頭を起こし、影の薄い男たちがもぞもぞとうごめく牢内を見るともなく見まわした。芳玄がいなくなっても囚人たちに動揺した様子は見られなかった。芳玄のねぐらは早くも新参者の囚人二人に占領されている。

おそらく娑婆《しゃば》でも、知人、同輩、弟子、縁者……だれもが我が身のことにあくせくして、源内の悲運など忘れているにちがいない。ときおり思い出しては「馬鹿《ばか》なやつめ」と首を振り、「気の毒にのう」などとつぶやいて、

「なんとかならぬものですかねえ」

「ご無事でおられるとよいが……」

おざなりに目配せを交わし合う。人の世とはそんなものである。

それがわかっていたなら、なぜ、あんなにも奔走したのか。国益のため？　ふん、馬鹿馬鹿しい。だれ一人国益など求めてはいなかったのに。名声のため？　へっ、ちゃんちゃらおかしいや。名声ほどあっけなく消えてしまうものが他にあろうか。されば銭のため？　たしかに銭は曲者《くせもの》である。いつのまにか我がもの顔にのさばって、もっとくれとほざいている。

源内は故郷の従兄弟《いとこ》、権太夫《ごんだゆう》を思った。

権太夫は無欲な男だ。源内が御薬坊主《おやくぼうず》になりたい、江戸へ行きたい、銭がほしいと言うたびに、不思議そうに細い目を瞬《しばた》いた。

「おらぁここがいいっちゃ。志度の海がいっち好きじゃけんのう」

権太夫を里与の婿《むこ》にしたのは、これまでに自分が成した最大の功績だろう。

二十年近く前の光景がまぶたに浮かぶ。野乃と与四郎を引き連れて志度の家をあと

にしたときだ。里与は赤子を抱き、幼子の手を引いて門口で手を振っていた。ふっくらと丸みを帯びたその顔は幸せそうだった。

野乃も、里与のように、妻になり母になって平穏な暮らしが出来たかもしれない。もし自分とめぐりあわなければ。自分がつまらぬ見栄《みえ》に固執したり、益体《やくたい》もない野心に取りつかれさえしなければ……。

野乃を思うと胸が痛んだ。

そうだ。『妬痴面坊野暮天伝《とちめんぼうやぼてんでん》』はどうしよう？

芳玄は終わりまで書けと言い残したが、これ以上は書けそうになかった。体力がない。気力も萎《な》えている。垂れてくるまぶたを押し上げる力さえもはやない。

「つづきはそっちへ行ってからだ」

安眠とはほど遠い苦悶《くもん》の眠りに、源内はいつしか引き込まれた。

二十二日目

目の前を人の群れが行き交っている。見知った顔もあり、なじみのない顔もあったが、だれもが通りすがりに足を止めるや、一様に目をみはる。感嘆し手を叩《たた》いて、またどこかへ散ってゆく。

人々の無邪気な表情に、源内は驚いていた。不愉快な顔だったり泣き顔だったり、冷徹な顔だったり、近づいて来るときはひとつひとつちがう顔が、足をとめた一瞬だけは子供のような顔になる。

源内は広小路の真ん中にあぐらをかいていた。太陽は燦々《さんさん》と降りそそいでいるが、なぜか源内のまわりだけは薄暗い。

膝《ひざ》の上には四角い箱が置かれていた。人が近寄ると箱の背後についている把手《とって》をまわす。すると箱の上に突き出た銅線から青い火花が散る。覗《のぞ》き込んだ老若男女の顔も青く輝き、えもいえぬ至福の笑みが浮かぶ。

「エレキテル、エレキテル、ドドネウス、エレキテル……エレキテル、エレキテル、ヨンストン、エレキテル……」

把手をまわしながら、源内は触れ売りのように節をつけて歌っていた。ときおり手を止め、恭《うやうや》しく礼をして見せるのは、田沼意次《おきつぐ》の側室である千賀《せんが》の養女や大名家の奥方、幕府の重鎮が覗き込んだときである。何度も何度もあきずに覗き込む者もある。一緒に歌い出す者もいる。死んだはずの松平頼恭《よりたか》や田村元雄《げんゆう》、戸田斎《いっき》や次郎兵衛、芳玄の顔もあった。

「エレキテル、エレキテル、エレキテル……」

声は次第に大きくなり、気がつくとおびただしい数の人々がまわりで踊っていた。

源内は大得意である。肩をゆすり、膝で拍子をとって、把手をくるくるまわすたびに、ぱちぱちと火花がはじける。

ひときわ大きな声で歌おうとしたときだった。

「やめて！　やめてやめてやめて！」

野乃が叫んだ。

源内は手を止めた。あたりを見まわすと群衆は消え、野乃が路上にひとりぽつんと立っていた。

「なんじゃ。邪魔しに来たんか」

「やめてつかあされ。こげなまやかし」

「まやかしじゃと？　なに言うちょる。こいつはの、病を治すんじゃ」

「こげな箱で、なんで病が治るんじゃ」

「人の体に火があるからじゃ。悪い火が外に出る。そんで病が治るんじゃ」

「ほんじゃったら訊《き》くけんど、なんで火が出ると病が治るんじゃ」

源内は答えに窮した。

「人の体には陰と陽があって、そいつがぶつかってこう……。ええい。そげなことわかるかい」

「ほんだらもうひとつ訊くけんど、なんで把手まわすと火が出るんじゃ」

「わからんわからん」

「わからんのにぎょうさん銭取るのはまやかしじゃ」

源内はかっとなった。わけなんぞわからなくたっていいのだ。みんな、あんなに幸福そうな顔をしているではないか。だれだって見たいのだ、聞きたいのだ、触りたいのだ、新しいものを、未知のものを、珍奇なものを……。

「銭取ってなにが悪い」

「先生はいんちきや。業突張《ごうつくば》りや」

「うるさいっ。黙れっ」

源内は箱を投げつけた。野乃は身を避けようとした。箱は空中で壊れ、割れたガラスや鉄屑《てつくず》が野乃の頭上に降りそいだ。木偶《でく》のようにばらばらになった野乃の体の、脇腹《わきばら》からひと筋、鮮血がこぼれている。

「野乃!」

自分の叫び声で、源内は目を覚ました。

囚人たちが薄気味わるそうな顔でこちらを眺めている。もしかしたら、眠りながら歌ったり笑ったりしていたのかもしれない。

いったい今は何刻《なんどき》だろう? 源内は牢内《ろうない》を見まわした。

夜でないことはたしかだ。そういえば、朝方、牢役人がまわって来たときはかろうじて身を起こしたような気がする。とすると昼過ぎか。

書き物の出来る時間は限られていた。明かり取りの窓は小さく、差し込む光はたよりない。

なにかが胸を激しく叩いていた。早う早うと追い立てるかのごとく……。

源内は憑《つ》かれたように紙束と硯《すずり》を引き寄せた。

つづきを書く気は失《う》せていた。が、夢のなかで野乃と言い争いをしたことで、気が変わった。ここまで書いて放り出すのはやはり心残りである。果してあの世に紙や硯があるものか、それさえわからないのだ。

脇腹の傷はじくじく膿《う》みただれている。寒けと火照《ほて》りが交互に襲い、体を起こすのもやっとだった。いつから食べていないのか忘れたくらいだから、指を動かす力が果して残っているかどうか……。

だが血反吐《ちへど》を吐こうとも、この身が幽鬼と化そうとも、最後の一行まで書かねばならない。そうしなければ死んでも死にきれなかった。

ふるえる指で墨をすり、水差しの水を一滴たらす。

「野乃、野乃……」

口のなかで名を呼びながら、まっさらな紙に黒い墨を置くと、不思議なことに心が安らかになった。

先生はさっと顔色を変えました。

「今、なんと言うた？　もう一度言うてみい」

近頃の先生はむくんだような顔をして、二六時中こめかみがひくひく動いています。うちは思わず後ずさりしました。それでも、一旦《いったん》口に出したことです。ごまかすつもりはありません。

「広小路の放屁男《へっぴりおとこ》みたいや……と言いました」

先生の顔が見る見る真っ赤になりました。煙管《きせる》を持った手を上げたのは投げつけようとしたのでしょうか。うちはとっさに身を避けましたが、煙管は宙を飛ぶ代わりに腹立ちまぎれに柱にぶつけられ、悲鳴のような音を立てました。

最近の先生は機嫌がころころ変わります。笑っていたかと思うと、突然、怒鳴り声をあげることも珍しくありません。

昨年から今年の夏頃までは炭焼きもまだなんとかつづいていて、源内櫛《げんないぐし》や金唐革《きんからかわ》もそこそこ売れていましたし、出羽新庄藩《でわしんじょう》から銀の採出技術を教えてくれとの依頼もあったり、それにあのエレキテルの評判もあって、先生は上機嫌でした。新居の普請《ふしん》をしようと計画まで立てたくらいです。あまりに先生がはしゃぐので、うちはなんだか気味が悪くて、かえって心配だったほどです。

うまくいっているときというのは、自《おの》ずと人が寄ってくるものです。野良犬《のらいぬ》や野良猫のように餌《えさ》の匂《にお》いを嗅《か》ぎつけるのでしょう。気取り屋の先生はおだてられるままにずいぶん散財もしたようです。

けれどちやほやされ、話題の中心になっていないと気が済まない。それこそが不安のあらわれだったのかもしれません。さすがの先生もめまぐるしい暮らしに疲れきっていたのだと思います。こんなことをしている自分に嫌気がさし、まわりのなにもかもに腹を立てながら、人がいっぱいいる大和町の家では〝源内先生〟の名がじゃまをして不機嫌な顔ひとつ見せられない。それで清住町へ鬱憤《うっぷん》晴らしに来るのです。叱《しか》られるのはかまいません。うちだから甘えて八つ当たりをするのだと思えば、うれしいくらいのものです。けれどあの、エレキテルとかいう紛《まが》い物だけは――。

昨年末にエレキテルが完成してから、先生はすっかりこの珍妙な箱に取りつかれてしまいました。

「見てみー。火の出る箱じゃ」

はじめて見せられたときは、うちも手を叩いて歓声を上げました。

先生は『放屁論《ほうひろん》後編』を書いて世にエレキテルを喧伝《けんでん》し、そのうちに店頭に据えて銭をとって見せるようになりました。はじめはそれだけで済んでいたのに、評判が高くなるとだんだん話が大きくなります。

「火が病を治すんじゃ」

先生は見物人に把手をまわさせたり、箱の先につけた紐《ひも》を握らせたりして、さもももらしく口上を述べ、目が飛び出るほどの銭を取るようになりました。噂《うわさ》が噂を呼び、お侍さまや大商人が我も我もとやって来ます。先生が大名やお旗本の屋敷へ呼ばれてゆくこともありました。

――いつから先生はからくり遣いになってしもうたんや。うちははらはらし通しでした。もっともらしく口上を述べたところで、こんなもんはいんちきです。長くつづくはずがありません。

――あの放屁男かていつのまにかどこかへ行ってもうた。先生かてそのうちに見向きもされなくなるに決まってる。

田村門下の方々もさすがにあきれたのでしょう、このところ足が遠のいていると聞きます。大田さまの話では先生が多忙過ぎるからだというのですが、本当のところはこの馬鹿《ばか》さわぎにうんざりしているのではないでしょうか。

「大田さまも言うてました。先生はなにかに取り憑かれているみたいやと……」

思わず口に出して言うと、「またか」と、先生は鼻を鳴らしました。

「ふた言目には南畝《なんぽ》、南畝と言いよって」

「先生かて、小田野さまのことばかり言わはります」

先生は血走った目でうちを睨《にら》みました。投げつけようとした言葉を呑《の》み込み、うちを邪険に押し退《の》けて出て行ってしまいました。

こうした喧嘩《けんか》が頻繁になったのは、安永七年の夏頃からだったと思います。珍しさが過ぎると、エレキテルの人気もガタ落ち、先生は宴席を設け、余興まで見せて売り込みに躍起になっていましたが、流行《はや》りすたりは世の常で、いかんともしようがありません。

同じくこの頃のことです。細工人の弥七さんが悪い仲間にそそのかされ、先生の名を騙《かた》って某屋敷から金子《きんす》を引き出して贋《にせ》のエレキテルを作るという事件がありました。先生は烈火のごとく怒り狂い、お奉行所に訴え出て弥七さんをお縄にしました。大坂の戸田さまの一件にしてもそうですが、もともと先生は、なにかのきっかけでこれまで親しくしていた人が嫌いになると容赦のない仕打ちをすることがありました。思い入れが激しいだけに、見放されたり、裏切られるといったことに耐えられないのでしょう。

泣いて詫《わ》びる弥七さんの言葉に聞く耳は持たず、役人をせっついて牢へ押し込めたのですが、弥七さんはほどなく獄死してしまいました。そのために先生を鬼呼ばわりする者があらわれ、ますます先生は怒り狂いました。

そんななか、小田野さまが郷里へ帰って行きました。小田野さまの行状も決して誉《ほ》められたものではありませんが、その小田野さまでさえ、先生を取り巻く猥雑《わいざつ》さに嫌気がさしたのでしょう。

小田野さまに見限られたことが原因だとは思いたくありません。けれどこの頃から、先生の顔相が変わりはじめました。目つきが鋭く、唇がゆがんで、いつも苛々《いらいら》しています。与四郎さんの話では、大和町の工房でも、怒鳴りつけたり、物を投げつけたりすることが増えたそうです。

やることにも節操がなくなりました。本所回向院《えこういん》で信州善光寺阿弥陀如来《あみだにょらい》のご開帳があったとき、黒牛の背中に六字の名号を描いた見世物が出て評判となりましたが、これも先生が高価な銭を取って入れ知恵をしたそうです。

執筆は即、銭になる糧《かて》ですから、むろん大車輪です。八月に『菩提樹之弁《ぼだいじゅ》』、九月に『飛《とん》だ噂の評』、十月には『金の生木《なるき》』を書き、浄瑠璃《じょうるり》本《ぼん》も『荒御霊新田神徳《あらみたまにったのしんとく》』を森羅万象《しんらまんぞう》さま——田村門下の桂川甫周《かつらがわほしゅう》さまの弟さまで、先生のお弟子の森島中良《なから》さまのことです——や二一天作《にいちてんさく》さまと合作しました。

本のことはうちにはよくわかりませんが、大田さまから聞いたところによると、このとき先生の書いた三作はいずれも狂文と呼ばれる類《たぐい》のもので、浄瑠璃にしても、先生はひとりでは最後まで書き上げることが出来ず、あとのお二人が手を入れてようやく完成したのだとか。この頃の先生は、じっくり机に向かって執筆に専念する根気がなくなっていたようです。

先生はときおり奇妙な振る舞いをするようになりました。上辺の機嫌取りだけで実際にはなんの助力もしてくれない人々、それどころか調子のいいときばかりすり寄ってきて、都合が悪くなるとこそこそ逃げてゆく人々に、心底、腹に据えかねていたのでしょう。弟子にも家僕や手代にも疑い深い目を向けるようになりました。

「どいつもこいつも盗み見ばかりしおって」

書きかけの紙束を抱えて、突然、深夜に清住町へやって来たこともありました。職人の誰彼が、先生の草稿を覗こうとしたと言うのです。

いつだったか、大田さまと二人きりで話をしているとき、ふいにあらわれたこともあります。それからしばらくの間は、大田さまとうちのことまで何か企《たくら》んでいるのではないかと疑いの目を向けていました。

そのくせ清住町にいるときは、あれを食わせろこれを食わせろと我がままの言い放題です。銭がないので、うちは手内職の仕立物でどうにか食べていましたから、

「そんな目の飛び出るようなもんは買えまへん」

はっきり言うしかありませんでした。

すると先生は眉《まゆ》をひそめ、あからさまに不興げな顔をします。

「おまえ、変わったのう」

「変わったのはうちではありまへん」

「昔は主にそんな口はきかなんだ」

「すんまへん。お嫌やったら、うちを追い出してつかあされ」

この頃の先生とうちとの関係は、なんと言ったらいいのでしょう、傍目には主人と下女ですが、実際はそうではありませんでした。主と妾《めかけ》ともちがいます。傷つけ合いながらも別れられない腐れ縁の夫婦、といったところでしょうか。

変わったと言えば、先生はここ二、三年で急速に太りはじめました。名声だけは高いのでどこへ行っても表向きは歓待され、馳走《ちそう》に与《あずか》るからです。それに加えて、苛立ちまぎれに過食をしたり、無理をしてお酒を飲んだり。もっともこれは身のまわりのお世話をするうちだからわかることで、顔も手足も細いので見た目はさほど変わりません。

先生は太りはじめたことをたいそう気にしていました。年をとって醜くなることに耐えられなかったのでしょう。何事も人の目を気にする先生なら無理もありません。

若く潑剌《はつらつ》としたお弟子さんへの屈折した感情も、名ばかりで実をあげずに老いてゆく自分自身への焦《あせ》りだと見れば、わかるような気がします。

そうそう、こんなこともありました。あれは年が明けて安永八年、今年の春です。清住町の家へ森島中良さまが訪ねて来ました。大田さまから先生がこちらにいると聞いたのだと言うのです。たしかに昨夜、先生はここで大田さまと遅くまで話し込んでいましたから、うっかり明晩もいるようなことを言ったのかもしれません。

森島さまは精悍《せいかん》な、物おじせずに思ったことを言うお人で、先生からも可愛《かわい》がられていました。『荒御霊新田神徳』を先生と合作して世に名を知られ、今度は単独で浄瑠璃を書いています。

森島さまが先生に預けてある原稿を急ぎ持ち帰りたいと言うので、うちは先生の仕事部屋へお通しし、ご自分で探してもらいました。

ところが、このことを知った先生は烈火のごとく怒りました。

「森島さまは先生の一のお弟子さんでっしゃろ」

「一でも二でも、部屋へ上げたらいかんのじゃ」

「なんでじゃね」

「書きかけが置いてある。盗み見されたらどうする？」

先生は人を信じられなくなっていたのです。それほどまでに追い詰められていたのでしょうか。

なぜあの頃、もっと先生にやさしくしてあげなかったのか。苦しみをわかってあげなかったのか、今となっては悔やまれます。それが出来たのは、たぶんうち一人だったのに……。

春の終わりにお父《とう》が秩父から帰って来ました。いよいよ炭焼きから手を引くことになったのです。無口なお父は愚痴ひとつこぼしませんでしたが、しわが増え、ひとまわり小さくなった姿を見れば、秩父で辛《つら》い目にあったことは歴然としています。

お父が戻ると、先生は引っ越し先を探しはじめました。二軒では目が行き届かないから神田界隈《かいわい》に広い家を探して引き移る。家の一隅でうちとお父に煙草屋《たばこ》をさせようというのです。

なにがあっても、うちとお父だけは食いっぱぐれがないようにという配慮でしょうか。それとも、もしかしたら――。

先生には予感があったのかもしれません。自分が魔の手につかまれ、禍々《まがまが》しい狂騒の只《ただ》なかへ引きずり込まれてしまうのではないかという……。

予感に脅《おび》えながらも、我知らず渦中《かちゅう》へ飛び込んでしまう。鹿《しか》の群れが狼《おおかみ》に追われると、必ず一頭、自ら群れを離れて食われるものがあるという話を聞いたことがあります。人の性《さが》もそうしたものかもしれません。

先生を生贄《いけにえ》にしようと手ぐすねをひいていたもの——それが、あの凶宅でした。

二十三日目

未明に目を覚ました。横たわったまま、格子《こうし》越しに明かり取りの窓を見上げる。朝の光がこんなにも待ち遠しかったことは、かつて一度もなかった。衰弱死か打首か、死がひたひたと迫りつつあるという予感が焦燥をかきたてているのか。一心に眺めているうちに窓がうっすらと白んできた。といっても冬の陽射《ひざ》しは淡い。分厚い雲にさえぎられて空は鈍色《にびいろ》である。夜が明けても、かろうじて人の顔が見分けられるほどの明るさしかなかった。

「待ってはおれぬ」

源内は身を起こした。昨日無理をしたので体力は一段と消耗していたが、書き終えたいとの一念から数日ぶりに口にした物相飯《もっそうめし》のお陰で、筆を握るだけの気力は残っていた。

「おまえの言うた通りだ」

筆を動かす前に、野乃に話しかけてみた。

すると紙面がゆらいだ。

——ほーれみんしゃい。

野乃の声が聞こえてくる。何年江戸に住んでも、源内の記憶のなかの野乃はやさしい郷《くに》なまりである。

——あんなとこ、だれもよう移らへん。

「自棄《やけ》になっとったんじゃ」つられて源内も郷なまりで言い返した。「ちゅうより、迷信だの噂《うわさ》だの、そげなもん、笑い飛ばしちゃろう思うたんじゃ。いま思うたら、目に見えんなにかにずるずる引っぱられとったような気がする」

——ほーじゃ。先生はおじゃもんに見込まれてもうたんじゃ。河童《かっぱ》の代わりに閻魔《えんま》さまが遣わしたおじゃもんに……。

おじゃもんとはお化けのことである。

河童の代わりと言ったのは、『根南志具佐《ねなしぐさ》』を思い出したのだろう。閻魔大王の意を受け、河童は菊之丞《きくのじよう》を地獄へ連れ去るために人間界へやって来る。

そういえば『根南志具佐』は、源内が自ら野乃に読んで聞かせてやった。読んでは戯《たわむ》れ、貪《むさぼ》るように抱き合った束《つか》の間《ま》の蜜月《みつげつ》がなつかしい。

「あの家を見たとき、ぞくりとした。しゃーけんど、どないしても引っ越さないけんような気ぃがしたんじゃ」

――うちも一歩なかへ入ったとき背筋が寒うなったのを覚えとる。

「おまえはやめろと言うた。おれは聞かなんだ」

人の意見に従ったことなど一度もない。どれほどしくじろうが、弟子に物狂いと思われようが、心の奥ではまだ自分がだれより偉いと思い込んでいたからだ。

思わず吐息をもらすと、

――過ぎたことじゃ。

と、野乃がつぶやいた。

そうだ。過ぎてしまったことだ。今さら悔いてもどうにもならない。だが……と、源内は未練がましく考えた。真《ま》っ直《す》ぐな道を行くことも出来たのに、分かれ道へ出るたびに曲がってしまった。だらだらつづく道よりこっちのほうが近そうだ、しめしめ、楽をしてやれ――という、ただそれだけの理由で。そうして最後に行き着いたのがあの不吉な家だったのである。

「時間がない。引っ越しの日からはじめよう」

源内はとりとめのない思いを振り捨てた。
筆の尻《しり》で黒子《ほくろ》をつつき、野乃に合図をする。

——なんでわざわざ引っ越さんならんのじゃ、それもこんな気味の悪いとこに。

うちは本気で腹を立てていました。

たしかに大きいわりに値段は安いし、場所は便利だし、先生に言わせればいいことずくめです。けど、商いにうまい話がないように、いいことずくめの家なんて、先生のエレキテルとおんなじでいんちきに決まっています。

その家は神田橋本町にありました。

橋本町は大和町からひとつ町をへだてた西南方向にあって、掘割と馬場に囲まれた町です。家は路地の行き止まりの二百坪ほどの敷地に建っていました。だだっ広い平屋で、古びた門をくぐると玄関まで踏み石がつづき、向かって右手には木戸が、左手には、人が住んでいた頃はさぞや見事だったのではないかと思われる荒れ庭があります。

木戸を入ったところに真新しい離れ家があり、こちらの玄関は母屋《おもや》の玄関とはちがう路地に面していました。母屋の玄関に通じる路地は行き止まりで閑散としていますが、こちらは小体《こてい》な家が立ち並んでいて人通りもあります。先生がうちとお父《とう》に煙草《たばこ》屋をやらせようと考えたのは、この離れ家です。

裏手は高い板塀のあるお屋敷で、裏庭はその塀と鬱蒼《うっそう》と繁《しげ》る木立に囲まれているので昼でも薄暗く、おまけに壊れかけた蔵と井戸があってなんだかお化けが出そうです。いいえ、本当に出るという噂がありました。

この家ははじめ某浪人の持ち家だったそうです。そのお人は金貸し業を営んでいたのですが、お咎《とが》めを受けてここで切腹をしたとか。その後、神山検校《けんぎょう》という目の不自由な金貸しが家を借りて家族と住んでいましたが、このお人もなにか不正を働き、お咎めを受けてお縄になりました。追放されたとも刑死したとも言われています。このときお子の一人が井戸に落ちて死んだそうで、刑死した検校かお子か知りませんが、今でも毎晩のように亡霊が出て、亡《な》くした銭を探しまわるのだそうです。

そんないわくつきの家ですから、常人ならいくら安くても後込《しりご》みするはずです。ところが先生はひと目で気に入り、なけなしの銭をはたいて、即金で買い取ってしまいました。家の名義上の持ち主は神田久右衛門町の半兵衛さんというお人で、お役人さまが帳簿を書き換えるまでは、便宜上、先生は半兵衛さんの店子《たなこ》ということになります。

不吉な予感におびえたのは、うちだけではありません。与四郎さんはむろんのこと、手代や職人、友人知人もみな口をそろえて反対しました。日頃は無口なお父までが直《じか》談判《だんぱん》に及んだのですが、先生は聞き入れようとしませんでした。まるでなにかに取り憑《つ》かれてしもうたみたいや。

先生は目立ちたがりの上に意地っ張りで、しかもあまのじゃくです。まわりが反対すればするほど、わざと面白がって、強引に事を進めてしまったのです。最後には、先生の意のままにするしかありませんでした。

引っ越しの日のことは忘れようにも忘れられません。

真夏の、それもひときわ蒸し暑い日でした。じっと座っていても汗が吹き出して、襦袢《じゅばん》がぺたりと肌に貼《は》りついてしまうほどの暑さです。ただでさえけだるい上に、引っ越し先というのが幽霊の出る凶宅ですから、手代や職人たちの顔も浮き立ちません。そんななかで、先生だけがひとりはしゃいでいました。度を越したはしゃぎぶりは、このところの不機嫌な先生を見ている目にはかえって不気味に映ります。

「先生、幽霊に取り憑かれてしもうたんやないやろか」

埃《ほこり》だらけの床を磨く手を休め、うちはひそひそ声で与四郎さんに話しかけました。

「幽霊は銭がほしくて出て来るんじゃ。貧家銭内《ひんかぜにない》先生には取りつかんわい」

与四郎さんは応《こた》えました。自棄《やけ》になったのか、ぶっきらぼうな口調です。

このとき引っ越しの采配《さいはい》をしてくれたのが、富松町の秋田屋という米屋の文左衛門さんの息子の久五郎さんでした。清住町の家にいたうちは知りませんでしたが、秋田屋さんは大和町の家に頻繁に出入りしていて、ことに久五郎さんは先生に惚《ほ》れ込み、次男坊の気楽さもあって暇さえあれば絵つけや箱詰めの手伝いをしていたそうです。

歳《とし》は三十一、二でしょうか。女房に若死にされて目下独り身。小柄ですがなかなかの男前です。遊び人で酒癖が悪いという評判がありますが、ふだんは気さくで感じのいいお人です。

うちが大和町の家へ立ち寄った際に何度か見かけたことがあるそうで、

「野乃さんは先生と同郷だってねえ」

と、親しげに話しかけてきました。

「へえ。江戸へ来て十九年になります」

「ほう。そんなになるのかい。せいぜい二十半ばかと思ったが……」

「いややわ。うちはもう三十四や」

「ふうん……。立ち入ったことを訊《き》くようだが、独りかい」

「へえ」

「ずっと先生んとこにおるのか」

「田舎者やよって、先生しか頼るお人がおらんのです」

うちも、自分でも意外なほど気さくに返事をしていました。

先生には知人友人が数えきれないほどいます。なかでも田村門下の方々をはじめとする学問のお仲間は、付き合いが古いので、うちも親しく話をします。けれど皆お偉い方々ばかり、どうしても緊張してしまいます。

大田さまだけは、お人柄のせいでしょう、打ち解けて話が出来ます。とはいえ所詮《しょせん》はお侍さまと下女、へだたりがあるのはいたししかたありません。

それに比べて久五郎さんは商人《あきんど》です。

「お化け退治でもなんでもいいや。困ったことがあったら遠慮なく声をかけてくんな」

やさしい言葉をかけられれば、うちもつい気を許して、

「ほんじゃったら、井戸《いど》浚《さら》い、手伝ってもらえんやろか」

「そりゃあいいが、簡単にはいかねえよ。塵《ごみ》が詰ってるかもしれねえし」

とまあこんなふうに、初対面から話がはずみました。

まさか久五郎さんとの出会いが忌《いま》わしい事件を引き起こすきっかけになろうとは、このときは夢にも思いませんでした。思えば凶宅に引っ越したその日に、すでに不幸の種が蒔《ま》かれていたわけです。

凶宅へ移ってからの先生は、引っ越しの日の上機嫌はどこへやら、一転してふさぎ込むようになりました。まるで家にひそむ怨霊《おんりょう》が乗り移ったかのような暗い表情です。

表座敷に設《しつら》えた工房では引きつづき源内櫛《げんないぐし》や金唐革《きんからかわ》の細工物を作っていましたが、先生はすっかり興味を失って、ほとんど顔を出しませんでした。ではなにをしているかといえば、奥の間にこもって机に向かい、とりとめのない繰り言を書き散らしています。でなければ、やけにめかし込んで出かけて行くか。

与四郎さんの話では、めぼしい大名家や旗本屋敷をまわって珍品を売りつけたり、新事業の話を持ちかけたりしているのだそうです。十中八九、浮かない顔で帰って来るところを見ると、体《てい》よく追い払われているのでしょう。

そんな先生も古なじみが訪ねて来ると、人が変わったように陽気になります。ことに千賀さまや杉田さま、大田さまの前ではいまだに虚勢を張りつづけています。同情されるのは面子《めんつ》にかかわると思っているのでしょうか。郷里への文にも相変わらずいいことずくめを書いているようだと、誰に聞いたか、与四郎さんはこっそり話してくれました。

凶宅へ移って、ことにひどくなったのは、癇癪《かんしゃく》と疑心暗鬼です。先生はもともとお酒に弱いので悪酔いすることがあります。そんなとき――むろん、だれかが不用意な言葉をもらしたときや、うっかり仕事の手順をまちがえたときなどもそうですが――恐ろしい形相で怒鳴りつけます。うちはもう驚きませんが、先生の癇癪にはだれもが閉口していたようです。

疑心暗鬼は、それ以上に深刻でした。

そうそう。引っ越しをして間もなくのことです。森島さまが森羅《しんら》万象《まんぞう》という筆名で書いた『驪山《めぐろ》比翼塚《ひよくづか》』が肥前座で上演されました。自分の筆が進まないことに腹を立てていた先生は、肥前座の芝居が大評判だと知るや怒り狂い、楽屋へ怒鳴り込みました。盗作だと森島さまをなじったそうです。

そういえばいつぞや、森島さまは清住町の家へ訪ねて来たことがありました。先生はあのときのことを覚えていて、疑心暗鬼にとりつかれたのかもしれません。

それにしても、森島さまは先生の愛弟子《まなでし》です。あんなに可愛《かわい》がっていたのに、いったいどうしてしまったのでしょう。

この一件だけではありません。口を開けば、だれかが書きかけの草稿を盗み見たと文句を言う。銭をくすねた者がいるのではないかと疑う。誰それが悪口を言っていたと腹を立てる。いま思えば、自分のしくじりは周囲の人々のせいだと思い込むことで、かろうじて平静を保っていたのかもしれません。

災難はうちにも降りかかりました。無理やり凶宅へ呼び寄せたくせに、男衆の出入りの激しい家に置くのが不安になったのでしょうか。先生はうちを探るような目で見るようになりました。

「どこへ行っとったんじゃ」

「与四郎さんに頼まれて日本橋の大野屋さんへ……」

「そんなもんは丁稚《でっち》に行かせろ」

だれかと親しげに立ち話をしていただけで不機嫌な顔になります。それなら二人きりのとき、昔のようにやさしく扱ってくれるかといえばまるで無愛想で、ろくすっぽ顔も見ないで追い払おうとします。

いったい、うちがなにをしたというのでしょう！

先生がうちにことさら辛《つら》くあたるので、久五郎さんもなにか妙だと感づいたようです。先生を見る目が少しずつ変わってゆきました。

「野乃さん。話があるんだが……」

十月に入ったばかりのある夕刻のことです。井戸端で洗い物をしていると、久五郎さんが声をかけてきました。いつになく真剣な顔でうちを見つめています。

「あらたまってなんでしょう」

汚れ物を置き、前掛けでぬれ手を拭《ぬぐ》いながら腰を上げました。幸いあたりにはだれもいません。うながされるままに蔵の陰に身を寄せます。

「おまえさんのことだが、ずっとここにいるつもりかね」

唐突に切り出されて、うちは目を瞬《またた》きました。

「なんでそんなことを？」

「居心地が悪かろうと思ってよ」

「ほんじゃけんど、うちには他にゆくとこなんかありまへん」

するといきなり、久五郎さんはうちの手をにぎりました。引っ込める間もない素早さです。

「ゆくとこなら心配いらねえ。野乃さん、おいらの後添《のちぞ》えになっちゃあくれねえか」

うちは仰天しました。これまでこんなふうにくどかれたことは一度もありません。第一うちはもう三十半ばです。子供も産めないような歳になって求婚されるとは思ってもみませんでした。

「どうだい？　考えてみちゃあくれねえかい」

「けど先生が……なんて言うか……」

「おまえさんだって、いつまでも先生にひっついてるわけにはいくめえが」

「そりゃあ……」

「それともなにかい？　先生とおめえさん、なにか訳でもあるってのかい」

「い、いえ、そんな……訳なんてなんも……」

「そうだろうともさ。先生の女嫌いはみんな知ってる。そういやあ雛菊《ひなぎく》って女郎も言ってたが、あっちのほうはからきしだめなんだってな」

どうしたことでしょう。手を握られても求婚されても顔を赤らめなかったくせに、久五郎さんの口から先生の話が出たとたん頭にカッと血が昇りました。うちと先生との秘め事を覗《のぞ》かれたようで恥ずかしくてたまりません。

うちは邪険に手をもぎ放しました。

「今すぐにとは言わねえが野乃さん……」

「すんまへん」

「秋田屋と言やぁそこそこの身代だ。おいらは次男坊だが、暖簾《のれんわ》分けしてもらう話が出来ている。おまえさんは働き者だし、うんと言ってくれりゃあおいらも心強い」

この日、うちは曖昧《あいまい》に返事をしただけで逃げ出してしまいました。久五郎さんの後添えになる気はありません。久五郎さんが遊び人で、父親の文左衛門さんがだれでもいいから早く身を固めさせたがっているという噂《うわさ》はこの際さし置くとしても、今さら商家の嫁になるのは荷が重すぎます。

けれど一方で、凶宅から逃げ出したい、今の暮らしから逃れたいという気持ちもありました。離れられないとわかっていながら、先生から離れたいと思ったのです。先生はうちを抱きました。何度も何度も。そしてうちを捨て、小田野さまに心を移しました。そのくせ、いまだにうちを離そうとしないのです。

うちはエレキテルでも寒暖計でも世界地図でもありません。紅毛書のなかの珍しい草木や鉱物でもありません。いっとき夢中になり、熱がさめたら長持ちや蔵に大切にしまわれる――そんな先生の蒐集品《しゅうしゅうひん》ではないのです。

血の通った女だということを先生に認めさせたい。うちだってまだ惚れてくれるお人がいることを教えてやりたい。もっと正直に言えば、うちは先生を困らせてやりたいと思いました。

久五郎さんはそれからというもの、うちの顔を見るたびに返事を迫りました。うちはわざとのらりくらり引き延ばしました。

——先生。どうする気ぃや。早う引き止めんと、うち、逃げてしまうぞね。

先生も気づいていたはずです。久五郎さんを見る目に、これまでにはない焦燥の色が浮かんでいましたから。それを見て、いい気味だと思いました。まさか悲劇を引き起こそうとはこれっぽっちも思わぬままに、一方で先生の焦燥をかき立て、もう一方では、うちが先生に反対されてそれで返事が出来ないかのようにふるまうことで久五郎さんの憤懣《ふんまん》をあおりました。両天秤《りょうてんびん》をかけて、焦《じ》らすだけ焦らしてやろうと思ったのです。

いつからうちはこんなにわるい女になってしまったのでしょう。

「野乃さん。ちょっと」

大田さまが台所を覗いて手招きをしたのは、十月の終わりの午後でした。

「いやゃわ、こんなとこに顔を出して。どないしはったんですか」

あわてて出てゆくと、大田さまはうちを隣の小部屋へ招じ入れました。畳の真ん中に、掛け軸用でしょうか、長細い絵が置かれています。

「ご覧なさい」

言われるままに腰を落とし、じっくり眺めました。

「これは……?」

「先生が描かれたものです」

うちは返す言葉を失っていました。

墨絵です。絵心のある先生らしい見事な絵です。けれど、その絵のなかに描かれている情景といったら……。

岩の上にいる人が衣をまくり上げて小便をしています。岩下にはもう一人別の男がいて、小便を頭から浴びながら、両手をすり合わせて感涙にむせんでいます。

悪寒《おかん》が走りました。

うちにはその絵が痛烈な皮肉に見えたからです。岩の上にいるのはまぎれもない先生です。先生の小便をありがたがっているのは久五郎さん。先生が捨て、久五郎さんが受け取ろうとしているものといえば――。

――おまえはこんなもんが欲しいのか。おれの使い古していいなら、ほれ、くれてやろう。

先生はうちを愚弄《ぐろう》し、踏みつけにしようとしているのでしょうか。

「これをどう思いますか」

大田さまが訊《たず》ねました。

「どうって……」うちはうろたえました。「どうして、こんなものを……？」

「わかりません。みな啞然《あぜん》としています」

大田さまたち数人の仲間が先生に書を頼んだのだそうです。すると先生は、「さすれば、このところの傑作を描いてやろう」と応《こた》えて、即座にこの絵を描いたのだとか。

「なにやら気がかりで、野乃さんにも見てもらうことにしたのです」

大田さまは眉《まゆ》をひそめました。

気がかりというのは、先生の頭がどうかしてしまったのではないか、ということでしょう。

「野乃さんなら、なにか心当たりがあるかと思うたのですが……」

「いいえ。ありません」

大田さまは絵を巻き上げ、出て行きました。

うちは激しい怒りに息をあえがせました。

恐怖が押し寄せてきたのは、一人になってしばらくしてからです。

「先生《せんせ》！」

喉《のど》もとに手をやり、もれそうになった悲鳴を抑えました。

なんと馬鹿《ばか》なことをしてしまったのでしょう。このままではなにが起こるか、わかりません。不気味な絵が先生を奈落《ならく》の底へ引きずり込もうとしています。

久五郎さんにはきっぱり断ろう。

心に決め、本当にそうするつもりだったのです。それなのに――うちが口を開く前に、悲劇の幕は切って落とされてしまいました。

二十四日目

――ついにここまで辿《たど》り着いたか。

源内は嘆息した。

実人生でも、紙の上でも、行き着くところは同じだった。野乃と自分は、後になり先になり、こけつまろびつしながら、今や八十八箇所の霊場を巡り終えようとしていた。

志度。死渡。死地へ渡る旅――。

乾坤《あめつち》の手ちぢめたる氷かな

事件の数日前に書き留めた句が思い出される。

あれは虫の知らせだったのかもしれない。

——果てしない地平線を走りつづけ、ようやく辿りついたと思ったら冷気に触れ、身をちぢめた、気がつくと我が身が小さな氷のかけらと化していた、というあの句は……。

筆の先を嚙《か》んだ。筆に残った昨日の墨の香が口中に広がった。

起き上がる力はもはやない。腹這《はらば》いになったまま紙を引き寄せる。

重いまぶたを持ち上げ、かすむ目をこすって紙面を見据えると、煮え立った鉄瓶から吹き上げる煙とこぼれた酒の香、食い散らかした残飯の匂《にお》い、怨讐《おんしゅう》にかしぐ柱や壁や畳からしみ出た妖気《ようき》がいっせいに立ち昇ってきた。

十一月二十日は木枯らしの吹く寒い日でした。

夕方、丈右衛門《じょうえもん》さまとそのお仲間がやって来て、お酒を飲みはじめました。

丈右衛門さまは勘定奉行・伊豆守《いずのかみ》松本重郎兵衛《じゅうろべえ》秀持《ひでもち》さまの中間で、このところ毎夜のように上がり込んではお酒を飲んだり、先生を誘い出したりしています。大方、儲《もう》け話をあれこれ相談しているのでしょう。

先生は丈右衛門さまを同胞と思っているようですが、うちの目から見れば、凶宅へ移って以来目立って増えはじめた、先生の名声を利用して銭儲けを企《たくら》む輩《やから》の一人です。

この日の先生は珍しくご機嫌で、丈右衛門さまの話に熱心に耳をかたむけ、苦手なお酒もおいしそうに飲んでいました。

夜になって、金唐革《きんからかわ》の絵付けの手伝いをしていた久五郎さんが挨拶《あいさつ》に顔を出すと、

「おう、おまえも飲んでゆけ」

と、先生は誘いました。飲んべえの久五郎さんが二つ返事でうなずいたのは言うまでもありません。先生の上機嫌は近頃めったにないことですから、久五郎さんはこのとき、今晩こそ話をつけてしまおうと決意したのかもしれません。

話とは、うちとのことです。うちが煮え切らないのは先生が横槍《よこやり》を入れているからだと、久五郎さんは思い込むようになっていたのです。

はじめは四、五人のお客がいました。が、だんだんに帰ってしまい、最後には丈右衛門さまと久五郎さんが残りました。もう夜も更《ふ》けています。お父《とう》はとうに離れ家で鼾《いびき》をかいていますし、与四郎さんは少し前に大和町の長屋へ帰って行きました。

うちは台所の片づけをしながら欠伸《あくび》を嚙み殺していました。いくらなんでも朝まで付き合うつもりはありません。竈《かまど》の火に灰をかけて後始末を済ませ、そろそろいいだろうと腰を上げたのが四つ半（午後十一時）頃でしょうか。

離れ家へ引き取る前に挨拶だけしてゆこうと、茶の間を覗《のぞ》きました。ついさっきまで茶の間には空の盃《さかずき》や食べ散らした酒肴《しゅこう》の器がころがっていましたが、ついさっきまでの和やかな雰囲気はあとかたもなく消え、先生がむっつりした顔で煙管《きせる》を吸いつけていました。丈右衛門さまは部屋の隅に大の字になって酔いつぶれています。久五郎さんは先生と向き合って、神妙に膝《ひざ》をそろえています。

どきりとしました。先生の仏頂面《ぶっちょうづら》と、神妙なのは恰好《かっこう》だけ、先生の顔に挑むような視線を据えている久五郎さんの様子から、なにが起ころうとしているか、とっさに悟ったからです。

「あのう……」敷居際《しきいぎわ》に膝をつき、遠慮がちに声をかけました。「遅うなりましたので、失礼させていただきます」

二人は同時に目を向けました。

辞儀をして席を立とうとすると、先生が「待て」と引き止めました。酔眼が血走り、こめかみがひくひくふるえているのは、癇癪《かんしゃく》を起こす前触れです。

「おまえに訊《たず》ねたいことがある」

「へえ……」

「こいつが妙な言いがかりをつけてきた」

先生が言うと、久五郎さんはすかさず「言いがかりじゃあねえや」と肩を怒らせました。

「黙れっ」と一喝しておいて、先生はうちに視線を戻しました。「こやつは、おれがおまえを縛りつけておるゆえ、おまえは嫁にゆけぬとぬかしおった」

「そうじゃあねえか。でなけりゃこの歳《とし》になるまで独りでいるもんか」

久五郎さんは即座に言い返しました。二人とも酔っていますから、目が据わり、ろれつもまわりません。うちがあれこれ言ったところで、こんな状態では聞いてもらえそうにありません。

「こいつがおめえを離さねえんだ」

「先生はなにも……」

うちは口のなかでもごもご言いかけました。

「かばうこたぁねえや。さんざん慰みものにしやがって」

久五郎さんは肩を怒らせました。

「慰みものとは聞き捨てならぬ」

先生も眉《まゆ》をひくつかせます。

「じゃあなんだってんだ？ 女房にも情婦《いろ》にもしねえで飼い殺しにしようってのか」

ここまでならただの喧嘩《けんか》でした。うちもわざわざ誘い水になるようなことを言うつもりはありませんでした。今はなにを言っても無駄だから、とにかく穏便に二人を引き離そうと、それだけを考えていたのです。

ところが、先生の次の言葉がすべてを変えてしまいました。

「情婦？　おれは平賀源内だぞ。源内先生ともあろうものが、下女を情婦になどするものか。笑わせるな」

酔った勢いで、先生は言わずもがなのことを言ってしまったのです。もののはずみ、ちょっとした方便、男の見栄《みえ》、照れが言わせた嘘《うそ》……先生は決してうちを貶《おとし》めるつもりはなかったのだと思います。

けれど、そのひと言がうちの胸を突き刺しました。崖《がけ》の上から小便を浴びせかける傲慢《ごうまん》な男の姿が目に浮かんだと思うや、なにかが音を立ててくずれてゆきました。

先生は以前にも同じことを言いました。ということは、自分で気づこうが気づくまいが心の奥底で、うちは下女、下女だから女房どころか情婦にも出来ないと思い込んでいたのです。身分差別を嫌い、四角張った上下関係を嫌い、風来山人だの天竺《てんじく》浪人などと自称しているくせに、一皮むけば先生もただの凡夫、いえ、大たわけです。

——ほんじゃから、しくじってばかりいるんじゃ。

うちは膝に視線を落としたまま、思わず口走っていました。

「ほーじゃ。先生はうちには手を出さん。出しとうても出せんのじゃ。女を抱けんのじゃから」

先生が息を呑《の》む気配がしました。上目づかいに見ると、唇が白く乾いて、顔面が見る見る血の気を失ってゆくのが見えました。

久五郎さんは目をみはっています。うちと先生を等分に眺め、ゆがんだ笑みを浮かべました。

「へ、そうだった。忘れてたぜ。源内先生は役立たずだったっけな。そうそう。『萎《な》えるむだまら』ってのは自分のことだったんだ」

先生は『痿陰隠逸伝《なえまらいんいつでん》』のなかで、

春も立ちまた夏も立ち秋も立ち　冬も立つ間になえるむだまら

という珍妙な歌を詠《よ》んでいます。久五郎さんはこの歌に引っかけて愚弄《ぐろう》したのです。

「男になれねえ。なれねえもんだから、女ひとり満足させられねえ。それじゃあまあ、しょうがねえやな。なにをやってもしくじりつづき、しくじりつづきのなえまら野郎……」

久五郎さんは酔いに任せて、ここぞとばかり言い立てます。先生は最後まで言わせませんでした。拳《こぶし》をふるわせ、片膝立ちになったのは、殴りかかろうとしたのでしょう。ところが……。

手の届く所に丈右衛門さまの刀が転がっていました。それが先生の不運だったのです。

あっと思ったときは、先生の手に抜き身が握られていました。

「ひゃっ。やめてっ」

うちは悲鳴をあげました。

先生は夜叉《やしゃ》のような顔で久五郎さんに斬《き》りかかりました。幸い一撃目ははずれ、長火鉢にあたって猫板の上の鉄瓶がころげ落ちました。

先生はなおも斬りかかります。目が眩《くら》むような怒りに捉《とら》われて、もうなにをしているかもわからなくなっていたのでしょう。剣術など習ったことがないのでただ刀をむちゃくちゃに振りまわし、久五郎さんを追いまわします。

久五郎さんはびっくり仰天して逃げ出しました。けれど酔っているので千鳥足。灰が飛び散り、煙がもうもうと立ち上って、何がなにやらわからぬありさまです。

煙にむせながら、うちも狂ったように「やめて」「やめてつかあさい」と叫びました。一撃が頭上に命中したのか、ふと見ると久五郎さんの左のこめかみのあたりから勢いよく血が吹き出しています。

「丈右衛門さま、大変です、起きてつかあされ、丈右衛門さま、丈右衛門さま……」

早く止めなければ先生は久五郎さんを殺してしまう。どうしよう。どうしよう。

うちは必死でした。

たたき起こされて、丈右衛門さんはようやく目を覚ましました。久五郎さんはよろめきながら庭へ逃れ、先生はなおも刀を振りかざしながら、そのあとを追いかけてゆこうとしています。

「お、火事か。火はどこじゃ」

寝ぼけまなこで訊ねる丈右衛門さまを強引に起こし、

「ええから早う」

引きずるように庭へ駆け下りました。

庭は暗く、眸《ひとみ》を凝らさなければ、だれがどこにいるのかわかりません。目が慣れると、先生が久五郎さんを塀のそばまで追い詰めているのが見えました。

久五郎さんは今しも転倒せんばかり。両手を泳がせ、足をふらつかせています。

先生も大きく息をあえがせています。刀を握る手がふるえています。

さすがに丈右衛門さまも事の重大さに気づいたようです。一瞬立ちすくみ、逃げ出そうとしましたが、うちが力いっぱい背中を押すと、観念したのか、背後から先生に飛びかかりました。

「やめろ。なにをする」

「うるさい。放せ」

二人がもみ合っているのを見て、うちは久五郎さんのそばへ駆け寄りました。

「久五郎さん、久五郎さん、しっかりしてつかされ」

肩を貸そうとしたとき、丈右衛門さまの悲鳴が聞こえました。両手を腹のあたりで丸く合わせて、身をかがめています。もみ合っているうちに斬られたのでしょう、指の間から血がしたたっています。

先生は両手をだらりとたらして突っ立っていました。表情は定かではありませんが、異様な光を放つ双眸《そうぼう》だけがぽっかりと闇《やみ》に浮かんでいます。

こうして書くと、長い時間、先生が久五郎さんを追いまわしていたように聞こえますが、実際はわずかな時間でした。

丈右衛門さまは後ずさって木立にぶつかり、かすれた悲鳴をもらし、唇をわななかせながら怯《おび》えた目で先生を一瞥《いちべつ》しました。一目散に門へ向かって駆け出します。したたり落ちる血で目が見えないのか、つまずいたりよろけたりしながら、久五郎さんも這うように逃げてゆきます。

うちは放心していました。いったいなにが起こったのか、これからどうなるのか、なにひとつわかりません。たった今この目で見たことが、どうしても現実にあったこととは思えないのです。

真先に駆けつけてきたのはお父でした。離れ家の方角から駆けて来る人影を見ると、先生はくずおれるように地面に膝をつきました。おもむろに居住まいを正し、と思うや、いきなり左の帯下に切っ先を突き立てます。

うちは絶叫しながら先生に飛びつきました。

「な、なにをするんじゃ」

お父も駆け寄り、先生の手から刀をもぎ取りました。

よほどの手練《てだれ》でなければ、切腹しただけでは死ねません。それでなくてもお飾りの刀しか持ったことのない先生です。逆上して切腹しようとしたものの、着の身着のまま、それも冬用の厚手の袷《あわせ》を着ている上に、このところの乱脈な暮らしがたたって腹のまわりがでっぷりしていますから、死ねるはずがありません。それでも渾身《こんしん》の力で突き立てたのでしょう、袷に血がにじみ出してきました。

「放せ。ひと思いに始末をつけるんじゃ。刀をよこせ」

「やめて。先生」

「早まっちゃあいけません。どうかお気持ちを鎮《しず》めて……」

あれこれ言い合っていると、路地のかなたで足音が聞こえました。今度はたくさんの足音です。丈右衛門さんが助けを呼んだのでしょう。

三人は申し合わせたように体をこわばらせました。入り乱れた足音と呼び合う声は、この茶番が悪夢でも戯作《げさく》のなかの出来事でもない、もはや書き変えることも破り捨てることも出来ない一幕だという事実を教えています。

お父はがっくりと膝をつきました。

うちは先生に取りすがり、両の拳で胸を何度も何度も叩《たた》きました。手が石のように固くなり、痛みすら感じなくなってもなお……。

先生は、銅線の火が消えたあとの虚《うつ》ろな箱のように、叩いてもゆすぶっても微動だにしません。

門が開き、足音が近づいてきました。

「神妙にせよ。いったいなにがあったのじゃ」

閻魔《えんま》大王の声が響き渡ります。と、突然、先生は体をゆすって、はじけるように笑い出しました。

「眠らぬ夢じゃ、眠らぬ夢じゃ……」

　眠らぬ夢は覚めにけり。

『放屁論《ほうひろん》後編』の〆《しめ》の一節です。

息がつづかず、笑い声が途絶えたその刹那《せつな》、先生の体のなかで砕けたガラスの破片が触れ合う冷たい音が聞こえました。いえ、聞こえたと思ったのは、うちの空耳かもしれません。

——先生。先生は壊れてしもうたんじゃね。もう、元には戻らんのじゃね。

あっけない幕切れに、うちは涙を流すことさえ忘れていました。

二十五日目

志度の海は銀色に輝いていた。

はるかかなたに帆船が一艘《そう》。一見しただけでは動いているように見えないが、船がぐんぐん遠ざかっているのは、太陽との位置関係と帆の大きさでわかる。

「どこゆくんじゃろう?」

「大坂じゃ。決まっとる」

「しゃーけんど、もっと遠くへゆく船もあるげな」

「どこじゃ」

「唐《から》とか……阿蘭陀《おらんだ》とか……」

「阿呆《あほ》らし」

権太夫《ごんだゆう》は虫食い歯を見せて笑った。岩場に座って釣り糸をたれている。頭にあるのは大きな魚がかかるかどうかで、船がどこへゆこうが関心はないのだ。

源内は従兄弟《いとこ》のかたわらにしゃがんで、海のかなたを眺めていた。あの船に乗ることさえ出来れば、とてつもなく愉快なところへ行けそうな気がする。

真夏の陽射《ひざ》しがじりじり照りつけていた。太陽は海上にあり、足元には影法師が伸びている。

たれかけた鼻水をすすり上げ、ふと目を落とすと、一寸ほどの蟹《かに》が岩場を這《は》っていた。手を伸ばして、岩と岩との隙間《すきま》に逃げ込もうとした蟹をつまみ上げる。

「阿呆らし言うたら、どぎったことせな、阿呆らしわ。なんぼ岩に貼《は》りついとったかて、面白《おもつしよ》ない」

権太夫は鼻で相槌《あいづち》を打っただけで、振り向こうともしなかった。魚がかかったのか、真剣な顔で海面を覗《のぞ》き込んでいる。

源内は手を振りまわし、海に向かって蟹を放った。蟹はくるくるとまわりながら、弧を描いて消えてゆく。

「黄山先生が言うとったけんのう……」

「ちっと待て。かかったみたいや」

「やちもない」

源内は腰を上げた。

権太夫に背を向け、岩場を下りてゆく。半ばまで下りかけたとき、街道の向こうから白い人影が近づいて来るのが目に入った。

遍路姿の女だ。

杖《つえ》にすがり、体を左右にゆすっている。老婆《ろうば》かと思ったが、近くまで来るとそうでないことがわかった。背中の幼子をあやしている。思いのほか若く、炎天下を歩いて来たにしては肌も白い。

幼子は眠っていた。愛らしい顔をした女の子だ。

「親はしんどの、子は楽ど、そのまた孫は遍路《へんど》する……」

女は小声で歌っていた。

源内が岩場から降り立ったとき、ちょうど女は源内の目の前を行き過ぎた。立ち止まりはしなかったが、一瞬口をつぐみ、波をかぶったあとの岩肌のような艶《なま》めいた目でこちらを見た。

源内はぞくりとした。

女はすぐさま前方に目を移した。片手で杖をつき、片手で幼子の尻《しり》を軽く叩《たた》いて、

「親はしんどの、子は楽ど……」

小声で口ずさみながら、ゆらゆらと遠ざかってゆく。

源内は手の甲で鼻水をぬぐった。汚れた甲を着物になすりつけ、ゆるんだ草鞋《わらじ》の紐《ひも》をしめなおした。女のあとについて歩きはじめる。

「おおーい。子ぉ取り婆《ばば》に連れてかれっぞーお」

背後で権太夫の呼び声が聞こえた。

「子ぉ取り婆やないでー。遍路《へんど》さんについてくんや」

「阿呆。遍路さんなんかおらんぞーお」

「ええっちゃ。ええっちゃ。放《ほ》っとけさんじゃ」

源内は節をつけて言い返すと、けらけら笑い出した。ひと足進むごとに、爪先《つまさき》から笑いがこみ上げてくる。体も心も軽い。まるで鞠《まり》になったようだ。

体をはずませ、歩調に合わせて「放《ほ》っとけさんじゃ、放《ほ》っとけさんじゃ」とくり返す。

何度目かに「仏さんじゃ」と声を張り上げると、女の背におぶい紐でくくりつけられた幼子がからくり人形のように首をまわした。

野乃の顔に謎《なぞ》めいた微笑が浮かぶ。

二十六日目

闇《やみ》のなかで光が動いていた。顔の上をよぎり、しばらく止まっては離れ、また戻り……せわしない動きをくり返している。

それが手燭《てしょく》の火だと気づくまでには、かなりの時間がかかった。

「おう、気がつかれたようじゃ」

聞いたことのある声がした。

懸命に考えた末に、小石川養生所の医者、順徳の声だとわかった。

「溜《ため》へ移せましょうか」

今度は考えるまでもない。鍵役《かぎやく》の久山矢助である。

「どうかの。ちとむずかしいやもしれぬが……」

「さすれば、ともあれ外鞘《そとざや》まで」

源内は、自分の体が数人の手で持ち上げられるのを感じた。脇腹《わきばら》が錐《きり》をねじ込まれたように痛む。背骨の下から上へ激痛が駆けのぼったが、そのことを伝えようにも声が出なかった。

動きはじめて、はっと気づいた。『妬《と》痴《ち》面《めん》坊《ぼう》野《や》暮《ぼ》天《てん》伝《でん》』はどうなるのか。血涙を振りしぼって書き上げた恋物語を残してはゆけない。

源内はうめいた。渾身《こんしん》の力を振りしぼって人指し指を突き出した。

「待て」久山が命じた。「なんぞ言うておる」

源内は当てずっぽうにねぐらの床のあたりを指し示した。

「おう、そうじゃ。なにやら書いておったの」

久山は紙束を拾い上げた。

源内は安堵《あんど》して目を閉じた。牢《ろう》から出され、外鞘に敷いた筵《むしろ》の上に下ろされる。意識が混濁してからどれほどのときが経《た》ったのか、それすら判断がつかなかった。おそらく、だれかが張番に、源内が死にかけていると伝えたのだろう。通常の病人なら囚人は見て見ぬふりをするはずだ。張番も放っておく。だが源内は特別な囚人だった。見過ごしにしてよいものか、万が一お咎《とが》めを受けはしないか、不安になって張番は鍵役に知らせた。

獄医の代わりに順徳が呼ばれたのは、久山の配慮だろう。千賀の知己の医者に源内の最期《さいご》を見取らせれば、源内自身も本望だろうし、千賀も納得するはずである。命の火は尽きかけていた。

周囲のざわめきをよそに、源内は思案をめぐらせた。

『妬痴面坊野暮天伝』をどうしたものか。

このままでは千賀の手に渡る。なんのことやらわからず、千賀は首をかしげるはずだ。

――そうだ。他にだれがおるんじゃ。

託す相手は野乃しかいなかった。

あたかも自分が書いたかのような草稿を託されて、野乃は仰天するだろう。驚きが醒《さ》めたあとどうするか。売る気になるかもしれない。風来山人の遺作なら高く売れる。老父と二人で生きてゆくには銭が必要だ。

だが、売ればすべてが白日のもとにさらされる。二人の秘密が世間に広まってしまう。

火に投じてしまうという考えも、あり得なくはなかった。源内の手になるものなど汚《けが》らわしいと思うかもしれない。見るも嫌だと焼き捨ててしまうかもしれない。

いいだろう。売るもよし。燃やすもよし。生殺与奪はおまえに任せよう。

薄れゆく意識のなかで順徳の姿を探す。

順徳は久山と話し込んでいた。が、源内の視線に気づいて顔を寄せてきた。

「野乃」と言ってみた。けげんな顔をしている。手のひらを差し出したので、「のの」と書いた。

「のの？」

「上方では仏のことを〝のの〟と言うようですが……」

久山も首をかしげている。

源内は焦《あせ》った。苦痛も忘れて手足をばたつかせた。もはやこれまでかとあきらめかけたとき、順徳が手を打った。

「おう、そうじゃ。あの女子《おなご》は野乃と申しておりました」

「あの女子？」

「ひと目でいいから先生に逢《あ》わせてくれと、ずっと門前に座り込んでいた女子にございます。あれは源内先生の下女で、以前それがしも火事の際に逢《お》うた……」

源内は全身を耳にした。心の臓が今しも飛び出さんばかりである。

野乃が……あの野乃が自分に逢いたいと懇願している？　それでは、自分が野乃の言葉を借りて二人の恋物語を書きつづっていたとき、野乃も、塀を隔てた向こうで、自分を案じてくれていたというのだろうか。

順徳の言葉はまさに天の声だった。慈愛と慰めに満ちた救いの声だ。

はじめから、考えるまでもなかった。

野乃は売りもしなければ燃やしもしない。

あいつはおれが手渡した本を後生大事にしまい込み、自分が死んだら一緒に埋めてもらうのだと言っていた。これもそのなかに加えるはずだ。形見として大切にしまっておく。だれにも見せず、そんなものがあることなどおくびにも出さず……。そうして、やがては野乃の体と共に灰となり、土に帰るのだ——。

それ以外の結末はあり得なかった。なぜなら『妬痴面坊野暮天伝』は野乃と自分を結ぶ絆《きずな》、このなかにこそ事実以上の真実が詰まっているからである。

「野乃とはその女子のことか」

久山の問いかけに、源内は全身をゆすって応《こた》えた。

久山と順徳は顔を見合わせる。

「その女子に草稿を手渡して欲しいのか」訊《たず》ねはしたが、久山は応えを待たずに重苦しい息をついた。「承知した。いずれにせよ、女子の家へ届けさせよう」

「あと一刻《とき》、早ければのう……」順徳も首を横に振った。「ひと目、逢わせてやれたのじゃが」

久山は源内の顔を覗《のぞ》き込んだ。

「今しがた、おぬしを溜へ運ぶための荷車を見て、門番にあれはなにかと訊ねたそうな。門番はうっかり、おぬしの骸《むくろ》を無縁墓地に運ぶ車だと答えてしもうた。すると女子は、呆《ほう》けたような顔で、ふらふらと立ち去ってしまったそうな。間違いに気づいた別の門番があわてて引き止めようとしたが、姿はもう見えなんだと……」

源内は耳を疑った。

もしや、野乃は命を絶つ気ではあるまいか、語るべきすべてを語り尽した今となっては……。

次の瞬間、脳天を突き破るような衝撃がきた。衝撃を受け止めるすべがないので目を閉じる。爪先《つまさき》から熱い波が押し寄せてきた。目尻《めじり》から涙がこぼれ、こめかみを伝い落ちる。ぬぐう気力もないまま、生ぬるい感触に身を委《ゆだ》ねた。

なんということだろう！

たったひと言、久山に頼みさえすれば、野乃に逢うことが出来たのである。逢ってこれまでの仕打ちを詫《わ》び、自分の思いを伝えて、今生の別れを告げることが出来たのだ。

死ぬな、野乃。生きて、二人の形見を守ってくれ――。

唇がぶるぶるふるえていた。体も痙攣《けいれん》しているらしい。

まぶたの裏に白い影がちらついていた。砂ぼこりの一本道を遠ざかってゆく。息をあえがせ、懸命に追いかける。もう少し、もう少し……。

やっと追いついたと思ったところで石につまずいた。

砂ぼこりが舞い上がる。

遍路《へんろ》が逃げる。

あとは、海。

果てしない世界へつづく大海原が、何事もなかったかのように、悠然と両手を広げていた。

謝辞
本書の執筆にあたりましては、香川県大川郡志度町にお住まいの平賀一善氏、香川県歴史博物館学芸課の藤田彰一氏に多大なご協力をいただきました。謹んで御礼申し上げます。

参考文献

『人物叢書　平賀源内』　城福勇　（吉川弘文館）
『朝日選書　平賀源内』　芳賀徹　（朝日新聞社）
『日本古典文学大系　風来山人集』中村幸彦校注　（岩波書店）

尚、本文中の引用文に関しましては、旧仮名遣いを現代仮名遣いに書き換えている箇所があります。

天才か攫徒《かくと》か

田辺聖子

世に奇人変人、かずかずあれど、近世、古今無双の奇人の一人、といえば、まず平賀源内先生をあげなければいけないであろう。異を唱える人はあるまい。

時代も時代だった。まだ徳川の中頃とはいえ、新時代の海彼《かいひ》の文明は、すでに、鎖国日本にも澎湃《ほうはい》と押し寄せている。人いちばい、才走って自負心つよき、雄心勃々《ゆうしんぼつぼつ》たる源内先生、なんでこれを指を啣《くわ》えてみていられよう。

人よりぬきんでて早く、新文化に挑み、試み、熱き関心をたぎらせ、わが物として取りこもうとする。跳ねるネズミ花火のような源内の生涯。——主人公が源内というだけで、もはや読者たる私は、興趣と関心をかきたてられずにいられない。

つまり、そのくらい、〈源内先生〉は、日本人ばなれした、異質の才能の持主なのである。

私は今までにもいくつか、平賀源内を主人公とした、あるいはそれに触れた小説を読んだように思うが、みな、面白かった。小説的結構をあげつらうより先に、モデルの源内先生自体の存在が面白いのだ。

よくもこんな桁《けた》はずれの天才が、ポカッと僻地《へきち》の浜土《ひんど》に生れたもの、神の気まぐれであろうが、しかしわれらが源内先生も、ひとかたならぬ勉学を積む。

——私どもの世代は（昭和初年生れ）、小学生の頃に、日支事変の勃発《ぼっぱつ》を見ている。

その頃は、子供たちが購《か》ってもらう小学生向きの雑誌や絵本にまで、日常の工夫《くふう》とか、思いつきの大切さ、とかが、よく出ていた。今までのようにアンデルセンの童話や、ベティさんやミッキーマウスの絵にクレヨンで彩色する、などといった楽しいお遊びは姿を消し、いやに現実的な教育材料を与えられた気がする。（いよいよ戦争が烈《はげ》しくなると、子供相手の町の一文菓子屋、——駄菓子屋さんまで店を閉じて、子供たちも町から遂《お》われ、田舎へ疎開《そかい》させられたが）

その、ちょっと前の時代、子供らに強いられたのは、工夫すること、それに、科学するこころ、だったように思う。戦争はいつ果てるともなく拡大してゆくばかりだし、物資は不足してゆく。少国民（小学生のことを、当時はそう呼んだ）たる我々も、工夫と発明で、お国の窮境を凌《しの》げ、ということではなかったか。——そういうとき、子供向けに書かれた源内さんのお話は、とても面白かった。源内は奇略縦横の才子で、いろんなことを思いつき、人々を、あっといわせるものだから。……
——そんなわけで、子供ごころに早く、平賀源内の名に親昵《しんじつ》した私、本書も、興深く読んだ。

ことにも、〝源内〟の書き手が女流であることに、心そそられた。——これは決して、女流作家に含むところあっていうのではない。女流が、源内先生に関心を持って下さったのが嬉《うれ》しいのである。——というのも、元来、源内は怪才・妖才の人というべきであるが、それを凌駕《りょうが》した、まさに、書き手の女流ご自身が、

〈鬼才〉

を発揮、怪才源内を、自家薬籠中《やくろうちゅう》のものとして、そめそめと、女手《おんなで》で語って下さるからである。源内のような男こそ、〈男手〉で書かれねばならぬ、と思われる向きも多いであろうが、私はこの女手によって、源内がはじめて生きたように思う。それは野乃《のの》が作者の筆によって源内に人間味を与えたからである。

あの、稀代の大山師、投機師、文人であり、思想家であり、科学者にして化学者、画才に恵まれ、戯作《げさく》の筆もとれる、そんな男は、女手でないと、却《かえ》って書けぬかもしれない。作者が野乃を拉《らっ》し来たったとき、はじめて源内は活《い》きて動いた。〈こりゃー、おもくれえ〉と源内はあの世で快哉《かいさい》を叫んだだろう。

（おなごでも、男のおれが書けるんだあ）

――この小説の構成には巧妙な仕掛けがある。源内は人を殺《あや》めて捉《とら》えられ、獄にとじこめられるが、その一日一日が、大きな枠となっている。

そして一つ一つの大枠のなかに、また小さい枠の世界がある。……そこには若かった人生での、失意・得意の思い出。青春の追憶、恋した女たち。故郷の海の匂《にお》い、潮《しお》騒《さい》。それらが小さい枠にいっぱい詰っている。

さてまた、別の大枠には、野望に燃え、未来とわが才を信じ、夢の虹《にじ》をかけのぼっていた自分がいる。その大枠の中の、小さい枠には、源内が製作した火浣布《かかんぷ》、エレキテル……摩擦静電気発生装置がある。油絵の具で描いた西洋美人図も。……

そしてそのまわりに野乃がいる。源内先生は野乃を愛しているのに、彼らしい傲慢《ごうまん》から彼女には告げられず、それでいて手放さない。

それを、〈慰みものにした〉と義憤を発してくれた久五郎。源内先生は久五郎に斬《き》りつけ刃傷沙汰《にんじょうざた》に。特異な源内先生の性格ではあるけれど、さまざまの角度からの照明により、その人生が顕《た》ちあがってくる。

自分を恃《たの》むこと篤《あつ》く、肥大した自尊心を扱いかね、一見、奇矯《ききょう》な人生行路へねじまがってしまう源内。道は茨《いばら》でふさがれ、もくろみは片端からはずれる。ふしぎな人間、平賀源内。そして読後、一巻の物語の中で大枠同士、小枠同士がぶつかりあい、さやかにも美しい玄妙のひびきをたて、端倪《たんげい》すべからざるこの異端児、天才・源内の嘆きを深く美しくする。

せつない物語であるけれど、読後感は、さわやかである。

私の持っている資料の一つに、『ヴィジュアル百科江戸事情』（雄山閣出版刊）というのがあり、その第四巻に平賀源内の肖像画がある。よく見る、ななめ横顔で煙管《きせる》を右手で持っているもの。高松藩家老、木村黙老筆、すっきりと粋に、いかにも江戸の戯作者風であるものの、私は彼の目付きが、尋常ならざる雰囲気を示唆しているように思えて、興を催した。

左は、古い川柳雑誌「雪」二号にある句。作者は川上日車《ひぐるま》。すぐれた川柳作家。彼は同志だった藤村青明《せいめい》（これも好作家）の、不慮の事故での早逝を悼《いた》んで、弔句を捧げた。さながらそのまま源内先生を悼むかのよう。

「時代より先立つなやみさすらひ子」日車

「天才か攫徒《かくと》か瞳のおちつかず」〃

――いま、源内先生の、残る作品と肖像を見れば、まことに「天才か攫徒か」という按配《あんばい》。——あまりに俊敏すぎ、あまりに早く時代に先んじすぎた源内先生の眼は、ひたと、未来をみつめつづけているのであろう。源内先生、天界の故郷の海は、なお、青いですか。

（平成十八年三月、作家）

この作品は平成十四年一月新潮社より刊行された
『源内狂恋』を改題し加筆改稿したものである。

諸田玲子著

誰そ彼れ心中

仕掛けられた罠、思いもかけない恋の道行き。謎が謎を呼ぶサスペンスフルな展開、万感胸に迫る新感覚時代ミステリー。文庫初登場！

諸田玲子著

幽　恋　舟

闇を裂いて現れた怪しの舟。人生に疲れた男は狂気におびえる女を救いたいと思った……謎の事件と命燃やす恋。新感覚の時代小説。

諸田玲子著

お鳥見女房

幕府の密偵お鳥見役の留守宅を切り盛りする女房・珠世。そのやわらかな笑顔と大家族の情愛にこころ安らぐ、人気シリーズ第一作。

向田和子著

向田邦子の恋文

邦子の急逝から二十年。妹・和子は遺品から、若き姉の〝秘め事〟を知る。邦子の手紙と和子の追想から蘇る、遠い日の恋の素顔。

向田邦子著

思い出トランプ

日常生活の中で、誰もがもっている狡さや弱さ、うしろめたさを人間を愛しむ眼で巧みに捉えた、直木賞受賞作など連作13編を収録。

向田邦子著

男どき女どき

どんな平凡な人生にも、心さわぐ時がある。その一瞬の輝きを描く最後の小説四編に、珠玉のエッセイを加えたラスト・メッセージ集。

林真理子著　本を読む女

著者自身の母をモデルにして、本を読むことだけを心のかてに昭和を懸命に生き抜いた一人の文学少女の半生を描いた力作長編小説。

林真理子著　ミカドの淑女《おんな》

その女の名は下田歌子。明治の宮廷を襲った一大スキャンダルの奇怪な真相を、当時の異様な宮廷風俗をまじえて描く異色の長編小説。

林真理子著　天鵞絨物語

妻にも祝福される恋をしたい――夫が望む奇妙な関係のなかで、むくわれぬ愛を貫く品子。愛憎渦巻く上流社会を、華やかに描いた長編。

林真理子著　素晴らしき家族旅行

ひと回り年上の妻を連れ、実家で同居を始めたら、さあ大変！　菊池家の仰天ドタバタ騒動を鋭く描く、笑いあり涙ありの大家族小説。

林真理子著　女文士

もっと、愛されたい――男を、結婚を、名声を、執拗に求めた女流作家。醜聞にまみれて生きた、こんなにも狂おしく哀しい女がいた。

林真理子著　花探し

男に磨き上げられた愛人のプロ・舞衣子が求める新しい「男」とは。一流レストラン、秘密の館、ホテルで繰り広げられる官能と欲望の宴。

平岩弓枝著
風子

風の子と書いてふうこって読むんです――下谷の芸者屋に舞いこんだジーパン娘。下町の人情の中で風変りな芸者に成長してゆく風子。

平岩弓枝著
日本のおんな

愛を求め、自由を求め、安らぎを求め、それぞれの幸せを手探りしながら、健気に現代を生きてゆく爽やかな七人の女たちの愛の物語。

平岩弓枝著
橋の上の霜

苦しみながらも恋に生きた男――江戸庶民を熱狂させた狂歌師・大田蜀山人の半生を、細やかな筆致で浮き彫りにした力作時代長編。

平岩弓枝著
花影の花
―大石内蔵助の妻―

「忠臣蔵」後、秘められたもう一つの人間ドラマがあった。大石未亡人りくの密やかな生涯が蘇って光彩を放つ。吉川英治文学賞受賞作。

平岩弓枝著
平安妖異伝

あらゆる楽器に通じ、異国の血を引く少年楽士・秦真比呂が、若き日の藤原道長と平安京を騒がせる物の怪たちに挑む！　怪しの十編。

平岩弓枝著
魚の棲む城

世界に目を向け、崩壊必至の幕府財政再建を志して政敵松平定信と死闘を続ける、田沼意次のりりしい姿を描く。清々しい歴史小説。

宮部みゆき著

本所深川ふしぎ草紙

吉川英治文学新人賞受賞

深川七不思議を題材に、下町の人情の機微とささやかな日々の哀歓をミステリー仕立てで描く七編。宮部みゆきワールド時代小説篇。

宮部みゆき著

かまいたち

夜な夜な出没して江戸を恐怖に陥れる辻斬り〝かまいたち〟の正体に迫る町娘。サスペンス満点の表題作はじめ四編収録の時代短編集。

宮部みゆき著

幻色江戸ごよみ

江戸の市井を生きる人びとの哀歓と、巷の怪異を四季の移り変わりと共にたどる。〝時代小説作家〟宮部みゆきが新境地を開いた12編。

宮部みゆき著

初ものがたり

鰹、白魚、柿、桜……。江戸の四季を彩る「初もの」がらみの謎また謎。さあ事件だ、われらが茂七親分――。連作時代ミステリー。

宮部みゆき著

平成お徒歩《かち》日記

あるときは、赤穂浪士のたどった道。またあるときは箱根越え、お伊勢参りに引廻し、島流し。さあ、ミヤベと一緒にお江戸を歩こう！

宮部みゆき著

堪忍箱

蓋を開けると災いが降りかかるという箱に、心ざわめかせ、呑み込まれていく人々――。人生の苦さ、切なさが沁みる時代小説八篇。

新潮文庫編
文豪ナビ 山本周五郎
乾いた心もしっとり。涙と笑いのツボ押し名人――現代の感性で文豪作品に新たな光を当てた、驚きと発見がいっぱいの読書ガイド。

山本周五郎著
青べか物語
うらぶれた漁師町浦粕に住みついた〝私〟の眼を通して、独特の狡猾さ、愉快さ、質朴さをもつ住人たちの生活ぶりを巧みな筆で捉える。

山本周五郎著
赤ひげ診療譚
小石川養生所の〝赤ひげ〟と呼ばれる医師と、見習い医師との魂のふれ合いを中心に、貧しさと病苦の中でも逞しい江戸庶民の姿を描く。

山本周五郎著
さぶ
ぐずでお人好しのさぶ、一本な性格ゆえに不幸な境遇に落ちた栄二。二人の心温まる友情を描いて〝人間の真実とは何か〟を探る。

山本周五郎著
おさん
純真な心を持ちながら男から男へわたらずにはいられないおさん――可愛いおんなであるがゆえの宿命の哀しさを描く表題作など10編。

山本周五郎著
深川安楽亭
抜け荷の拠点、深川安楽亭に屯する無頼者たちが、恋人の身請金を盗み出した奉公人に示す命がけの善意――表題作など12編を収録。

池波正太郎著

剣客商売①

剣客商売

白髪頭の粋な小男・秋山小兵衛と巌のように逞しい息子・大治郎の名コンビが、剣に命を賭けて江戸の悪事を斬る。シリーズ第一作。

池波正太郎著

剣客商売②

辻斬り

闇の幕が裂け、鋭い太刀風が秋山小兵衛に襲いかかる。正体は何者か？　辻斬りを追跡する表題作など全7編収録のシリーズ第二作。

池波正太郎著

剣客商売③

陽炎の男

隠された三百両をめぐる事件のさなか、男装の武芸者・佐々木三冬に芽ばえた秋山大治郎へのほのかな思い。大好評のシリーズ第三作。

池波正太郎著

剣客商売④

天魔

「秋山先生に勝つために」江戸に帰ってきたとうそぶく魔性の天才剣士と秋山父子との死闘を描く表題作など全8編。シリーズ第四作。

池波正太郎著

剣客商売⑤

白い鬼

若き日の愛弟子を斬り殺された秋山小兵衛が、復讐の念に燃えて異常な殺人鬼の正体を追及する表題作など、大好評シリーズの第五作。

池波正太郎著

剣客商売⑥

新妻

密貿易の一味に監禁された佐々木三冬を秋山大治郎が救い出すと、三冬の父・田沼意次は嫁にもらってくれと頼む。シリーズ第六作。

池波正太郎著　剣客商売⑦　隠れ簑

盲目の武士と托鉢僧。いたわりながら旅を続ける年老いた二人の、人知をこえた不思議な絆を描く「隠れ簑」など、シリーズ第七弾。

池波正太郎著　剣客商売⑧　狂乱

足軽という身分に比して強すぎる腕前を持ったがゆえに、うとまれ、踏みにじられる侍の悲劇を描いた表題作など、シリーズ第八弾。

池波正太郎著　剣客商売⑨　待ち伏せ

親の敵と間違えられた大治郎がその人物を探るうち、秋山父子と因縁浅からぬ男の醜い過去が浮かび上る表題作など、シリーズ第九弾。

池波正太郎著　剣客商売⑩　春の嵐

わざわざ「名は秋山大治郎」と名乗って辻斬りを繰り返す頭巾の侍。窮地に陥った息子を救う小兵衛の冴え。シリーズ初の特別長編。

池波正太郎著　剣客商売⑪　勝負

相手の仕官がかかった試合に負けてやることを小兵衛に促され苦悩する大治郎。初孫・小太郎を迎えいよいよ冴えるシリーズ第十一弾。

池波正太郎著　剣客商売⑫　十番斬り

無頼者一掃を最後の仕事と決めた不治の病の孤独な中年剣客。その助太刀に小兵衛の白刃が冴える表題作など全7編。シリーズ第12弾。

池波正太郎著

剣客商売⑬

波紋

大治郎の頭上を一条の矢が疾った。これも剣客商売の宿命か——表題作他、格別の余韻を残す「夕紅大川橋」など、シリーズ第十三弾。

池波正太郎著

剣客商売⑭

暗殺者

波川周蔵の手並みに小兵衛は戦いた。大治郎襲撃の計画を知るや、波川との見えざる糸を感じ小兵衛の血はたぎる。第十四弾、特別長編。

池波正太郎著

剣客商売⑮

二十番斬り

恩師ゆかりの侍・井関助太郎を匿った小兵衛に忍びよる刺客の群れ。老境を悟る小兵衛の剣は、いま極みに達した。シリーズ第15弾。

池波正太郎著

剣客商売⑯

浮沈

身を持ち崩したかつての愛弟子と、死闘の末倒した侍の清廉な遺児。二者の生き様を見守り、人生の浮沈に思いを馳せる小兵衛。最終巻。

池波正太郎著

剣客商売 番外編

黒白（上・下）

若き日の秋山小兵衛に真剣勝負を挑んだ小野派一刀流の剣客・波切八郎。対照的な二人の剣客の切り結びを描くファン必読の番外編。

池波正太郎著

剣客商売 番外編

ないしょないしょ

つぎつぎと縁者を暗殺された娘が、密かに習いおぼえた手裏剣の術と、剣客・秋山小兵衛の助太刀により、見事、仇を討ちはたすまで。

新潮文庫最新刊

宮城谷昌光著
香乱記（三・四）
中国の人口が半減した楚漢戦争。項羽の虐殺にも劉邦の陰謀にも与せず、民の側に立ち続けた不屈の英雄田横を描く歴史小説の金字塔。

曽野綾子著
哀歌（上・下）
ゴキブリ（ツチ族）を殺せ！――100日で100万人が犠牲になったとも言われるルワンダの悲劇をテーマに、真実の愛を問う渾身の大作。

服部真澄著
エル・ドラド（上・下）
南アメリカ大陸の奥地で秘密裏に進行する企み。人類と地球の未来を脅かす遺伝子組み換え作物の危険を抉る、超弩級国際サスペンス。

諸田玲子著
恋ぐるい
稀代の才人、平賀源内には慕い寄り添う女がいた――牢獄に繋がれた男が、回想と妄想のなかで綴る女との交情、狂おしい恋の日々。

山崎マキコ著
さよなら、スナフキン
望んでいるのは、人から必要とされたい、ただそれだけ。美人じゃないけど、人一倍純情な女子学生・大瀬崎亜紀の仕事と恋の奮闘記。

浅田次郎著
僕は人生についてこんなふうに考えている
「自分の人生」に誇りを持て！　人々の希望と幸福を描いてきた著者がつむぎ出した157の言葉。一冊に凝縮された浅田文学の精髄。

恋《こい》ぐるい

新潮文庫　も－25－4

平成十八年五月一日発行

著者　諸《もろ》田《た》玲《れい》子《こ》

発行者　佐藤隆信

発行所　株式会社　新潮社

郵便番号　一六二―八七一一
東京都新宿区矢来町七一
電話 編集部(〇三)三二六六―五四四〇
読者係(〇三)三二六六―五一一一
http://www.shinchosha.co.jp

価格はカバーに表示してあります。

乱丁・落丁本は、ご面倒ですが小社読者係宛ご送付ください。送料小社負担にてお取替えいたします。

印刷・株式会社光邦　製本・憲専堂製本株式会社

ISBN4-10-119424-6 C0193